TRILHA PERIGOSA

BRUCE DeSILVA

TRILHA PERIGOSA

Tradução de
Ryta Vinagre

Título original
CLIFF WALK

Esta é uma obra de ficção. Todos os personagens, organizações e acontecimentos retratados nesta obra são produtos da imaginação do autor ou foram usados de forma fictícia.

Copyright © 2012 by Bruce DeSilva

Todos os direitos reservados.

Direitos para a língua portuguesa reservados
com exclusividade para o Brasil à
EDITORA ROCCO LTDA.
Av. Presidente Wilson, 231 – 8º andar
20030-021 – Rio de Janeiro – RJ
Tel.: (21) 3525-2000 – Fax: (21) 3525-2001

rocco@rocco.com.br
www.rocco.com.br

Printed in Brazil/Impresso no Brasil

CIP-Brasil. Catalogação na fonte.
Sindicato Nacional dos Editores de Livros, RJ.

D847t

DeSilva, Bruce
　　Trilha perigosa / Bruce DeSilva; tradução de Ryta Vinagre. – 1ª ed. –
Rio de Janeiro: Rocco, 2014.

　　Tradução de: Cliff Walk
　　ISBN 978-85-325-2942-8

　　1. Ficção americana. I. Vinagre, Ryta. II. Título.

14-13863
CDD– 813
CDU– 21.111(73)-3

Para Patricia.
Só me arrependo de não ter conhecido você antes.

NOTA DO AUTOR

Esta é uma obra de ficção; embora alguns personagens tenham nomes de velhos amigos, não há nenhuma semelhança entre eles. Por exemplo, o verdadeiro Stephen Parisi é um empreiteiro de Providence, e não um capitão da polícia de Rhode Island. Algumas pessoas reais foram mencionadas; mas só uma delas — a poetisa Patricia Smith — tem fala, e a ela só permiti algumas palavras num diálogo. Também peguei emprestado o apelido criativo de uma ex-procuradora-geral de Rhode Island, mas Átila, o Huno, verdadeiro e Átila, a Una, fictícia não são nada parecidos, e as ações e os diálogos do personagem são inteiramente imaginários. As referências à história e à geografia de Rhode Island têm a maior precisão que pude dar, mas brinquei um pouco com o tempo e o espaço. Por exemplo, a Prova de Salto Equestre de Newport e o bar Hopes, onde bebi décadas atrás quando eu era repórter do *Providence Journal*, há muito acabaram, mas gostei de ressuscitá-los nesta história. A prostituição legalizada, um importante elemento da trama deste livro, fez mesmo parte da vida de Rhode Island até 2010; mas minha descrição de como e por que finalmente foi proscrita é inteiramente inventada.

1

Cosmo Scalici gritou mais alto do que os grunhidos e roncos de três mil porcos que fuçavam nos chiqueiros lamacentos ao ar livre.

— Foi bem aqui que encontrei, quando remexia nesse monte de lixo. Deu-me arrepios ver os dedos enroscados como se a mão me chamasse para chegar mais perto.

— O que você fez? — berrei também.

— Pulei a cerca e tentei pegar, mas uma das porcas chegou primeiro.

— Não deu para tirar dela?

— Tá de sacanagem? Já tentou arrancar o almoço de uma porca de trezentos quilos? Bati no focinho dela com uma pá que meus homens usam para tirar o esterco dos chiqueiros. Ela nem piscou.

Para mascarar o fedor, fumamos charutos; ele, um Royal Jamaica; eu, um Cohiba.

— Jesus, Maria e José — disse ele. — As unhas estavam pintadas de rosa e eram muito pequenas. A garotinha que era dona desse braço não podia ter mais de 9 anos. A porca simplesmente a devorou. Dava para ouvir os ossos esmagados nos dentes dela.

— E onde está a porca, Cosmo?

— Os policiais deram um tiro na cabeça dela, colocaram num furgão e carregaram. Disseram que iam abrir o estômago, ver o que restou da prova. Eu disse a eles que valia 250 pratas de costeletas e bacon, então era melhor me mandarem um cheque se não quisessem que eu metesse um processo neles.

— E apareceram outras partes do corpo?

— Os tiras passaram algumas horas procurando pelo lixo. Não acharam nada. Se tinha mais alguma coisa, virou tudo merda de porco.

Continuamos fumando ao patinharmos pelos cinco hectares até a sede da fazenda, uma imensa construção branca com toldos verdes onde deixei meu carro. Antigamente isso era uma campina arborizada, típica do interior na cidadezinha de Pascoag, no extremo e sonolento norte de Rhode Island. Mas Cosmo meteu máquinas por todo lado e criou uma confusão feia de tocos, lama e pedras.

— Como acha que o braço veio parar aqui? — perguntei.

— Os tiras me fizeram a mesma pergunta, como se eu soubesse, porra.

Ele franziu o cenho enquanto eu tomava nota em meu bloco de repórter.

— Olha, Mulligan — disse ele. — Sabe minha empresa? A Scalici Recycling? É uma operação de três milhões por ano. Meus 12 caminhões recolhem lixo de escolas, cadeias e restaurantes de toda Rhode Island. O braço pode ter sido jogado numa caçamba em qualquer lugar entre Woonsocket e Westerly.

Eu sabia que era verdade. A Scalici Recycling era um nome elegante para uma empresa que pegava lixo que os porcos reprocessavam em bacon, mas havia muito dinheiro envolvido nisso. Escrevi sobre a operação cinco anos atrás, quando a Máfia tentou tomar o negócio à força. Cosmo abriu um buraco num pistoleiro que andava pelo templo com uma arma de tranquilizante usada para abater gado e colocou outro em coma com seus punhos do tamanho de presuntos. Ele chamou de remoção de lixo. Os policiais chamaram de legítima defesa.

Estacionei meu ferro-velho ao lado de sua nova picape Ford. Meu carro tinha um adesivo do New England Patriots no vidro traseiro. O dele tinha um adesivo de para-choque que dizia: "Se Você Não Gosta de Esterco, Saia da Cidade".

— Está se dando melhor com o pessoal daqui? — perguntei, enquanto abria a porta de meu carro.

— Nada. Eles ainda reclamam do cheiro. Ainda reclamam do barulho dos caminhões de lixo. Sabe aquele cara lá? — perguntou ele, apontando uma casa alta do outro lado da estrada. — Esse é um tremendo babaca. Aquele outro ali? Um completo imbecil. Toda essa região é agrícola. Eles construíram as casas aqui e querem fingir que estão na merda de Newport? Eles que se fodam com aqueles seus carrões.

2

Uma viatura policial deslizou atrás de mim na America's Cup Avenue e colou no meu para-choque quando entrei na Thames Street. Uma guinada à esquerda na Prospect Hill não a abalou e, assim, quando cheguei à placa vermelha octogonal na esquina da Bellevue Avenue, desrespeitei o hábito local e parei. Depois, virei à direita e as luzes vermelhas se acenderam para mim.

Abri a janela e olhei pelo retrovisor, enquanto um policial de Newport se despregava da viatura e andava gingando para mim, rangendo o cinto de couro da arma. Empurrei os documentos para ele antes que pedisse. Ele os apanhou sem dizer nada, voltou à viatura e verificou minha habilitação e o registro do carro. Ouvi no rádio da polícia e fiquei aliviado ao saber que minha carteira de Rhode Island era válida e que o ferro-velho que eu dirigia havia anos não tinha registro de roubo.

Ouvi o cinto ranger de novo e o policial, cujo nome na farda o identificava como patrulheiro Phelps, voltou, passando meus documentos pela janela.

— Posso lhe perguntar o que tem a fazer neste bairro à noite, sr. Mulligan?

— Não.

Normalmente, não me meto em brigas com gente da lei com potentes armas de fogo. Qualquer um que tenha coberto policiais e ladrões pelo tempo que fiz reconheceria a SIG Sauer 357 no quadril do patrulheiro Phelps. Mas ele não tinha motivos legítimos para me fazer parar.

— Andou bebendo esta noite, senhor?
— Ainda não.
— Tenho sua permissão para dar uma busca no veículo?
— Não, ora essa.

O patrulheiro Phelps baixou a mão direita ao cinto da pistola e me olhou duramente.

— Saia do carro, por favor, senhor.

Eu saí, dando-lhe a oportunidade de admirar como eu ficava bem num smoking Ralph Lauren. Ele hesitou por um momento, perguntando-se se eu realmente seria alguém importante. Smokings podem ser alugados, e uma pessoa importante teria rodas melhores. Coloquei as palmas das mãos na lateral do carro e assumi a posição. Ele me apalpou, suspirando quando não conseguiu encontrar um cachimbo de crack, kits de arrombamento ou um canivete automático.

Quando terminou, multou-me indevidamente, como se eu não tivesse parado na placa, e me aconselhou a dirigir com cautela. Tive sorte de não ter levado um tiro. Nesta parte de Newport, dirigir um carro que valia menos de oito mil dólares era crime capital.

Liguei o carro e segui pelos sonhos de mármore e terracota dos barões do roubo do século XIX: The Breakers, Marble House, Rosecliff, Kingscote, The Elms, a Hunter House, Beechwood, Ochre Court, Chepstow, Château-sur-Mer. E a minha preferida, Clarendon Court, onde Claus von Bülow tentou ou não matar sua esposa herdeira com uma injeção de insulina, dependendo de se acreditar no primeiro ou no segundo júri. Aqui, esculturas de querubins brincam em jardins formais. Deuses gregos abraçam cornijas douradas e espiam o oceano Atlântico. Imensas portas de carvalho se abrem a um toque e vastas salas de jantar elevam-se a tetos com afrescos. Alguns desses templos à arrogância e ao mau gosto foram transformados em museus, mas o resto continua entre os endereços mais exclusivos do mundo, como tem sido há mais de cem anos.

Homens que fizeram fortuna com o capitalismo concorrencial construíram as mansões de Newport. Cornelius Vanderbilt, que costurou a face da América com ferrovias. Big Jim Fair, que cavou prata da mina de Comstock Lode em Nevada. Edward J. Berwind, que abasteceu a indústria americana com carvão dos Apalaches. Eram homens de ação e construíram essas monstruosidades de quarenta, sessenta e oitenta cômodos como retiros, áreas de lazer e monumentos a si mesmos.

Mas isso foi há gerações. Hoje em dia, moram nas mansões os descendentes destes empreendedores, vivendo do dinheiro dos outros no sonho de outra pessoa. Tentam manter viva a Era de Ouro em um fulgor de lustres de cristal, o cheiro de lírios vagando pelos convidados elegantemente vestidos dos jantares. E mantêm os iguais a mim de fora dos muros cobertos de hera, dos portões de ferro batido e da atenta força policial local.

Menos esta noite. Esta noite, tenho um convite.

Passando por Beechwood, o chalé de verão italianado dos Astor, deslizo atrás de um Porsche prata reluzente em uma fila de carros que vagam para o portão de ferro dourado aos terrenos de Belcourt Castle. Um por um, entram na rua de cascalho iluminada por archotes. Um Maserati, um Bentley, uma Ferrari, um Lamborghini, um Maybach, outro Bentley e algo reluzente que pode ser um Bugatti, embora nunca tenha visto um desses. Atrás deles, estava um pobre coitado lamentável numa mera Mercedes-Benz. Perguntei-me se o patrulheiro Phelps também o teria incomodado.

Mais à frente, manobristas de libré abriam portas de carros, pegavam mãos com joias para ajudar as senhoras a sair de suas carruagens de contos de fadas, entravam e desapareciam para vagas distantes de estacionamento. Em seguida, um Ford Bronco de nove anos com manchas de ferrugem no capô, um para-choque amassado do lado do carona e um silenciador defeituoso e barulhento parou e eu saí.

— Cuidado com ele hoje — eu disse ao entregar as chaves ao manobrista. — Olha o que aconteceu da última vez que você o estacionou.

Atravessei o pátio até uma pesada porta de carvalho onde um pinguim com uma prancheta verificava a lista de convidados. Examinou meu convite em relevo e franziu o cenho.

— Certamente não é a sra. Emma Shaw do *Providence Dispatch*.

— O que me entregou?

— Trabalhe nisso pelo mesmo tempo que eu — disse ele — e terá um sexto sentido para esse tipo de coisa. — Ele me olhou de cima a baixo. — Vejo que suas sobrancelhas não foram depiladas ultimamente. — Ele parou para esfregar o queixo com a grande asa esquerda. — E seu perfume é um tanto excêntrico. A última dama a entrar aqui usava Shalimar. Você tem cheiro de Eau d'Charuto.

— Não conhece nenhuma mulher que fuma charuto?

— Não do tipo feito de tabaco — disse ele. Por sua risadinha, vi que ele sentiu um orgulho especial desta. — Desculpe senhor, mas não posso permitir que entre.

— Ah, é? Bom, esta não é a única mansão na cidade, meu amigo. — Virei-me para pegar o Secretariat, meu apelido para o Bronco.

Aceitei a tarefa de cobrir o Baile Anual do Derby depois que Emma, nossa repórter social, demitiu-se na semana passada, aceitando uma oferta que podou mais trinta empregos de uma redação já depenada pelas demissões do ano anterior. Ed Lomax, o editor local, fingiu que me fazia um favor.

— Posso lhe garantir a primeira página do caderno "Living" — disse ele.

— Me deixa entender isso direito — eu disse. — Não podemos pagar para nosso redator de beisebol viajar com os Red Sox. Não temos mais um redator de medicina, nem de religião. Nossa sucursal de Washington se reduziu apenas a um repórter. E *isto* é prioritário?

— O baile é o último evento da semana do Derby Equestre de Newport — disse ele. — É um dos maiores eventos esnobes do ano.

— Assim eles dizem, mas quem liga para isso?

— Além dos cavalos?

— Estou meio ocupado com matérias *de verdade*, chefe. Estou analisando a lista de contribuição de campanha do governador para saber quem o está comprando *este* ano. Procuro lixo tóxico largado no pântano Briggs. E ainda estou tentando entender como o braço da garotinha virou comida de porco na semana passada.

— Olha Mulligan, às vezes você tem de fazer coisas que não quer. Isto é ser profissional.

— E eu tenho de fazer isto especificamente porque...?

— Porque a sobrinha de 17 anos do editor é uma das competidoras.

— Ah, merda.

Mas, se eu não conseguisse entrar, não podia ser acusado de não cobrir o evento. Lomax não precisava saber com que rapidez aceitei aquela rejeição. Estava quase saindo do pátio, quando ouvi saltos altos estalando atrás de mim e uma voz de mulher chamando meu nome. Acelerei o passo. Eu perguntava a um manobrista onde podia achar meu carro, quando os saltos altos pararam com ruído a meu lado e sua dona, uma baixinha de meia-idade que exagerou no lift facial, pegou-me pelo braço.

— Lamento *tanto* pela confusão, sr. Mulligan. O sr. Lomax telefonou para dizer que o senhor viria no lugar da srta. Shaw, e me esqueci de corrigir a lista de convidados.

— E a senhora é...?

— Hillary Proctor, mas pode me chamar de "Hill". Sou a diretora de publicidade do Derby, e é uma honra que o senhor se junte a nós esta noite. Espero que meu lapso não lhe tenha causado nenhum constrangimento.

Ah, merda.

— Olha, Hill — eu disse enquanto ela me acompanhava de volta, passando pelo pinguim e entrando na antecâmara da mansão —, eu devia escrever sobre as pessoas importantes que estão aqui e descrever o que estão vestindo, mas não sei a diferença entre uma Vanderbilt vestida em um original de Paris e uma rainha de camping de trailer com roupas da J. C. Penney.

— Claro que não sabe. Você é o jovem que escreve sobre mafiosos e políticos corruptos. A*doro* seu trabalho, querido.

— Então é a única — eu disse.

— Ah, adoro um homem com senso de humor. Gostaria de ser meu acompanhante esta noite? Vou cochichar os nomes das celebridades e o que vestem, e todas as fofocas serão sobre o homem misterioso que tenho no braço.

— É uma oferta muito gentil, Hill, mas gosto de trabalhar sozinho. Acha que pode escrever tudo enquanto ando por aí e absorvo um pouco da cor local?

— Certamente — disse ela, sem parecer nem um pouco decepcionada.

Entreguei-lhe meu bloco, atravessei a antecâmara e entrei em uma imensa sala de jantar com um piso de mosaico de mármore rosa e uma parede de janelas de vitral repleta de iconografia natalina. Homens de smokings e mulheres de vestidos de gala carregavam pratos de porcelana com camarão, rosbife e várias iguarias que não consegui identificar, todas exibidas com bom gosto em uma mesa de nogueira de cinco metros. A sala era iluminada por nove lustres de cristal. A *grande dame* que era dona da casa gostava de se gabar de que o maior deles antigamente adornava a sala de visitas de um conde russo do século XVIII. O encanador musculoso com quem ela se casou impetuosamente e de quem depois se divorciou contou que, na verdade, foi recuperado de uma sala de cinema dilapidada em Worcester, Massachusetts. Tomei nota mentalmente para incluir esse aperitivo do folclore de Newport em minha matéria.

A política de ética do *Dispatch* proibia que os repórteres aceitassem amostras grátis, mas o rosbife parecia bom demais para deixar passar. Comi um pouco, depois segui a música por uma escada de carvalho sinuosa até o segundo andar. Ali, quatro lustres refulgiam em um teto creme abobadado que se arqueava a nove metros de um piso de parquê. Uma lareira, com sua chaminé de calcário e mármore entalhada de modo a se assemelhar a um château francês, dominava uma extremidade da sala. O fogo era suficiente para assar um estegossauro ou cremar a linha de ataque dos New England Patriots. Na outra extremidade, uma banda, que eu não era moderninho o suficiente para reconhecer, tocava um hip-hop que eu não era surdo o bastante para gostar.

Peguei uma flute de champanhe de um garçom que circulava e contornei a pista, localizando os prefeitos de Newport, Providence, New Haven e Boston; os governadores de Rhode Island, Connecticut, Vermont, Kentucky e Nova Jersey; um senador de Rhode Island; dois de seus congressistas; três presidentes de banco; quatro diretores da Universidade Brown; 12 capitães da indústria; dois Kennedy; um Bush; e uma horda de jovens mulheres de aparência atlética.

Encontrei um lugar junto da parede entre um par de armaduras e observei o prefeito de Boston tentar dançar Soulja Boy com uma adolescente cujo sobrenome podia ser Du Pont ou Firestone. Quando um garçom passou, peguei outra flute, mas isso só me deixou com sede para uma cerveja Killian's na White Horse Tavern. Depois de observar as festividades por meia hora, concluí que bastava.

Eu procurava por Hill para pegar meu bloco, quando vi Salvatore Maniella. Estava encostado num canto da imensa lareira, tão deslocado quanto Mel Gibson numa Páscoa judaica. Mas o que um sicofanta como ele estava fazendo num evento elegante desses? Ainda fiquei alguns minutos escondido, quando nosso governador se aproximou e lhe deu um tapa no ombro. Eles atravessaram o salão de baile juntos e entraram numa sala atrás do palco. Esperei vinte segundos e os segui.

Pela porta entreaberta, eu distinguia o papel de parede vermelho, uma clave de sol em folhas de ouro no teto e um piano de cauda — a sala de música da mansão, com suas ostentações originais orgulhosamente restauradas pela atual proprietária. Maniella e o governador estavam sozinhos ali, mas estavam próximos, trocando cochichos conspiratórios no ouvido. Depois de um instante, eles sorriram e apertaram-se as mãos.

Saí de mansinho conforme eles se viravam para a porta.

3

Pela manhã, pedi um café grande e um Egg McMuffin no McDonald's da West Main Road em Newport, sentei-me perto da vidraça e abri meu laptop para ver as manchetes. Preferia ter um jornal de papel nas mãos, mas o *Dispatch*, em outro corte de custos, parou de entregar aqui.

Um juiz federal tinha anulado o indiciamento de nosso chefe da Máfia, Giuseppe Arena, por exploração de sindicatos por imperícia. Alguém atentou contra a vida do diretor médico do Rhode Island Planned Parenthood e a bala do rifle quebrou a janela da cozinha e se enterrou na geladeira. Dois agiotas, Jimmy Finazzo e seu irmão mais novo, Dominick, foram presos por executar uma dívida em seu Cadillac Coupe de Ville enquanto eles estavam sendo seguidos — e gravados em vídeo — pela polícia estadual. O vídeo já estava no YouTube. E o técnico dos Boston Celtics, que treinava na Universidade Salve Regina de Newport, anunciou que cancelaram uma excursão da equipe pelas mansões de Newport depois de perceber que a maioria dos jogadores possuía casarões.

Minha matéria sobre o Baile do Derby também estava no site do jornal. Redigi tarde da noite no White Horse, fazendo farto uso dos nomes e descrições de roupas que Hill anotara em meu bloco. Sue Wong, Adrianna Papell e Darius Cordell, proclamava eu, eram os estilistas quentes desta temporada. Eu não fazia ideia de quem eram, mas imaginei que Hill fosse digna de confiança. Três Killian's depois, registrei-me no Motel 6, a cama mais barata de Newport, e mandei a matéria por conexão dial-up.

Depois do café da manhã com Ronald McDonald e o Papa Burguer, coloquei *Heavy Love* de Buddy Guy no CD player e guiei o Bronco de volta para Providence. Eu estava no meio da ponte Jamestown Verrazzano, que tinha o nome do navegador italiano que explorou a baía de Narragansett em 1524, quando Don Henley interrompeu um ótimo blues com seu tenor alto:

"I make my living off the evening news...", o celular soou e era o toque de Lomax.

— Mulligan.

— Voltando?

— Chego em menos de uma hora.

— Rápido. Os obituários estão se acumulando e preciso que você cubra uma coletiva no Departamento de Saúde ao meio-dia.

Ah, merda.

— Aliás, bom trabalho ontem à noite. Eu não tinha ideia de que você conhecia tanto de moda.

— É. Sou cheio de surpresas.

Desliguei o celular e pisei no acelerador. Sabendo o que esperava por mim, não tinha pressa para voltar à redação. Acendi um Partagás com meu isqueiro, fui para o norte na Route 4 e deixei que minha mente vagasse à noite passada.

Salvatore Maniella. Ele começou no negócio de sexo em meados da década de 1960, quando era estudante de contabilidade no Bryant College, convencendo as meninas a tirar a roupa, tirando fotos delas e publicando em sua própria revista pornôs de amador. Hoje dizem que ele controla 15% dos sites pornô da internet, embora ninguém tenha certeza. Segundo alguns especialistas, a pornografia pela internet é um negócio de 97 bilhões de dólares no mundo todo, maior do que a Microsoft, a Apple, Google, eBay, Yahoo!, Amazon e Netflix juntas. Provavelmente Sal não teve de alugar o smoking *dele* naquele dia.

Sal também começou nos bordéis na década de 1990, depois que um advogado inteligente realmente leu a lei antiprostituição estadual e descobriu que esta definia o crime como prostituição de rua. Isto, argumentou o advogado, significava que o sexo em troca de dinheiro era legalizado em Rhode Island desde que a transação ocorresse a portas fechadas. Quando os tribunais concordaram, empreendedores aproveitaram a brecha, abrindo uma série de boates para cavalheiros onde strippers pagavam boquetes entre uma pole dance e outra. Maniella era dono de três, mas as boates nunca passaram de uma nota de rodapé em seu império da pornografia.

Eu estava rodando devagar por North Kingstown e pensando em Sal, quando meu rádio da polícia começou a apitar. A polícia de Newport e a estadual de Rhode Island estavam agitadas com alguma coisa. Quando peguei o assunto, dei meia-volta e pisei fundo rumo a Newport.

Na luz inclemente da manhã, o Belcourt Castle não era tão elegante como parecera na noite anterior. Os querubins de concreto e os vasos gregos do jardim formal esfarelavam de décadas de chuva ácida e rigorosos invernos da Nova Inglaterra. A pintura marrom chocolate descascava nos caixilhos das janelas. O jardim lateral era um amontoado de colunas de mármore quebrado, restos de projetos de restauração que foram iniciados e abandonados. Telhas de ardósia caídas espalhavam-se pela grama. Estacionei na entrada deserta e peguei minha câmera digital Nikon na traseira. Começou a tocar Don Henley novamente, era o meu celular, mas deixei que caísse na secretária enquanto eu andava pelo terreno da mansão na direção do mar.

A famosa Cliff Walk de Newport era só o que o nome aparenta, uma trilha do penhasco. Contornava um precipício rochoso que cai uns dez metros à linha da maré alta e outros dez ao leito raso da baía que era escorregadio devido ao acúmulo de guano. Da proletária Easton's Beach ao norte à exclusiva Bailey's Beach ao sul, a trilha é uma via pública de 5,5 quilômetros, para horror dos donos das mansões que são levados a partilhar conosco a vista espetacular do mar. De vez em quando, os aristocratas expressam seu desagrado bloqueando o caminho com pedregulhos.

Em sua maior parte, a trilha é bem pavimentada e, em certos trechos, tem grade, mas aqueles que passam espremidos pela Vanderbilt Tea House devem atravessar as pedras esfareladas do calçamento, escalar rochas e se equilibrar nas prateleiras escorregadias de granito e xisto. O falecido Claiborne Pell, aristocrata de Newport que representou o estado no Senado por 36 anos, levou um tombo aqui uma vez enquanto corria e felizmente não caiu pela beira. Os descuidados, os bêbados e os que simplesmente não têm sorte caem com certa constância, e, de tempos em tempos, um deles morre. A julgar pela tagarelice que entreouvi no rádio da polícia, esta foi uma dessas ocasiões.

Ao me aproximar de Cliff Walk, vi que a imprensa já formava uma multidão. Três entediados homens fardados de Newport, de braços cruzados, bloqueavam a entrada com fitas amarelas de cena de crime. Logan Bedford, repórter do Channel 10 de Providence, usava-as como pano de fundo para uma de suas aparições cômicas não-sei-o-que-está-havendo-aqui-mas-tenho-garras-ótimas.

Virei-me para o sul, invadindo quarenta metros de propriedade privada, subi por uma cerca, lutei com um emaranhado de arbustos densos e saí em uma laje de pedra que dava para o mar. Abaixo, uma dezena de veleiros ia e vinha na leve brisa da manhã. No alto, pairava um helicóptero da polícia estadual. Uns trinta metros ao norte, um policial fardado de Newport agitava os braços para dois turistas, ordenando que voltassem para o lugar de onde vinham.

As gaivotas bombardeavam por aqui e as condições eram traiçoeiras. Lomax me ligava novamente, mas eu o ignorei. Esgueirei-me o máximo que pude até a beira, ergui minha Nikon e examinei a cena pela lente de 135 milímetros.

Um corpo, com braços e pernas abertos como uma estrela-do-mar, esparramava-se de cara para cima em uma pedra parcialmente submersa e suja de sangue. Três homens à paisana — imaginei que seriam dois detetives e um legista — estavam agachados ao lado, um tirando fotos e os outros recolhendo evidências e colocando-as em sacos plásticos transparentes. As cordas que usaram para descer de rapel ainda estavam penduradas no penhasco. A maré subia, as ondas lançavam espuma nas calças dos investigadores. Em alguns minutos, a cena estaria submersa.

Tirei algumas fotos, na esperança de conseguir uma ou duas aproveitáveis. Um verdadeiro fotógrafo teria feito melhor, mas, como sempre, eu não tinha um. Nosso departamento de fotografia fora esgotado pelas demissões.

Dois policiais uniformizados do estado baixaram um cesto de aço pela face do penhasco. Enquanto os detetives erguiam o corpo e o prendiam ao cesto, vi que a vítima estava de smoking. Tirei mais algumas fotos, mas a farda de Newport que enxotava os turistas agora vinha na minha direção, estalando as botas no caminho de pedra.

— Bom-dia, patrulheiro Phelps.

Ele me lançou um olhar confuso, depois assentiu, reconhecendo-me.

— Mulligan, né? Da noite passada?

— Ele mesmo.

— Você é da imprensa?

— Acertou de novo.

— Por que não me disse isso quando eu o parei?

— E teria feito alguma diferença?

— Aaaahhh... Acho que não.

Ficamos ali parados um minuto, olhando o mar. Phelps pegou uma barra de cereais no bolso, rasgou a embalagem verde brilhante e deu uma pequena dentada.

— Lindo lugar para se morrer — disse ele.

— É mesmo. Talvez seja por isso que as pessoas vêm pular aqui.
— Esse cara não pulou.
— Não?
— Nem caiu — disse ele.
— E sabe disso porque...
— Dá pra ver de cara — disse ele —, só pela posição do corpo.
— Porque ele não tentou frear a queda — eu disse.
— Também notou isso, é?
— Notei. É uma reação natural. Até os suicidas costumam fazer isso. Esse cara simplesmente caiu de costas sobre a própria coluna.
— Tem outras coisas que também são suspeitas — disse ele.
— Por exemplo?
— Por exemplo, o ferimento de bala que atravessa o pescoço dele de um lado a outro.

Isso explicava a presença da polícia estadual. Eles não teriam aparecido só por um suicida.

Phelps quebrou um farelo da barra de cereais e jogou no ar. Uma gaivota mergulhou, pegou-o e foi para a praia.

— Acho que isso os incentiva — disse ele.
— É, todo mundo precisa de algum incentivo.
— É? Bom, a polícia estadual disse que eu devia incentivar *você* a parar de tirar fotos.
— É mesmo?
— Arrã. Também disse para apreender sua câmera.
— E?
— E eles que se fodam — disse ele. — Eles vêm para cá, metem o bedelho no nosso caso, tratam a gente como moleques de recado. Se quiserem sua câmera, podem vir pegar eles mesmos. Por mim, você tira quantas fotos quiser.
— Já tem a identidade?
— Estamos falando em off, não é?
— Claro.

— A polícia estadual não é de contar nada, mas, pelo que ouvi, não tinha identificação no corpo.

— Quem encontrou?

— Um casal que corria de manhã cedo viu e chamou a emergência.

— Mais alguma coisa que possa me contar?

— Tem, mas não faz sentido — disse ele. — A polícia estadual está murmurando sobre salmonela. Ficou muito agitada com isso. Mas que diabos uma intoxicação alimentar tem a ver com isso? Esse cara levou um tiro.

— Salmonela? Tem certeza de que foi o que eles disseram?

— Foi o que me pareceu.

"Dirty Laundry" começou a tocar de novo. Peguei o celular no bolso do casaco, disse a Phelps que tinha de atender e saí do alcance dele, descendo Cliff Walk.

— Mulligan.

— Estou tentando falar com você há uma hora — disse Lomax.

— Por que não atendeu ao telefone?

— Estive meio ocupado.

— Escute, preciso que leve seu traseiro para Newport. Tem uma falação no rádio da polícia sobre um corpo no fundo de Cliff Walk.

— Já estou aqui.

— E?

— Um cara de smoking levou um tiro e caiu pela beira.

— Identificação?

— Nada no corpo, mas a polícia estadual parece pensar que é Sal Maniella.

— Puta merda!

— Pois é.

— Então Salmonela finalmente teve o que merecia — disse Lomax.

— Parece que sim.

— A identificação é quente?

— Nem chega perto. Consegui de segunda mão de um policial de Newport que ouviu dos estaduais e pensou que estivessem falando de intoxicação alimentar.

— Muito bem, continue nessa — disse Lomax — e, pelo amor de Deus, mantenha contato.

4

Na manhã seguinte, peguei o elevador para a redação do *Dispatch* no terceiro andar e atravessei um cemitério na ponta dos pés. Perto das janelas que davam para a Fountain Street, dois técnicos desmontavam desktops Dell. Eu ainda podia imaginar Celeste Doaks, a redatora de religião, de óculos, recurvada sobre um desses teclados, encolhendo-se enquanto Ted Anthony, o gordo redator de medicina, soltava gases de seu último burrito. Malcolm Ritter, tão danado de bom, que fazia com que *eu* entendesse a ciência, sempre estava escondido atrás de uma pilha de livros que não conseguiam abafar suas fungadelas asmáticas. Às vezes, Mary Rajkumar, a garota das viagens, aparecia a caminho ou saindo de um lugar exótico, lembrando a todos que havia vida fora da redação. Mas nenhum deles queria estar em outro lugar. Agora dois técnicos entediados desligavam as tomadas dos computadores, realizando o trabalho mais importante da vida deles.

Fiz login no computador e estava vendo minhas mensagens, quando senti alguém por perto. Quem quer que fosse esperou pacientemente, hesitando em invadir meu trabalho, então era alguém gentil e de boas maneiras. Devia ser o filho do editor. Qualquer outro teria tido o senso de se intrometer. Se eu o ignorasse, talvez ele fosse embora. Terminei minhas mensagens e peguei o telefone.

— Com licença, Mulligan. Podemos ter uma palavrinha?

Ah, merda.

— O que é agora, Valeu-Papai?

— Gostaria que parasse de me chamar assim. Meu nome é Edward.

— Dê queixa, então.

— Só queria lhe dizer que suas fotos de Cliff Walk estavam excelentes.

— Não, não estavam. A única coisa boa nelas era o foco.

— Bom, *eu* gostei delas.

— Talvez, se seu papai não tivesse demitido a equipe de fotografia, pudéssemos ter umas fotos profissionais para acompanhar a matéria.

Ele suspirou.

— Ele não teve alternativa, sabe disso.

Edward Anthony Mason IV era da aristocracia de Rhode Island, o herdeiro de seis famílias de ianques puros que eram donas do *Dispatch* desde a Guerra Civil. Um ano e meio antes, ele ganhou um diploma de mestrado em jornalismo na Columbia, voltou a Rhode Island e a morar na McMansão Newport de frente para o mar onde foi criado. Trabalhava como repórter aqui desde então, aprendendo o negócio que logo seria dele por direito de nascença. Pelo andar da carruagem, não sobraria muita coisa quando o papai largasse o escritório de canto do quarto andar. Dado o tamanho do fundo fiduciário de Mason, eu não ia começar a ter pena dele. Na realidade, queria odiar esse idiota privilegiado. Mas não odiava.

Mason zanzava em volta de mim, ansioso para aprender as coisas sobre reportagens de rua que não ensinavam na Columbia — isto é, quase tudo. Às vezes ele tropeçava, mas *começava* a entender algumas coisas.

— Meu pai — dizia Mason — lamenta amargamente as recentes reduções na equipe, mas eram necessárias para preservar a saúde financeira do jornal de nossa família.

— Ah, é? Bom, não está dando certo. O *Dispatch* está descendo pelo ralo.

— Talvez, mas não é culpa do meu pai. Todos os jornais estão passando por dificuldades.

— Claro que estão. E quer saber por quê?

— Será um prazer ouvir sua opinião sobre o assunto.

— Porque são administrados por um bando de idiotas.

— Meio extremista, não acha?

— Não, não acho.

— Os jornais são vítimas de forças que estão além de seu controle — disse Mason.

— Que besteira. Quando a internet apareceu, os jornais eram *os* especialistas em dar notícias e vender classificados. Estavam em perfeitas condições de dominar o novo meio. Em vez disso, ficaram sentados sem fazer nada enquanto arrivistas como Google, o *Drudge Report*, o *Huffington Post* e a ESPN.com seduziam seu público e recém-chegados como a Craigslist, eBay e AutoTrader.com roubavam os clientes que faziam anúncios. Quando os jornais finalmente entenderam o que estava acontecendo e tentaram agir online, era tarde demais.

Mason afagou o queixo, pensando.

— Gente como seu pai se esqueceu do negócio em que estava — eu disse. — Pensaram estar no negócio de jornais, mas, na realidade, era de notícias e anúncios publicitários. É um erro clássico... O mesmo que as ferrovias cometeram na década de 1950, quando foi construído o sistema de rodovias interestaduais. Se a Penn Central tivesse entendido que estava no negócio de frete e não de ferrovias, hoje seria a maior empresa de transporte do país.

— Uma análise sedutora — disse Mason. — Talvez deva expandir em um editorial.

— Já fiz isso. Seu papai não quis imprimir.

— Se eu desse uma palavrinha com ele, talvez...

— Nem se incomode — eu disse. — Escrever sobre isso não vai mudar nada. O que está feito está feito, e agora quem paga o

pato são os milhares de jornalistas que dedicaram a vida a dar as notícias.
Mason se calou por um instante, depois falou:
— Sabia que é o último dia de Mark Hanlon?
— Arrã.
— Ele não quer que a gente faça estardalhaço.
— Foi o que ele me disse.
— Não acho certo.
— É assim que ele quer, Valeu-Papai.
— Lomax disse que ele é o melhor redator de perfis que o *Dispatch* já teve.
— Sem dúvida nenhuma.

No início desta semana, enquanto via a página de obituário, Hanlon percebeu que a morte de uma mulher de 77 anos de Pawtucket só recebera três linhas. Era o obituário mais curto que ele já tinha visto no *Dispatch,* e aquilo o irritou. Então ele falou com o filho dela, encontrou os amigos com quem ela ia à igreja de Santa Teresa, localizou pessoas com quem antigamente fabricava bonecos G.I. Joes na linha de montagem da Hasbro e escreveu uma matéria que celebrava sua vida. O lide era típico de seu estilo elegante e simples: "Este é o Segundo Obituário de Mary O'Keefe." Foi seu último trabalho para o *Dispatch*.

Levantei-me e olhei seu cubículo, perto da editoria local. Ele ainda estava ali, vasculhando gavetas e colocando alguns objetos pessoais numa caixa de sapatos. Com 54 anos, aceitou com relutância a oferta de aposentadoria antecipada do jornal, sabendo que era melhor do que a alternativa. Vi quando ele recuou da mesa, levantou-se em suas pernas compridas de cegonha e deu de ombros com sua jaqueta de brim. Depois rodou lentamente, olhando o lugar pela última vez.

Mason começou a aplaudir, dando a impressão de tiros num lugar cavernoso, e ele subiu um pouco no meu conceito. Lomax olhou de sua tela de computador, irritado com o barulho. Depois percebeu o que acontecia, saiu de seu trono de couro falso e se juntou a ele. Um por um, por toda a redação do tamanho de um campo de futebol, os sobreviventes do último massacre se levantaram para uma ovação. Marshall Pemberton, nosso gerente editorial de cara de peixe, raras vezes se aventurava para fora de sua sala envidraçada que parecia um aquário, mas, para isto, abriu uma exceção. Saiu por sua porta para se juntar ao tributo.

Hanlon baixou a cabeça, meteu a caixa de papelão debaixo do braço esquerdo e andou para o elevador. Entrou e a porta se fechou a suas costas. Não olhou para trás.

Pemberton meneou a cabeça com tristeza, voltou ao aquário e fechou a porta. Antigamente, ele administrava o departamento de notícias de um dos melhores jornais de cidade pequena da América. Agora parecia um médico tentando manter o paciente vivo enquanto a família discutia se devia puxar a tomada.

5

Átila, a Una, bateu a lata de Bud na mesa de fórmica rachada, meteu um Marlboro na boca, tirou um longo trago e disse:
— Foda-se esta merda.
— Exatamente meus sentimentos — eu disse.
— Agora faz o quê, uma semana? E a polícia estadual *ainda* não tem a identificação do corpo? O que é isso, sequência de *Corra que a polícia vem aí*? — Ela parou para beber mais cerveja. — Quem está comandando essa investigação? Frank Drebin?
— Pelo que sei, ainda é o capitão Parisi — respondi. — Acha que ele está lhe criando empecilhos?
Ela me lançou um olhar gelado.
— Ele que se atreva.

O verdadeiro nome de Átila, a Una, era Fiona McNerney, mas um redator de manchetes do *Dispatch* lhe deu o apelido e pegou. Ela era membro da congregação Irmãzinhas dos Pobres. Também era procuradora-geral de Rhode Island. Os dois papéis pediam um vocabulário mais discreto, mas Fiona sempre era ela mesma na minha presença. Éramos amigos desde o ensino fundamental. Com o passar dos anos, a criança sorridente com aparelho nos dentes e um chuvisco de sardas pelo nariz se tornou ranzinza e sombria. Os cigarros e uma determinação incorruptível que condenou a delicadeza a agraciaram com um rosnado equivalente ao de John Lee Hooker. Seu cabelo ruivo era curto como o de um homem e ela nunca se maquiava. Deus não era um marido que precisasse de uma esposa-troféu para elevar seu ego.

— Então, o que está empacando? — perguntei.
— Parisi disse que a mulher e a filha de Salmonela saíram do país. Ele não sabe onde estão nem quando vão voltar.
— Faz sentido. Dei uma olhada na casa deles em Greenville uns dias atrás. Está sempre trancada e de luzes apagadas. Ninguém mais pode identificar o corpo?
— Ao que parece, não. Nenhum dos capangas dele vai falar com a polícia, que dirá fazer uma identificação oficial.
— E extraoficialmente?
— Extraoficialmente, sim, é ele... Até a tatuagem da Navy SEALs no braço direito.
— Maniella era das Forças Especiais da Marinha?
— Era — confirmou ela. — Alistou-se logo depois da faculdade. Acabou sendo embarcado ao Vietnã do Sul, onde os SEALs trabalhavam com a CIA em algo chamado Programa Phoenix.
— O que era isso?
— Código para caçar simpatizantes de vietcongues e cortar a garganta deles.

Olhei minhas mãos e pensei nisso por um momento. Não tinha percebido que Maniella fora um cara durão — ou que tinha servido a seu país antes de entulhar seus servidores com obscenidades.

— A identificação ainda é especulativa — eu disse.
— É o melhor que posso fazer, Mulligan. Maniella fazia tanto mistério de tudo, que nossa unidade de investigação nem mesmo descobriu quem era seu dentista. E ele nunca foi preso, então as digitais não estão no sistema.
— E a marinha? — perguntei. — Eles devem ter as digitais em arquivo.
— Até agora não estão cooperando.
— Por que não, ora essa?
— Sei lá.
Nós dois pensamos nisso, mas não chegamos a parte alguma.

— O que está havendo com a porca do Scalici? — perguntei. — Frank Drebin e a *Corra que a polícia vem aí* fizeram algum progresso?

— Acho que o tenente Jim Dangle e os desajustados de *Reno 911* estão trabalhando neste caso — disse ela.

— Então, nada?

— O legista encontrou alguns dedos intactos no estômago da porca. O laboratório de criminalística recolheu as digitais, mas não batem com nada que temos no arquivo.

Era de se esperar. Grupos como a Polly Klaas Foundation e a Safety Kids insistiram com os pais para tirar digitais dos filhos, caso eles desaparecessem, mas poucas pessoas se deram a esse trabalho.

— Se usar alguma coisa disso, não atribua a mim — disse Fiona.

— Só diga que é de uma fonte próxima da investigação.

Ela tomou outro gole da cerveja. Beberiquei meu copo de água com gás. Eu estava louco por uma Killian's, mas minha úlcera rosnava.

O Hopes não mudou muito desde 25 anos atrás, quando Fiona e eu começamos a vir aqui com identidades falsas para tomar porres de cerveja barata. O mesmo balcão de mogno riscado. As mesmas banquetas cromadas bambas e mesas gastas de fórmica. A mesma jukebox atolada de negros cegos e negras gordas cantando blues. A clientela consistia principalmente em garotas de programa, agiotas, bookmakers, advogados de porta de cadeia, agentes de fiança, policiais e bombeiros de Providence. Repórteres e editores do *Dispatch* também, embora não tantos como antigamente. Minha poetisa preferida, uma negra gostosa que foi criada no West Side de Chicago, tinha um verso sobre lugares assim:

Quando uma mulher fere um homem, é onde ele começa a sangrar.

Agora que Fiona era procuradora de justiça, podia ir a lugares melhores, mas ainda preferia beber aqui. Talvez fosse o voto de pobreza.

Sentado de frente para ela à mesa, era bom voltar a uma matéria de verdade. Ultimamente me meteram num monte de tarefas de rotina — matérias obtusas que costumavam ser da alçada de repórteres que agora pegavam os cheques do seguro-desemprego. "É melhor se acostumar", Lomax não parava de me dizer. "Se não pensarmos num jeito de acabar com a internet, só vai ficar pior." A última semana foi um pesadelo de matérias sobre o clima, obituários, acidentes de trânsito e reuniões do comitê de planejamento de Providence.

— O Salmonela estava preparando a filha para assumir os negócios da família, então o assassinato dele não muda grande coisa — dizia Fiona. — Os Maniella têm mais dinheiro do que Deus e sabem espalhar a grana. Pelo que soube, mandam no governador, na maioria dos tribunais superiores e metade do legislativo estadual.

— Só na metade?

— Eles só precisam da metade.

Fiona foi eleita em novembro passado depois de transformar sua campanha numa cruzada contra a prostituição. Nem todos concordavam com ela. Foi uma eleição apertada. Desde então, fez muitos discursos ferozes sobre a vergonha de Rhode Island — o único lugar no país, além de alguns condados de Nevada, onde o sexo pago era legalizado. Até agora, ela não conseguiu convencer o legislativo estadual a fechar a brecha. Deduziu que o jogo estava comprado.

— Passei um pente fino nas listas de contribuição de campanha do governador e dos integrantes do comitê legislativo — eu disse —, mas não vi nenhum sinal disso.

— Nem veria. O Salmonela esconde suas contribuições de campanha, dando a cada ator pornô cinco mil dólares por ano em dinheiro e fazendo com que preencham cheques pessoais aos políticos de sua preferência.

— De quantos atores estamos falando?

— Uns cem. Talvez mais.

— E não sabemos sequer quem são eles.

— Não. A não ser que as mães realmente os tenham batizado de Hugh Mungus e Lucy Bangs.
— Como soube disso?
— Não posso dizer, mas meu informante é confiável.
— O suficiente para montar um caso?
— Não.
— Com os milhões que Maniella ganha vendendo sexo virtual, por que ele ainda se importa com uns bordéis de Rhode Island?
— Talvez ele seja um desses caras que, quanto mais têm, mais querem.

Eu não me incomodo muito com o negócio de prostituição dos Maniella. No meu entender, as mulheres podem fazer o que quiserem com o próprio corpo e os homens podem fazer o que quiserem com o dinheiro deles. Mas me incomoda muito que o governo do estado esteja à venda.

— Vou continuar cavando — eu disse. — Se eu provar que os Maniella estão fazendo o que você diz, será uma matéria dos diabos sobre corrupção.
— Que bom.
— Mas, preciso te avisar, a prostituição me parece um crime sem vítimas — eu disse e me arrependi de imediato.
— Diga isso às mulheres dos homens que voltam com gonorreia ou HIV — disse Fiona. — É um negócio sujo. Explora as mulheres, enriquece pessoas cruéis como os Maniella e é uma mancha feia na reputação de nosso estado. — Seu tom não convidava a discussões.

Ela tomou um gole da cerveja e acrescentou:
— Só espero me aguentar nesse emprego por tempo suficiente para fazer alguma coisa a respeito disso.

Em 1980, quando um padre jesuíta irascível de nome Robert Drinan era congressista democrata de Massachusetts, o papa João Paulo II ordenou que padres e freiras deixassem a política eleitoral. Agora, trinta anos depois, ainda era esta a política da Igreja. Fiona preferia ignorá-la.

— É melhor correr — eu disse —, se quiser ficar com o emprego antes que Roma atire seus raios.

— Espero que o santo padre entenda que estou fazendo o trabalho do Senhor.

— O que o bispo está lhe dizendo?

— Que, se eu não renunciar ao cargo público, posso ser excomungada.

— Meu Deus, Fiona!

— Não use o nome do Senhor em vão na minha presença, babaca.

Ela tirou outro trago do cigarro e espanou a cinza que caiu no jeans. No ano anterior, o legislativo do estado finalmente decidiu pela proibição de fumar em lugares públicos. Ninguém que bebesse no Hopes tinha culhões para dizer isso a ela.

Átila, a Una, pediu licença e foi ao banheiro. Olhei sua bunda (alguns hábitos não morrem) e percebi a grife em seu jeans: True Religion.

6

Desabei em minha cadeira ergonomicamente correta, liguei meu desktop, verifiquei as mensagens e achei esta de Lomax:

AINDA NÃO TEM ID DO CORPO?

Não, mas graças a Fiona eu tinha o suficiente para uma atualização que podia tirar Lomax do meu pé por um tempinho. Abri um arquivo novo e mandei bronca num lide:

> As autoridades acreditam que o homem baleado e jogado de Cliff Walk em Newport há uma semana seja Salvatore Maniella, o notório e recluso pornógrafo de Rhode Island, mas até agora foram incapazes de obter uma identificação positiva do corpo.

Alguns minutos depois, eu estava dando os últimos retoques na matéria, quando Lomax apareceu num canto de minha mesa e leu por cima de meu ombro.

— Fiona é sua fonte para isso?
— Uma delas.
— E quem mais?
— O capitão Parisi.
— Como conseguiu isso? O FDP fechadão nunca nos conta nada.
— Acabei de falar com ele ao telefone. Quando perguntei como estava indo a investigação do assassinato de Maniella, ele disse que

não sabia do que eu estava falando. Mas, quando eu disse que tinha a identificação de uma "fonte próxima à investigação", ele soltou uma enxurrada de palavrões sobre "vazamentos do caralho" e desligou.

— Basta para mim. Escute, tem planos para esta noite?
— Tenho. — Mas, na realidade, eu não tinha.
— Cancele. Todd Lewan alegou doença, então preciso que cubra a comissão de planejamento do município de novo.

Ah, merda. Olhei o relógio. Essas reuniões começavam às oito horas. Se corresse, ainda teria tempo de ver meu bookmaker.

Abri a porta do mercadinho na Hope Street e ouvi o familiar *ding*. Desde que eu era pequeno, aquele velho sino de bronze anunciava minhas visitas ao dono, meu velho amigo Dominic "Whoosh" Zerilli. Na maior parte desses anos, ficou pendurado sobre uma porta na Doyle Avenue. O sino foi uma das coisas que Whoosh salvou do incêndio criminoso do ano passado.

Teresa, que trabalhava na caixa registradora à noite nos dias úteis, estava recurvada sobre o balcão de vidro das balas, examinando a primeira página do *National Enquirer*. A julgar pelo cenho franzido, tinha dificuldades. Curvei-me e tirei os fones de seu iPod.

— E dizem que os jovens não leem jornais.
— Oi, Mulligan.
— Como está, Teresa?
— Entediada.
— Claro que sim. É o tormento universal dos adolescentes.
— Enfim, está disposto a me levar para sair?
— Assim que você ficar adulta.
— Mas fiz *18* na semana passada!

Reprimi um riso. Ela fez beicinho.

— E aí, vai comprar alguma coisa ou o quê?

— Só vim ver o velho.

Ela revirou os olhos.

— Ele está lá nos fundos.

Andei por um corredor estreito de mantimentos. À minha direita, Ding Dongs, Twinkies, Fruit Pies, Honey Buns e Devil Dogs. À esquerda, uma estante de revistas soft pornô com nomes como *Only 18*, *Black Booty* e *Juggs*. À frente, geladeiras estocavam Yoo-Hoo, Coca-Cola, Mountain Dew, Red Bull e 12 marcas de cerveja americana barata. Os cigarros ilegais sem selo de impostos ficavam fora de vista, atrás do balcão.

Na extremidade do corredor, subi uma curta escada de madeira e bati numa porta de aço reforçado. Quando a tranca automática se abriu, girei a maçaneta, entrei no santuário privado de Zerilli e fui recebido por um latido baixo.

— Ele não vai te machucar — disse Zerilli. — É manso.

— Onde arrumou?

— No abrigo municipal.

— Já tem nome?

— Estou chamando de Shortstop, como no beisebol.

— Por que essa posição?

— Porque Centerfielder seria um nome idiota, porra.

Shortstop levantou-se do canto e veio lamber minha mão com uma língua de lixa azul. Era um cachorro grande, devia ter um ou dois mastins na árvore genealógica.

— Eu o solto na loja quando fecho — disse Zerilli. — Achei que ele ia desestimular os garotos do bairro a invadir de novo, mas não tá dando certo. Esses inúteis vira-latas de merda gostam de todo mundo.

Quase perguntei se ele ia ficar com o cachorro, mas, pelo modo como seus dedos trabalhavam atrás das orelhas do cão, já recebera minha resposta. O telefone tocou, Zerilli atendeu e notei um tremor em sua mão direita. Isso era novidade. Ele fez 75 anos em março último e enfim começava a mostrar sua idade.

— Oito pontos — disse ele a quem telefonava. — E o *over-under* é de 37. — Ele parou, depois rabiscou um código em uma tira de papel com um coto de lápis amarelo. — Tá legal, é seu por um dime — disse ele, e desligou.

— Jogo dos Pats?

— É. Vai nessa?

— Desta vez não, Whoosh.

— Entendo. O terceiro jogo de Brady depois da cirurgia no joelho, é difícil saber se ele vai fazer mais *touchdowns* do que interceptações.

Ele pegou o papel de nitrocelulose em que registrou a aposta e largou em uma tina de metal a seus pés. Se a polícia desse uma batida no lugar, algo que não acontecia havia anos, ele simplesmente largava um cigarro aceso na tina e... *whoosh*! Foi assim que ganhou o apelido.

Zerilli mexeu na gravata azul, afrouxando o nó Windsor. Depois, pegou um isqueiro Colibri no bolso interno do paletó Louis Boston e acendeu o Lucky sem filtro que estava pendurado em seu lábio inferior. Deu um trago, soprou a fumaça pelo nariz e coçou o saco através da cueca samba-canção. Como sempre, tinha tirado a calça e a pendurara no armário para preservar os vincos.

Sentei-me na cadeira Windsor de madeira para visitantes e Zerilli me mostrou uma caixa de cubanos ilegais. Abri, peguei um e cortei a ponta com meu cortador de charutos. Zerilli curvou-se para me dar fogo.

— Jure por sua mãe que não vai escrever sobre nada que vê ou ouve aqui — disse ele.

— Eu juro — respondi, sem mencionar que não havia nada para escrever porque todo mundo já sabia o que acontecia ali dentro. Este era nosso ritual. A única coisa que mudou foi a marca dos cubanos. Às vezes Cohibas, desta vez Partagás.

— E então — disse ele —, estou achando que esta não é uma visita social.

— Não inteiramente.
— Está aqui para falar do caso de Arena com os sindicatos?
— Não.
— Porque não tenho nada para dizer disso.
— Claro que não tem.
— O Salmonela, então?
— É.
— O idiota de merda tá morto ou não? — perguntou ele.
— Parece que sim, mas não tenho certeza.
— Humpf.
— O que pode me dizer das operações dele?
— Pornografia na internet não é grande coisa.
— E as boates?
— Ele não se incomoda mais com elas — disse Zerilli. — Entregou à filha Vanessa há alguns anos, depois que ela se formou na porra da Universidade de Rhode Island. Pelo que soube, ela é mais filha da puta do que ele.
— Ela se deu bem nessa?
— Ah, sim. Foi ideia dela instalar salas privativas para que as strippers pudessem foder com os clientes, em vez de só pagar um boquete nas mesas. As putas chamam de salas VIP. Umas cabinezinhas de merda com sofás de vinil sujos de porra. Meu Deus, que piada.
— Algum atrito com as seis boates de Arena e Grasso?
— Não. Os lugares ficam lotados no fim de semana, chamando clientes de toda a Nova Inglaterra. Alguns vêm em ônibus fretado de Boston e New Haven, pelo amor de Deus. Ganham uma boa grana na maioria dos dias úteis também. Tem macho com tesão pra todo lado, Mulligan.
— Os Maniella ainda não estão ligados, não é?
— Eles conhecem umas pessoas no negócio deles. Quando a pornografia saía em vídeo, antes de a internet foder com tudo, um pessoal de Nova York, Miami e Las Vegas cuidava da dis-

tribuição... Mantinham as prateleiras de pornografia lotadas de lixo. Mas os Maniella não faziam parte dessa máfia, se é o que quer saber.

— Então, quanto Vanessa está pagando a Arena e Grasso pelo direito de administrar boates no território deles?

— Ah, merda. — Ele apagou o cigarro, tirou outro do maço e acendeu, a chama oscilando em sua mão direita trêmula. — Não quero falar nisso.

— Não?

— Não, caralho.

— Assunto delicado?

Ele virou a cara e coçou as orelhas de Shortstop de novo. A baba caía da boca do cachorro e se empoçava no linóleo. Passou-se um minuto antes que Whoosh voltasse a atenção para mim.

— E então — disse ele —, está desperdiçando a merda do meu tempo, ou vai fazer uma aposta?

— Tá legal, Whoosh — eu disse. — Qual é o *over-under* de quando o *Dispatch* vai bater as botas? — Esperei uma risada. Em vez disso, ele disse na lata:

— Três anos.

Congelei.

— Sério?

— Três anos depois do 12 de outubro, para ser exato.

— As pessoas estão apostando nisso?

— Qual é, Mulligan. Neguinho aposta em tudo que é merda.

Solto um suspiro fundo.

— Coloca cinquenta pratas no *under*.

— Já imaginava. Todos os caras do jornal vão no *under*. — Ele pegou o coto de lápis para registrar a aposta.

Tirei a carteira, paguei a ele os 25 dólares que perdi no jogo de futebol URI-UMass de sábado e me levantei para sair, ainda sem entender por que os pagamentos de Vanessa a Arena e Grasso eram um assunto tão melindroso. Estava com a mão na maçaneta quando me ocorreu uma coisa.

— Espere aí. Eles estão pagando *a ela*, não estão?

— O quê? De onde tirou essa ideia de merda?

— Puta que pariu! Eles *estão mesmo* pagando a ela, não estão?

Os olhos dele se estreitaram em fendas.

— Isso não saiu de mim de jeito nenhum.

— Claro que não, Whoosh.

— É melhor que eu não veja nada disso na porra do *Dispatch*.

— Não vai ver.

— Jure por sua mãe.

— Já jurei.

— Jure de novo.

— Tudo bem, tá legal. Eu juro.

Ele coçou o saco de novo, deu outro trago no Lucky e começou a falar.

— Dez anos atrás, quando Maniella abriu as boates dele, dois de nossos rapazes fizeram uma visita a ele. Disseram que voltariam todo mês para fazer a coleta.

— Quanto?

— Dois paus por boate.

— Parece razoável.

— Foi o que pensamos.

— E o que houve?

— Algumas semanas depois, uma meia hora antes da abertura de meio-dia, uma dúzia de caras com tatuagens dos SEALs da Marinha invadiu a Friction.

— O lugar é do Grasso — eu disse.

— Agora é, mas era do Johnny Dio antes de ele tomar porrada.

— Sei.

— O leão de chácara tentou parar os caras na porta, então eles o jogaram no estacionamento como se ele fosse lixo. Arrebentaram o lugar todo. Quebraram todas as garrafas de bebida. Jogaram banquetas na merda dos espelhos.

— Tá de sacanagem?

— Não. Não ouviu falar disso? Íamos guardar segredo, mas achei que você já soubesse.

— Alguém se machucou?

— Uns cortes e hematomas. Nada de fazer chorar. Antes de saírem, dois babacas subiram ao palco, abriram o zíper e mijaram nos postes das strippers como se fossem uns cachorros miseráveis.

— Marcando o território — eu disse.

— Dio deduziu certo que Maniella os mandou. Queria ir pessoalmente a Greenville e sentar o cacete no filho da puta. Conseguimos acalmar o sujeito e pedimos uma reunião a Maniella.

— E como foi?

— Convidamos o imbecil a uma boa refeição no Camille's, assim a gente podia explicar a situação. Quem mais falou foi Arena. Disse que, se as boates de Maniella se dessem bem como as nossas, ele ia levar uma grana. Disse que dois paus por mês por boate era um preço justo pelo direito de operar.

— Maniella não pensava assim?

— Ele disse que o dinheiro era justo e que os rapazes dele apareceriam no início de cada mês para coletar.

— Tá de gozação comigo.

— Quando foi que fiquei de gozação?

— O que Arena disse a respeito disso?

— Primeiro, ele teve de segurar Dio pelas pernas para que ele não subisse na mesa e pegasse o babaca. Depois disse, de jeito nenhum.

— E Maniella disse o quê?

— No começo, ele só sorria e olhava pra gente pela borda da merda da taça de vinho dele. Curtindo o momento.

— E depois?

— Depois ele arregaçou a manga e mostrou sua tatuagem dos SEALs. Disse que conhecia muitos caras com a mesma tatuagem. Disse que imaginava que uma dúzia deles era suficiente, mas que ele podia arrumar uns cinquenta, se precisasse.

— Então Arena cedeu?

— E o que ele podia fazer, caralho?

— Arena e Grasso ainda estão pagando?

— À Vanessa, é. Todo mês. Mas nunca falamos nisso. — Ele tirou os óculos e esfregou os olhos. — É humilhante, porra.

— Não é como nos velhos tempos, hein?

— Não, merda. Quando Raymond L. S. Patriarca mandava nessa cidade, ninguém tentava uma coisa dessas. Bobo Marrapese, Pro Lerner, Frank Salemme, Dickie Callei, Red Kelly, Jackie Nazarian, Rudy Sciarra... Era só sussurrar os nomes dos caras da nossa turma e um babaca como Maniella se urinava nas calças. Só que não estamos mais nos anos 70.

— Os ex-SEALs ainda estão por aqui?

— Pelo menos dois. Fazendo a coleta.

Agradeci a ele e me levantei para sair.

— Peraí um minutinho — disse ele. — Pode usar um GPS no Bronco?

— Não preciso de um. Tenho um mapa de Rhode Island na minha cabeça.

— Às vezes você sai do estado, né?

— Saio.

Ele se levantou, destrancou a porta de um pequeno depósito atrás do escritório e voltou com um GPS Garmin numa caixa fechada.

— Caíram mil deles de um caminhão em New Bedford na semana passada — disse ele. — Comprei dos irmãos Arcar a um décimo do preço.

— Quanto consegue neles?

— Quarenta pratas a unidade, mas é seu por conta da casa.

Se eu rejeitasse, meu amigo ficaria ofendido.

— Obrigado, Whoosh. E, se ouvir algum papo sobre o assassinato de Maniella, me dá um toque.

— Mulligan?

— Hmmm?

— Sabe os gorilas que esculhambaram a Friction? Soubemos que eles foram trabalhar para Maniella depois que foram despedidos da Titan e da Blackwater.

— Sem sacanagem?

— Sem sacanagem.

— E sabe por quê?

— Você nem vai acreditar.

— O que é?

— Força excessiva — disse ele. — Ou, como chamam na Blackwater, trabalharam bem demais.

Quando cheguei à prefeitura, a reunião da comissão de planejamento estava em andamento. Não perdi nada. Não teria perdido nada mesmo que não tivesse aparecido. Duas horas de embromação sobre o futuro de um terreno baldio na Elmwood Avenue dariam três parágrafos na página do bombardeiro — a B-17.

Estava chovendo quando saí pela porta da frente do *Dispatch* e disparei para o Secretariat e, quando segui pela Putnam Pike para Greenville, a chuva ficou mais forte. O trajeto de vinte minutos até a casa de Maniella no Waterman Lake durou o dobro. Deveria ter usado o GPS, porque estava quase na Harmony quando percebi que tinha perdido a entrada no escuro.

Dei a volta, desta vez achei a entrada e rodei lentamente por uma estrada de terra, olhando pela cortina de chuva, procurando um vislumbre da casa colonial branca com chaminé central que ficava no canto da Pine Ledge Road há duzentos anos. Quando a vi, virei à direita em uma rua particular sem calçamento que a tempestade transformara em lama. Era estreita, mal tinha largura para a passagem de dois carros. À frente, ficava mais estreita ao seguir para o alto de uma barragem de terra. As águas do Waterman Lake espreitavam dos dois lados e eu sabia que o Secretariat não sabia nadar.

    Meus faróis pegavam a chuva, jogavam-na para mim e perdi a estrada de vista no meio do caminho. Senti o Bronco tombar quando o pneu traseiro direito derrapou pela beira e rodou no ar. Pisei no acelerador e as outras três rodas espirraram lama, lutando para ficar na estrada.

7

O rio Stillwater, um afluente do Woonasquatucket, na realidade, é só um córrego e, no outono, encolhe a um fiapo. A represa de barro e alvenaria que se intrometeu em seu curso quando houve o terremoto de 1838 ainda está lá, segurando um lago em formato de ameba de 110 hectares. O Waterman Lake é limpo e a profundidade média é de apenas três metros, tornando-o ideal para nadar e passear de bote, mas inadequado para desovar um corpo.

O lago é de propriedade particular, assim como o terreno crivado de pinheiros brancos e bordôs que o cerca. Quando eu era criança, a maior parte das construções daqui era de chalés de verão meio abandonados. Nos últimos anos, alguns foram demolidos e substituídos por casas de veraneio enormes, projetadas por arquitetos que se inspiraram em Philip Johnson e Frank Lloyd Wright. A maior pertencia aos Maniella, ou o que restou deles.

Passando do dique, a estrada de terra fazia uma curva para a direita. Galhos de pinheiro ensopados roçavam na lateral do Secretariat, dando-lhe uma escovada atrasada ao tatearmos pelo escuro. Logo a estrada se dividia em cinco trilhas de terra que se estendiam para a margem do lago como os dedos de uma mão artrítica. A casa dos Maniella localizava-se adequadamente na ponta do dedo médio, empoleirada em um outeiro que dava para a água.

Quando parei na entrada de cacos de conchas, a casa parecia às escuras e vazia. Puxei o capuz de minha capa de chuva, corri pela tempestade e subi a escada até a larga varanda da frente. A campainha tocou feito o Big Ben. Ninguém atendeu. Para fazer um serviço completo, chapinhei em volta da casa e espiei pelas janelas. Por uma vidraça na porta lateral da garagem de três carros, distingui as silhuetas do antigo Maybach e do Hummer 2009 registrados em nome de Sal Maniella. O que me faz perguntar como ele chegou a Newport, se não estava dirigindo nenhum de seus carros. A vaga reservada para o Lexus de Vanessa estava desocupada. Talvez ele tenha levado o dela.

Agora meu jeans estava ensopado pela chuva e a temperatura caía. Corri para o Bronco, liguei a ignição, acendi os faróis e os limpadores e mal consegui ver a casa pelo para-brisa. Arriscar-me no dique de novo seria abusar da sorte. Desliguei o motor, abri minha garrafa térmica e tomei o café para me aquecer. Deu certo. Também incitou uma dor que roeu pouco abaixo de meu esterno. Abri o porta-luvas e um vidro de Maalox novo e tomei dois grandes goles. Depois, me recostei no banco para tirar um cochilo e esperar que a chuva amainasse.

Eu tinha acabado de cochilar quando o celular começou a tocar "Bitch", de Mick Jagger. Era o toque daquele alguém especial que ligava sempre tarde da noite.

— Alô — eu disse, e tive a saudação de sempre.

— Seu!

Filho!

Da!

Puta!

— Boa-noite, Dorcas.

— Está trepando com quem esta noite, imbecil?

— Com cinco das seis Pussycat Dolls. Nicole Scherzinger não pôde vir.

— Sempre com as piadas de babaca.

— Tudo bem, você me pegou. A verdade é que Melody Thornton não pôde vir também.

— Meu advogado te ligou hoje?

— Ligou.

— E?

— E ainda não concordo com uma pensão vitalícia, Dorcas.

— Você é *mesmo* um imbecil.

— Ofereci toda a pensão para filhos que você podia querer. Ele achou generosidade minha, até que lembrei que não tivemos filho nenhum.

— Você se acha engraçado? Porque não é.

— Vou continuar lhe dizendo, Dorcas, as coisas estão descendo a ladeira no jornal. É provável que eu seja demitido. Mesmo que não seja, o *Dispatch* deve fechar daqui a alguns anos e não sei o que vou fazer então.

— Isso não é problema meu, babaca.

— Ser repórter é tudo que sei, Dorcas. Nunca fui bom em mais nada.

— Nisso você tem razão.

— Preciso frisar novamente que você ganha o dobro do que eu?

— Vai pro inferno!

— Durma bem, Dorcas — eu disse, mas ela já havia desligado.

O barulho na janela do carro me sobressaltou. Abri os olhos e vi o capitão Parisi batendo no vidro com os nós dos dedos com cicatrizes de faca. Do outro lado do lago, o sol tinha se esgueirado no horizonte e espiava pelos pinheiros.

— Mulligan? — perguntou ele enquanto eu abria a janela. — Mas o que está fazendo aqui?

— O mesmo que você.

Eu conhecia Steve Parisi havia anos. Apesar das queixas de Fiona sobre a falta de resultados, ele era um detetive muito bom, embora tendesse a ser calado com a imprensa. Sempre havia uma demora de cinco segundos antes de alguma coisa que ele me dissesse, como se tivesse medo de deixar escapar algum segredo oficial picante.

— A casa ainda está vazia? — perguntou ele.

— Está.

— Isso não explica por que você está dormindo numa lata-velha na entrada de nosso pornógrafo preferido.

— Fui apanhado pela tempestade e não me arrisquei no dique.

— Tem adesivo de vistoria nesse ferro-velho? — Ele verificou e o encontrou no para-brisa. — Quanto pagou de suborno por isso?

— A taxa atual é de quarenta pratas.

Cinco segundos se passaram antes que ele suspirasse e falasse:

— É, foi o que eu soube também.

— Se os moradores de Rhode Island parassem de se matar por uma ou duas semanas — eu disse —, talvez um de nós pudesse dar uma olhada nisso.

A demora de cinco segundos de novo. Falar com Parisi era como conversar por sinal de rádio com alguém na Lua.

— Se eu te disser para não vir aqui de novo — disse ele —, não vai adiantar de nada, não é?

— É.

— Que tal me ligar se os encontrar antes de mim?

— Claro. E você, se os encontrar primeiro, me dará as novidades, está bem?

— Vou pensar no assunto. Cuidado ao sair. A beira da estrada desmoronou em alguns pontos ontem à noite e, pelas marcas de derrapagem na lama, parece que alguém chegou muito perto de dar um mergulho.

8

Eu estava sentado no bar ninando uma lata de seis dólares de Bud, quando uma loura de farmácia, de fio dental e saltos agulha, chegou rebolando, meteu duas tetas compradas na minha cara e disse:

— Quer um boquete? — Ora, claro, mas não a esse preço. Meneei a cabeça e ela bateu o salto de frustração. Depois, girou e procurou outro alvo no salão. Dei uma boa olhada em seu traseiro. Alguns hábitos nunca morrem.

Era uma noite lenta de quinta-feira na Tongue and Groove. Não havia ônibus fretados no estacionamento e as vinte prostitutas que se revezavam nos postes de strip superavam em número os clientes pagantes. A maioria dos homens parecia já ter se divertido. Agora, sem dinheiro ou ânimo, recurvavam-se sobre as cervejas nas mesas de coquetel ou arriavam em banquetas perto do palco para analisar a coreografia. As meninas giravam de fio dental, mas dez dólares as colocariam na sala "toda nua" no segundo andar. Em nome da pesquisa, tirei um Hamilton do bolso. Ao entregar ao bandido que vigiava a porta, perguntei-me como eu deveria descrever essa entrada em minha conta de representação do jornal.

A sala no alto da escada era escura, exceto pelo palco, onde duas mulheres nuas, uma negra e outra branca, estavam de quatro, rebolando a bunda na batida de uma trilha romântica de 50 Cent:

I'll take you to the candy shop,
I'll let you lick the lollipop...

Seus genitais giravam a centímetros do nariz de dois homens sentados em banquetas de uma fila que, se não fosse por eles, estaria vazia na beira do palco. Um cara enfiou uma nota de um dólar numa liga e estendeu a mão para apalpar a mercadoria.

A Tongue and Groove era minha última parada num giro de três noites pelas boates de strip de Vanessa Maniella. Eu torcia para descobrir como eles operavam — e talvez conseguir alguma fofoca sobre o paradeiro da família. Mas descobri principalmente que Vanessa aprendeu algumas coisinhas sobre o negócio na universidade.

Na noite de terça-feira, fui à Shakehouse. Ali, a entrada era de vinte dólares, que um cavalheiro grandalhão com um terno Joseph Abboud requisitou educadamente à porta. Uma foto tamanho pôster de três gostosonas nuas atacando um zagueiro dos New England Patriots estava montada pouco depois da entrada. Atrás do bar de granito reluzente, cinco mixologistas de camisa branca e gravata-borboleta preta agitavam martinis aromatizados e tiravam canecos de cerveja premium.

As mulheres, algumas que tinham aparecido recentemente em Manhattan e Atlantic City, passaram muito tempo na academia. Dançavam nuas em três palcos em um turbilhão de luzes coloridas, movendo-se como Shakira as ensinara a dançar. Os clientes, a maioria de ternos executivos, faziam fila para meter notas de dez dólares nas ligas no alto das coxas suadas. De vez em quando, um dos homens jogava um punhado de cédulas em homenagem a uma performance mais vigorosa. E eu que pensava que os esbanjadores de dinheiro tivessem sumido quando veio a recessão.

Depois de três giros sob os holofotes, as mulheres recatadamente vestiram lingeries e se misturaram com os clientes. Pague um drinque de 12 dólares e ela se sentará com você e colocará a mão na sua coxa. Por quarenta, ela o levará a um reservado, tirará o sutiã, pedirá para você se sentar sobre as mãos e lhe fará uma lap dance que durará uma música. As salas privativas ladeavam a parede dos fundos, e, quando meti a cabeça por uma vazia, descobri que era mais atraente do que o esgoto sujo de sêmen descrito por Whoosh.

— É sua primeira vez aqui? — perguntou um dos barmen quando me acomodei numa banqueta para ver o cardápio de cervejas.

— É.

— Quer saber como funciona?

— Quero.

— Por duzentos, você tem uma garrafa de champanhe e 15 minutos em uma sala VIP privativa com uma das garotas. Por quatrocentos, você tem uma garrafa Magnum e meia hora. As meninas não têm permissão para assediá-lo. Você é que deve abordá-las. Não se ofenda se uma delas rejeitar você. Nem todas fazem o serviço completo. Algumas só dançam pelas gorjetas.

Na noite anterior, fui à segunda boate, Rogue Island, e encontrei a porta bloqueada por militantes da Espada de Deus, um grupo local de fanáticos religiosos de direita. Brandiam placas feitas à mão proclamando "Não Cometerás Adultério", "O Inferno Espera pelos Libertinos" e "Deus Abomina Fornicadores". Dois seguranças os empurraram de lado rudemente e me conduziram para dentro. Enquanto a porta batia às minhas costas, eu os ouvia lá fora, gritando sobre o fogo do inferno e almas imortais.

Dentro da boate, paguei a entrada de dez dólares e peguei uma banqueta no bar. Algumas perguntas discretas determinaram que a maioria das garotas era do lugar — mães solteiras tentando ganhar a vida e universitárias lutando para pagar as anuidades. Os barmen serviam uma boa variedade de cervejas decentes em garrafas. Os clientes vestiam calças cáqui e camisas sociais, e era evidente que alguns eram habituais. As garotas os cumprimentavam pelo nome, dando-lhes a mesma saudação que Norm costumava receber quando passava pela porta do Cheers.

As meninas se apresentavam nuas num único palco, girando em postes e jogando os quadris numa imitação do ato sexual. As cédulas enfiadas nas ligas aqui eram principalmente de cinco dólares. Quando acabavam as apresentações de 15 minutos, elas vestiam um fio dental e um sutiã mínimo e se misturavam com os clientes. Lap dances de topless custavam trinta dólares, duas pelo preço de uma antes das cinco da manhã. Cem dólares pagavam um boquete num quarto escuro, ou, por 150, você podia levar a garota que quisesse a uma daquelas salas privativas que Whoosh descreveu e fazia o que quisesse por 15 minutos.

Eu estava sentado sozinho a uma mesa de coquetel com uma boa visão do palco, quando se aproximou uma morena magra.

— Oi, Mulligan. Precisa de outra cerveja?

— Marie? Não me diga que *você* está trabalhando aqui.

— Não me venha com sermões. Sou apenas a garçonete.

— Bela roupa — eu disse. Seu macacão colante cabia feito uma camisinha.

Marie costumava servir as mesas no Hopes, e, no ano passado, eu a levei para a cama algumas vezes, mas isso não deu em nada. Ela procurava um cara para criar uma família. Disse a ela para continuar procurando.

— As gorjetas são boas por aqui?

— Muito.

— Mas não tanto se você não faz strip.

— Claro que não — disse ela, sentando-se a minha mesa.

— Quanta grana as strippers ganham?

— As prostitutas, quer dizer?

— Bom, é.

— Numa noite boa, as melhores garotas levam mais ou menos mil para casa, descontando as despesas.

— Despesas?

— É.

— Que despesas?
— Elas têm de pagar 150 por noite para dançar aqui.
— As meninas pagam à boate? A boate não paga a elas?
— Ã-ã. A Candy, que antigamente fazia strip na Shakehouse até engordar uns quilos, disse que lá é trezentos por noite, mas as garotas mais gostosas podem ganhar cinco ou seis mil num bom fim de semana.
— Alguma outra despesa?
— As meninas pagam vinte dólares à casa sempre que levam um cliente à sala privativa, e têm de dar gorjeta aos seguranças no fim da noite. Às vezes, os seguranças negociam, se está me entendendo.
— Estou.
— A vantagem é que os caras da boate compram camisinhas no atacado e dão às garotas de graça.
— Camisinhas? — perguntei. — Os Maniella são católicos. Eles vão rezar a Ave-Maria até a Páscoa se o papa Bento descobrir isso.
Eu tinha mais perguntas, mas o barman berrou do bar: "Socialize na sua hora de folga, Marie. Os pedidos estão se acumulando aqui."
— Preciso ir agora — disse ela. — Vou te trazer uma cerveja por conta da casa. — Alguns minutos depois, ela trouxe.
Nesta noite, a entrada era gratuita na Tongue and Groove. Um único barman servia duas marcas de cerveja, Bud e Bud Light. Os clientes usavam jeans e camisetas com o logo dos Boston Bruins e dos New England Patriots. A maioria das meninas era recém-chegada do Haiti, Rússia, Brasil e República Dominicana. Usavam apenas um fio dental e sorrisos quando andavam pelas mesas de coquetel para tentar os clientes.
As gorjetas aqui eram de um dólar. A lap dance custava vinte pratas cada, boquetes, a quarenta dólares e, por cem, você podia arrastar uma garota para uma cabine privativa e fazer upa-upa por vinte minutos. Numa noite devagar como esta, você até podia levar duas meninas pelo preço de uma.

Vanessa Maniella construiu bordéis que combinavam com cada carteira de Rhode Island. Em cada boate, perguntei por ela e fui educadamente informado de que não estava disponível. Quando perguntei se alguém vira Sal ultimamente, recebi olhares gélidos.

Eu estava na porta da "Sala Toda Nua" da Tongue and Groove, esperando que meus olhos se adaptassem ao escuro. Quando 50 Cent parou de fazer seu rap, só consegui distinguir as filas de mesas de coquetéis, todas vazias. Escolhi uma perto da parede dos fundos e me sentei. Era hora de troca de turno no palco. A garota que recebeu a gorjeta de um dólar deslizou para o colo de seu benfeitor e cochichou em seu ouvido. Depois desmontou, pegou-o pela mão e o levou para uma fila de cubículos privativos na parede a minha esquerda.

A outra garota desceu nua a escada do palco e procurou uma presa no salão. Eu mal a via quando ela saiu da luz, mas senti que vinha na minha direção. Outras duas meninas subiram no palco com pernas que ficavam mais compridas com os saltos me-fode. Não se podia dizer que eram strippers, porque não tinham roupa nenhuma para tirar.

— Bonsoir, amorr. Qual o zeu nome?

— Mulligan. E o seu?

— Destiny — disse ela, mas saiu mais como "DEZ-tin-i".

— Claro — eu disse. — É como as mamães haitianas estão batizando as filhas hoje em dia.

Isso a fez rir e percebi pela primeira vez que era nova e bonita. Ainda ria quando passou os braços por meu pescoço.

— Me paga um drrinque e eu pozo te dizer meu nome verdadeirro.

Tirei uma nota de vinte de um rolinho de cédulas em meu jeans, entreguei a ela e pedi que me trouxesse uma Bud. Ela pegou a nota e balançou os quadris até o pequeno bar que não percebi que estava ali. Quando voltou com nossas bebidas, não me deu o troco. Usei o pé para afastar uma cadeira da mesa para ela, mas ela montou no meu colo e apertou os peitos pequenos no meu pescoço.

— Marical — disse ela. — Meu nome é Marical.
— Quantos anos tem, Marical?
— Dezoito.

A mesma idade de Teresa, a atendente da loja de Zerilli, se ela estava dizendo a verdade. Tentava decidir o que fazer com minhas mãos. Coloquei-as agora em sua cintura estreita.

— Vai ze divertir comigo, amorr. Ze vier comigo, eu fazo zeu mundo rodar feito doido. — Ela movia a pelve em círculo na frente de meu jeans e eu senti que enrijecia. O verso de Paul Simon em "The Boxer" apareceu em minha cabeça: "There were times when I was so lonesome I took some comfort here." Mas nunca paguei por nada que pudesse conseguir de graça e eu era pobre demais para começar agora.

— Tem muito amorr parra vozê, amorr. Fazo por metade do prezo.

Balancei a cabeça num não e seus ombros arriaram.

— Eza noite não ganhei dinheirro nenhum.
— Noite devagar.
— Devagar, zim. O fim de zemana é melhor, esperro.

Ela se afastou de mim e pensei que estivesse se levantando para sair. Em vez disso, colocou a mão às costas, pegou nossos drinques na mesa e me entregou uma garrafa de Bud.

— Há quanto tempo está em Providence, Marical?
— Trrês meses.
— Gosta daqui?
— Melhor do que o Haiti. Nao tenho trrabalho lá.
— Quanto tem de pagar para dançar aqui?
— Pago cem dólarres por noite. Esta noite até agorra perdi dinheirro.

Marical baixa sua bebida na mesa e passa os dedos por meu cabelo, tentando vencer minha resistência. Abre os botões de minha camisa dos Red Sox Dustin Pedroia. Depois, passa os braços por meu pescoço, aperta os seios no meu peito nu e se arqueia na frente do meu jeans. Isso deve valer alguma coisa. Pego uma nota de cinco e coloco em sua liga. Minha mão tem vontade própria. Demora-se na face interna de sua coxa.

— Vozê zabe que me querr, amorr. — E isso não era mentira.

Ela pega minhas mãos, coloca em sua bunda e se arqueia um pouco mais.

Então dois caras aparecem lado a lado na porta. Julguei-os universitários — do Providence College, talvez, ou da URI. Ficaram ali até que seus olhos se adaptaram ao escuro e se sentaram a uma mesa perto do palco para examinar a ação. Marical virou-se em meu colo para ver os dois, depois se virou para mim.

— Eu te amo, amorr, mas agorra tenho de trrabalhar. Venha ver DEZ-tin-i de novo quando tiver dinheirro, OK?

Ela se levantou de meu colo e foi para os universitários, rebolando ao prosseguir. Sentou-se à mesa deles e, por um ou dois minutos, eu os ouvi rir. Depois, vi que ela se levantava, pegava os dois pelas mãos e os levava para uma das salas privativas.

Eu quis dar um chute na porta, tirá-la de lá e levá-la para longe de tudo aquilo. Mas não o fiz.

Mais tarde, estava sentado numa banqueta do primeiro andar, bebendo outra Bud e me sentindo vagamente culpado, quando o barman acendeu as luzes e anunciou que estava na hora de fechar com uma versão de um velho refrão familiar:

— Hora de ir embora, amigos. Vocês não têm foda em casa, mas não podem foder com isso aqui.

Foi quando dei uma boa olhada num dos seguranças. Os olhos eram pequenos e azul-claro. O cabelo era da cor de areia molhada. Com um e noventa, ele era da minha altura, porém mais largo, os ombros volumosos e o tronco afilando numa cintura um tanto roliça. Ele me parecia conhecido, mas não conseguia me lembrar de um nome. Ele me viu também e veio para mim, enquanto eu secava minha garrafa e a batia no balcão.

— E aí, Mulligan? Tem tempo que a gente não se vê.

A voz aguda e desagradável o entregou.

— Oi, Joseph. — Eu não via Joseph DeLucca desde que a casa dele pegara fogo durante uma série de incêndios criminosos em Mount Hope no ano passado. — Como foi que emagreceu tanto?

— Cortei minha birita a dois fardos de seis latas por semana. Parei com os donuts e as pizzas. Parei de beber achocolatado concentrado no café da manhã.

— Você bebia achocolatado concentrado?

— É bom pra caralho, Mulligan. Devia experimentar um dia desses.

— Parece que você andou malhando também.

— Quase todo dia. Vinny Pazienza me deixa usar a academia particular dele. Adoro esmurrar o saco de pancada, cara. Vinny disse que tenho talento. Se tivesse começado antes, podia virar profissional.

— Emagreceu o quê, 25, 30 quilos?

— Mais para cinquenta.

— Meus parabéns, Joseph. E há quanto tempo está trabalhando aqui?

— Desde junho. A primeira vez que tenho um trabalho firme em mais de três anos.

O barman se aproximou e deu um tapinha no ombro branco e inchado de Joseph.

— Amigo seu? — perguntou ele.

— É. Traz umas cervejas pra gente, Sonny.

— Claro — Ele pegou duas Buds na geladeira, abriu e deslizou as garrafas pelo balcão. — Fiquem à vontade. Vou levar uma meia hora para limpar.

Peguei um tubo de antiácido no bolso, abri dois, mastiguei para acalmar meu estômago e engoli com cerveja.

— E o que tá fazendo aqui, Mulligan? — perguntou Joseph. — Um cara como você deve arrumar as buças de graça. Nunca pensei que você fosse desses aí.

— Não sou. Estou trabalhando.

— Te vi lá em cima com a Destiny no colo. Trabalho legal esse seu.

— O *Dispatch* não paga muito — eu disse —, mas o emprego tem suas vantagens.

— O meu também. Fico de olho nas garotas, pra ter certeza de que ninguém pega pesado com elas. E elas cuidam de mim.

— Boquetes de cortesia?

— De cortesia quer dizer de graça?

— Isso mesmo.

— Então é, toda noite, porra.

— Os clientes costumam pegar pesado com as garotas?

— Não. A maioria sabe que não deve. Mas, de vez em quando, um daqueles cafetões de South Providence chega aqui e tenta espremer uma grana das meninas. A srta. Maniella não deixa. Diz que as garotas têm o direito de ficar com o que ganham.

— Faz ela muito bem.

— No mês passado, o King Felix esteve aqui. Já ouviu falar dele?

— Nós nos conhecemos. — Na realidade, Felix e eu tínhamos história.

— Duas garotas, Sacha e Karma, eram das bandas dele. Ele parecia pensar que elas ainda eram propriedade dele.

— O que você fez?

— Disse a ele que estava enganado.

— E como isso deu certo?

— O babaca tinha uma pistolinha prateada no cós, então eu tirei dele. Sempre soube que ele era durão, mas, quando peguei o cara pelas merdas das trancinhas e o arrastei pra fora, ele gritava feito uma garotinha.

— Deu uma sova no cara, foi?

— Nada muito grande. Quebrei o nariz dele. Rachei umas costelas. Quando acabei, eu disse pra ele voltar pras ruas e espalhar a novidade. Depois joguei o escroto na caçamba de lixo.

Joseph pegou sua Bud e secou metade da garrafa num gole só. O barman voltou e enxugou o ponto molhado com o trapo do bar.

— Ainda não me falou no que tá trabalhando — disse Joseph.

— Estou procurando Vanessa Maniella. Tem visto recentemente?

Ele franziu o cenho e seus olhos azuis viraram fendas.

— Não quero ler meu nome na merda do seu jornal.

— Tudo bem.

— Porque, se eu ler, acabo contigo.

— Entendi.

O barman ainda enxugava o mesmo ponto do balcão. Talvez ele estivesse ali ouvindo a conversa. Talvez só estivesse sendo meticuloso.

— Não vejo a srta. Maniella há semanas — disse Joseph. — Tem um pessoal que cuida do lugar pra ela. Ela não aparece muito.

— E o pai dela?

— Esse nunca vi por aqui.

— Acha que está morto?

— Só sei o que você coloca naquela merda de jornal.

— Nenhum burburinho sobre isso na boate?

— Burburinho?

— Fofoca.

— Não. Ninguém aqui sabe de porra nenhuma.

— Aquela surra que você deu no King Felix. Foi no mês passado?

— Foi.

— Antes ou depois dos tiros em Cliff Walk?

Ele pensou por um momento.

— Tipo uma semana antes.

— Acha que ele ficou puto o bastante para ir atirar em Sal?

— Ele não estaria em condições de ir atrás de ninguém — disse Joseph.

— Ele pode ter mandado um dos capangas dele.

— King Felix é um imbecil de merda — disse Joseph. — Duvido que ele saiba quem é Sal. E os retardados que trabalham pra ele... Eles não conseguem nem achar Newport num mapa. Além do mais, se tivessem culhões para ir atrás de alguém, teria de ser de mim.

— Ainda podem fazer isso — eu disse —, então, fica esperto.

9

Naquela noite, fiz logon no iTunes e comprei uma nova playlist de trinta músicas: "Love for Sale", Ella Fitzgerald, "Teen-Age Prostitute", Frank Zappa, "Bad Girls", Donna Summer, "Roxanne", do Police, "Call Me", de Blondie, "What Do You Do for Money Honey", do AC/DC, "Lady Marmalade", Labelle, "The Fire Down Below", de Bob Seger, "Honky Tonk Women", dos Rolling Stones, "Christmas Card from a Hooker in Minneapolis", de Tom Waits, e muitas outras.

Musicalmente, a trilha sonora de minha última obsessão era um saco de gatos. Minha preferida era "867-5309/Jenny", de Tommy Tutone, que gritava sobre ter achado um número escrito numa parede — "for a good time, call". Quando a música chegou às paradas de sucesso em 1982, engraçadinhos de todo o país ligavam para o número e perguntavam por Jenny. Eu mesmo o fiz algumas vezes, quando minha irmã mais nova não estava pendurada no telefone, e dei com um funcionário mal-humorado da Universidade Brown. A Brown, como muitos outros clientes irritados da companhia telefônica, reagiu ao ataque trocando os números de telefone.

Na manhã seguinte, sentei-me ao balcão de meu restaurante preferido em Providence e dei uma olhada na seção de esportes do *Dispatch*, enquanto bebia café em uma caneca de cerâmica lascada. Jerod Mayo, Matt Light e Wes Welker eram dúvidas para o jogo dos Patriots no sábado, levando-me a me arrepender da mais recente aposta que fiz com Zerilli.

Charlie, o cozinheiro que também era dono do lugar, curvou-se sobre a chapa e quebrou ovos para meu café da manhã. As panquecas de alguém já pareciam prontas. Além delas, tiras de bacon crepitavam e chiavam.

Virei a primeira página e vi que Fiona tinha voltado às notícias, chamando o governador de cafetão porque ele não apoiava sua lei antiprostituição. Blackjack Baldelli e Knuckles Grieco, as duas antas que mandavam no Departamento de Estradas de Providence, também estavam na primeira página. Um júri condenara os dois por estelionato, formação de quadrilha e evasão fiscal por comprarem cinquenta mil dólares em tampas de bueiro com o dinheiro da cidade, revendendo a um ferro-velho por 14 mil e embolsando o dinheiro. Dois membros da Espada do Senhor foram presos por jogar pedras nas janelas da clínica Planned Parenthood em Point Street. E a taxa de desemprego de Rhode Island chegara a quase 12 por cento, a segunda mais alta no país, perdendo para Michigan.

Charlie virou-se para o balcão para completar meu café e viu a manchete sobre o desemprego.

— Droga — disse ele. — Por que nunca somos o número um em nada?

— Nós somos — eu disse. — Rhode Island lidera a nação em vendas de donut *per capita*.

— É mesmo?

— É. Temos um para cada 4.700 pessoas, nove vezes a média nacional.

— Como sabe disso?

— Leio o jornal. Devia experimentar um dia desses.

— Não admira que o povo daqui seja tão gordo.

— Sua cozinha não ajuda em nada, Charlie.

Ele riu, virou-se para a chapa para virar meus ovos e me lançou uma pergunta por sobre o ombro:

— Alguma notícia do Maniella?

— Nada.

— Acha que ele está morto?

— Parece, mas não posso afirmar nada.

Ele se voltou para mim e apoiou os braços no balcão.

— Quem ia querer matá-lo?

— Pode ser qualquer um. Rivais nos negócios. Cristãos renascidos. O pai furioso de uma atriz pornô. — Ou a Máfia, pensei comigo mesmo. Grasso e Arena podem ter ressentimentos antigos. O papa pode ter se chateado com aquelas camisinhas, mas, como os Bórgia agora são parte da história, o assassinato não fazia o estilo do Vaticano... Até onde sei.

— Ou talvez tenha sido só um roubo que deu errado — eu disse.

— A polícia não achou a carteira com o corpo.

— Nos velhos tempos, Sal costumava vir aqui — disse Charlie.

— Antes de ele poder pagar champanhe e caviar no café da manhã. Parecia um sujeito decente, mas acho que não era.

Meus ovos agora estavam prontos e ele se virou para raspá-los num prato. Fora das vidraças engorduradas do restaurante, os raios do sol matinal rompiam nuvens baixas e esparsas e transformavam em ouro a fachada da prefeitura em estilo Beaux-Arts. Gaivotas metralharam o prédio de novo durante a noite, continuando sua guerra de cocô com a administração atual. Coloquei a obra-prima de Charlie na boca e tentei pensar.

Xeretar os negócios de prostituição dos Maniella não me deixou mais perto de provar que eles pagavam ao governador. O mistério da porca de Scalici também parecia um beco sem saída.

Na noite anterior, passei horas procurando reportagens investigativas no Google sobre pornografia na internet. O *Los Angeles Times* e o *Washington Post* tinham desenterrado detalhes sobre alguns dos grandes operadores, mas chegaram a um buraco negro quando olharam os Maniella. Eles sabiam esconder seu dinheiro e encobrir seus rastros. O *Times* e o *Post* tinham muito mais tempo e dinheiro para dedicar à história do que eu. Se eles não conseguiram achar nada, não tinha sentido eu tentar.

Lomax viu que eu secara e respondeu me entupindo com uma dieta de obituários, coletivas e a previsão do tempo. Eu começava a odiar o emprego que sempre amei. Precisava encontrar algo grande em que trabalhar e para acalmar Lomax, mas não tinha ideia do que poderia ser. Suborno para adesivos de vistoria era um escândalo, mas não se qualificava como notícia. Todo mundo já sabia disso. Além do mais, para os trabalhadores que tentavam manter seus carangos na rua, era serviço público. Uma pequena propina era a única coisa que se colocava entre o Secretariat e a fábrica de cola.

Abri o jornal na seção metropolitana e li uma matéria policial de Mason. A Guarda Municipal de Providence invadiu um apartamento de segundo andar da Colfax Street na noite passada e apreendeu um computador contendo centenas de vídeos de pornografia infantil. Os ocupantes, que alugaram o lugar com nome falso, não foram encontrados.

Li a matéria com atenção duas vezes, mas não vi nada ali para mim. Os Maniella nunca se meteram com pornografia infantil — pelo que eu sabia. Duvidava que tivessem escrúpulos com isso, mas, com os milhões que ganhavam com pornografia adulta, por que se envolveriam em algo que provocava tantas reações acaloradas?

Voltando ao escritório, peguei de novo os impressos de computador das contribuições de campanha do governador, procurando por algo que pudesse ter deixado passar nas cinco primeiras vezes. Ainda era só um borrão de centenas de nomes, endereços e valores em dinheiro. Não tirei nada dali. Deixei de lado e comecei pela pilha dos obituários que Lomax queria para as três da tarde.

— Oi, Mulligan.

— E aí, Valeu-Papai?

— Precisa de ajuda com alguma coisa?
— Quer experimentar uns obituários?
— Na verdade, não.

Também não deu certo na primeira vez em que tentei. É lógico que o filho do editor nunca ficaria preso a trabalho de rotina.

— Olha, tem *uma* coisa — eu disse, passando-lhe os impressos de computador. — Pode ser bom ter um par de olhos novos nisso.

— O que devo procurar?

— Qualquer pista de que os Maniella canalizaram contribuições de campanha ao governador usando seus atores pornôs como laranjas. Talvez seja melhor olhar isso aqui também. — Abri uma gaveta do arquivo e peguei listas semelhantes dos membros da assembleia legislativa de Rhode Island e dos comitês do judiciário do Senado.

Ele folheou as páginas e assoviou.

— É muita coisa para ver — disse ele.

— É, mas não tem pressa.

— Sabemos os nomes dos atores pornôs?

— Não, não sabemos.

Ele pensou por um minuto, depois falou:

— Tudo bem. Vou brincar com isso por um tempo e ver o que posso fazer.

Mason não conhecia todos os truques do negócio, mas era inteligente pra caramba. Talvez *conseguisse* achar alguma coisa.

10

Meia hora ao sul de Providence, a cidadezinha de Warren se gruda como uma craca à margem leste da baía de Narragansett. Aqui, a água às vezes é raiada de esgoto e moluscos inflamados de bactérias de coliformes pavimentam o fundo lodoso. A Main Street, a várias centenas de metros da praia e paralela a ela, é um cartão-postal da Grande Depressão — mercearias antigas de esquina, prefeitura de tijolinhos com janelas palladianas e fachadas de madeira gastas com salas vagas no segundo e no terceiro andares.

Estacionei o Secretariat junto a um parquímetro na frente de uma sala estreita, duas portas ao norte da delegacia. A sala abrigava uma sucursal de notícias com três repórteres até o *Dispatch* fechar alguns anos atrás para economizar dinheiro. Agora, letras pretas na porta de vidro diziam "Bruce McCracken, Investigações Particulares". Entrei e o encontrei sozinho, sentado atrás de um computador que ficava sobre uma mesa de carvalho que já tinha visto dias melhores. Para a mesa, como para a cidade, aqueles dias se foram havia noventa anos. Uma série de arquivos de metal amassado e um velho cofre preto do tamanho de um frigobar foram metidos na parede de trás. Os únicos móveis decentes do lugar eram a cadeira giratória de couro preto em que ele se sentava e duas cadeiras para clientes diante de sua mesa.

Eu conhecia McCracken desde nossos tempos de estudantes do Providence College. Depois da formatura, ele pegou um emprego de investigador interno de uma grande seguradora e ali ficou por vinte anos, até ser demitido na primavera anterior. Para a empresa, foi uma morte cerebral. McCracken era bom. Todo ano, seu trabalho economizava centenas de milhares, às vezes milhões de dólares para seu empregador.

Ele ergueu o celular para me mostrar que estava ocupado e apontou uma das cadeiras de clientes, convidando-me a me sentar. Em vez disso, atravessei o piso de linóleo torto até o meio da sala e olhei as fotos autografadas e emolduradas dos grandes do basquete do Providence College instaladas nas paredes de reboco rachado: Jimmy Walker, Ray Flynn, Jim Thompson, Johnny Egan, Vinnie Ernst, Kevin Stacom, Lenny Wilkins, Joey Hassett, Marvin Barnes, Billy Donovan, Ernie DiGregorio. Eu ainda olhava, quando McCracken encerrou a ligação, levantou-se e veio pegar minha mão em seu aperto costumeiro de esmagar metacarpos.

— Quando minha foto vai subir?
— Assim que você sair do banco.

Os fãs de romances de detetive particular têm uma ideia distorcida do que fazem os verdadeiros detetives particulares. A maior parte de seu trabalho é rotina: entrega de intimações em casos cíveis, localização de quem atrasa pensão alimentícia, investigação de roubo de depósitos, espionagem de cônjuges infiéis, verificação da validade de pedidos de seguro e checagem de currículos de solicitações de emprego. De tempos em tempos, podem procurar por desaparecidos de quem a polícia desistiu ou ajudar advogados a reunir provas em casos cíveis e criminais. Alguns detetives particulares se especializam, mas McCracken, como a maioria, faz um pouco de tudo. Ao contrário do Philip Marlowe, de Raymond Chandler, e do Spenser, de Robert B. Parker, os verdadeiros detetives particulares raras vezes investigam assassinatos. A maioria passa a vida toda sem bater nem dar um tiro em ninguém.

— Como estão os negócios? — perguntei ao me jogar numa das cadeiras para visitantes.

— Ótimos! — disse ele.

— É mesmo? Porque este lugar é uma lixeira.

— Estou tentando manter as despesas baixas — disse ele —, mas tenho pegado tanto trabalho, que acho que vou contratar uma secretária fogosa e me mudar para uma suíte de duas salas no Turk's Head Building na primavera.

— É bom saber disso.

— Talvez eu consiga a Effie Perine.

— Ela é mesmo fogosa, mas também é leal. Nunca vai conseguir tirá-la de Sam Spade.

— Se as coisas continuarem boas, vou precisar de um sócio para ajudar a carregar a carga — disse ele. — Você devia pensar nisso. Pelo que soube, o *Dispatch* está indo pelo ralo.

— Obrigado. Vou pensar. Por isso queria me ver? Para me oferecer um emprego?

— É um dos motivos.

— Qual mais?

— Está trabalhando naquela batida de pornografia infantil da Colfax Street?

— Não.

— Talvez devesse.

— E por quê?

— Um dia depois da batida, apareceu um cara no meu escritório. Um e oitenta e cinco, olhos azuis, cabelo grisalho, corte de cabelo caro. Com um terno Armani e um relógio TAG Heuer. Uns 50 ou 55 anos. Queria saber se tenho contato na polícia de Providence.

— E você tem.

— Claro.

— E?

— Ele pediu para eu avisar se o nome dele aparecer na investigação de pornografia infantil.

— Qual é o nome desse cara?

— Ele disse que só preciso saber quando concordar em pegar o caso.

— O que você fez?

— Abri a primeira gaveta da minha mesa, coloquei a mão e disse a ele que ia lhe dar um tiro se ele não desse o fora de minha sala.

— Você tem uma arma na primeira gaveta, é?

— Guardo minha Sturm, Ruger no cofre, mas ele não sabia disso.

— Você o reconheceu?

— Não. Mas foi uma manhã movimentada. Difícil achar uma vaga na rua. Imaginei que ele devia ter deixado o carro no estacionamento municipal atrás da prefeitura. Assim que ele saiu pela porta, fui até os fundos, olhei o estacionamento e o vi ao volante de um Jaguar XJ antigo e preto.

— Uma boa duma merda — eu disse.

— É. Ninguem deve dirigir um desses a não ser que possa bancar um mecânico seguindo por aí com um guincho.

— Pegou a placa?

— Claro.

— Correu?

— Dãããã.

— E quem é ele?

— Charles B. Wayne.

— O *doutor* Charles B. Wayne?

— O próprio.

— É gozação?

— Não.

Agradeci a ele e me levantei para sair.

— Mulligan?

— Hmmm?

— Se o bom doutor for um papa anjo, você me faz um favor?

— O quê?

— Enterre o filho da puta.

11

O mais interessante em Mary e Joseph Mendoza é que eles têm oito filhos e batizaram as três meninas de Mary e os cinco meninos de Joseph. Perguntei-me como o Joseph pai conseguia se virar, agora que sua esposa, de apenas 37 anos, morreu do que o agente funerário descreveu como uma "curta doença".

Eu tinha dois obituários para fazer, quando Jimmy Cagney gritou: "Nunca vai me pegar vivo, tira!" A frase do clássico de 1931 *O inimigo público* era meu ringtone para chamadas das forças da lei.

— Mulligan.

— Steve Parisi.

— Boa-tarde, capitão.

— Achei que gostaria de saber que Vanessa Maniella e a mãe voltaram para casa na terça-feira.

— Há três dias?

— Isso mesmo.

— Parece que você andou meio ocupado — eu disse.

— Agradeça por eu ter ligado, espertinho.

— Elas identificaram o corpo?

Cinco segundos se passaram. Talvez seis.

— Não, não identificaram.

— Não é *ele*?

— Ainda não sabemos.

— *Como é?* Tudo bem. Comece do início e me conte a história toda.

— Está brincando, não é?
— Ei, foi *você* que me ligou, lembra? O que pode me dizer?
Mais cinco segundos.
— Só que elas estão em casa. Quando fui à casa do lago de novo, na noite de terça, elas estavam tirando duas malas grandes do Lexus.
— Onde estiveram?
— Elas se negaram a dizer.
— Elas disseram *alguma coisa*?
— Perguntei quando falaram com Sal pela última vez.
— E?
— Vanessa me informou que ela e a mãe não tinham nada a dizer à polícia e me mandaram procurar a advogada delas.
— Por que ela agiria assim?
— Também me pergunto isso.
— Já se perguntou se talvez ela o tenha matado?
A demora de cinco segundos de novo.
— A ideia me passou pela cabeça.
— Ficou cansada de esperar que o velho entregasse o resto dos negócios a ela, foi?
— Eu não queria especular.
— Claro que não. E quem é a advogada?
— Uma moça chamada Yolanda Mosley-Jones.
— Da McDougall, Young and Limone.
— Você a conhece?
— Já fomos apresentados.
— Como é ela?
— A garota dos meus sonhos. Jovem, bonita, inteligente, honesta e pernas que não acabam nunca.
— Se ela é tão honesta — disse ele —, o que está fazendo representando os Maniella?
— Ei, a pornografia não é ilegal. E uma garota precisa ganhar a vida.
— Com o nome de Yolanda, ela parece ser negra.

— E é.
— Não sabia que fazia seu gênero.
— Todas as bonitas fazem o meu gênero — eu disse. — E o que ela teve a dizer?
— Deixei recado. Ela não retornou a ligação.
— Talvez vá retornar a minha — eu disse. Eu procurava uma desculpa para ligar para Yolanda e agora tinha uma.
— E vai me contar o que souber?
— Depois de três dias, quer dizer?
— Sacana.
— Talvez eu dê uma passada para falar com a Vanessa também. Ver se a garota gosta mais de repórteres do que de policiais.
— Aposto que não — disse ele.

A porta da frente dos Maniella tinha batente de mogno, janela curva acima da porta, quatro painéis de vitral e uma grade de ferro batido. Era a primeira vez que a via à luz do dia. Parei na varanda e a admirei por um momento antes de tocar a campainha em formato de flor-de-lis. A porta se abriu e revelou uma hispânica corpulenta com um uniforme preto e branco recatado de empregada. Atrás dela, tive um vislumbre de um vasto saguão com um piso de mármore branco e reluzente.

— Pois não? — perguntou ela, embora tenha saído mais como: "Pos náu?"
— A dona da casa está?
— A quem devo anunciar?
— O sr. Mulligan, do *Dispatch*.
— *Un momento, por favor* — disse ela e fechou firmemente a porta.

Fiquei na varanda e olhei o lago, sua superfície ondulando numa brisa firme. Era o final da temporada de esportes aquáticos, mas três adolescentes de traje de banho passaram roncando em jet skis, espirrando água no píer de madeira flutuante dos Maniella. Passaram-se uns bons cinco minutos antes que a empregada abrisse a porta de novo e se postasse de lado para Vanessa Maniella bloquear a entrada com seus quadris largos.

Eu sabia que Vanessa tinha uns 35 anos, mas ela parecia mais nova com as botas de cano na altura dos joelhos e o tipo de saia curta e apertada bem ao gosto das irmãs Kardashian. Tranças louras descoloridas caíam pelos ombros num estilo que combinava com um dos vídeos mamãe pornô de Sal. Vanessa me olhou de cima a baixo e sorriu com malícia.

— Como estava Roma? — perguntei, experimentando um velho truque de reportagem. Finja que sabe de algo que não sabe e com muita frequência uma fonte ou confirmará, ou o corrigirá.

— Barcelona — soltou ela. — Estávamos em Barcelona.

— Acho que seu pai não foi passear com vocês.

— Não tenho nada a dizer sobre isso.

— Sabe onde ele está?

Ela agora fechava a porta.

— É ele no necrotério?

Ouvi a tranca estalar.

— Por que não identificaram o corpo? — gritei. — A empregada está legalmente no país? Está pagando as taxas do Seguro Social? — Eu nem me importava com isso. Era só algo a dizer.

Entrei no Secretariat, liguei a ignição, saí da entrada de carros e cortei a estrada estreita numa velocidade temerária. Depois de semanas de trabalho no caso Maniella, eu ainda não tinha nada digno de impressão. A frustração levava a melhor sobre mim. Eu tinha vontade de esmurrar alguma coisa.

12

Eram quase oito horas da noite, quando peguei um hambúrguer e fritas para viagem no trailer perto da prefeitura de Providence e liguei do Bronco para Joseph DeLucca. Ele parecia grogue, como se meu telefonema o tivesse acordado. Devia ser seu dia de folga.

— Mulligan? Que foi?
— Preciso de um favor.
— Fala.
— Preciso bater em alguma coisa.
— Claro. Tudo bem. O Vinny me deu a chave da academia. Te encontro lá em trinta minutos.

A academia particular de Vinny Pazienza ficava num antigo quartel dos bombeiros, um prédio de tijolinhos na Laurel Hill Avenue. Em suas paredes internas, estavam penduradas lembranças de lutas: luvas de boxe de Everlast, páginas de esportes emolduradas, cartões de luta e cartazes de boxe de Foxwoods, Las Vegas e Atlantic City.

Vinny era um herói popular local, em parte devido a sua história inspiradora e em parte porque ele era pequeno mas tenaz — exatamente como Rhode Island. Cresceu como um garoto magrelo e desnutrido que jogou mal como interbase da Liga Infantil de beisebol, provocava brigas em campo e mantinha ao largo os *bullies* no pátio do recreio com sua ferocidade selvagem. Quando tinha 14 anos, sentou-se no escuro do Park Cinema em sua cidade natal de Cranston, viu Rocky Balboa e Apollo Creed se matarem aos socos e decidiu no ato que queria ser pugilista. Levantou peso, formou um corpo de gladiador músculo por músculo, venceu cem de 112 lutas de amador, profissionalizou-se em 1983 e derrotou Greg Haugen no campeonato mundial de pesos leves da Federação Internacional em 1987.

Em 1991, algumas semanas depois de ter derrotado Gilbert Dele e vencer o título mundial de pesos médios júnior da Associação Mundial, Vinny acordou no hospital com o pescoço quebrado. Um acidente de carro quebrou a terceira e a quarta vértebras. Os médicos disseram que ele nunca mais lutaria. Ele teve sorte de poder mexer as pernas. Três meses depois do acidente, ele saiu mancando do hospital com um suporte de estilo medieval ainda atarraxado ao crânio e foi para a academia. Só treze meses depois, venceu Luis Santana, ex-campeão mundial de superpeso médio da Associação Mundial, em uma luta parelha e almejou coisas maiores.

Em seus 21 anos de carreira nos ringues, Vinny tomou algumas surras. Héctor "Macho" Camacho tirou sangue dele. Roger Mayweather e o grande Roy Jones Jr. o nocautearam no ringue. Mas, nesse meio-tempo, ele derrotou o lendário Roberto Duran duas vezes e, quando sua última luta terminou com uma vitória em 2004, ele era cinco vezes campeão do mundo. Seu currículo profissional final: dez derrotas e cinquenta vitórias, trinta delas por nocaute.

Quando entrei na academia, Joseph já estava malhando, os punhos batendo em um dos pesados sacos pendurados numa corrente do teto. Sempre que ele socava o saco, este se desviava dele como se temesse pela vida. Joseph tinha de esperar que o saco voltasse para socar de novo.

— Segura essa merda pra mim, tá legal? — perguntou ele.

Coloquei-me atrás do saco e o estabilizei enquanto Joseph o esmurrava com direitas e esquerdas. Ele disparou uma combinação de dez ganchos e *uppercuts*, recuou para tomar fôlego e continuou. Completou a série com uma saraivada de golpes que viajaram pelo saco, pegaram meus braços e desceram por minha coluna. Depois recuou, bufando como um touro e falou:

— Sua vez.

Joseph me ensinou a enrolar as mãos com uma atadura de cinco centímetros de largura, passando por cada dedo, por cima de cada articulação e voltando ao pulso para proteger as juntas e tendões. Quando estava pronto, aproximei-me do saco e soltei alguns *jabs* hesitantes de esquerda. Tentei um cruzado de direita, um gancho de esquerda, um *uppercut* de direita e encontrei um ritmo. Gostei do ruído dos punhos quando encontravam o saco. Era bom bater em algo que não revidava.

Depois disso, fomos tomar umas cervejas no Hopes.

— Você bateu pra caramba naquele saco — eu disse. — Foi assim que socou King Felix quando ele puxou uma arma para você?

— Não, merda. O babaca nem estaria andando se eu batesse assim.

Ele bebeu a Bud e pediu outra.

— Sabe de uma coisa — disse ele —, você mesmo bate bem. Para um novato. Tem explosão nessa bunda magrela.

— Talvez a gente possa fazer isso de novo um dia desses.

— Claro. Quando quiser.

Quando a garçonete chegou com a cerveja dele, pedi outra para mim, mas eu já estava duas cervejas atrás.

— Preciso te perguntar uma coisa — eu disse.

— Se for para a porra do jornal, não vou falar nada.

— *Off the record* — eu disse.

— Isso quer dizer que não vai escrever o que eu vou dizer?

— É isso que quer dizer.

— O que é então?

— Acha que os Maniella podem estar metidos com pornografia infantil?

A cara de Joseph perdeu a cor.

— Você acha? — perguntou ele.

— Não sei. Por isso estou perguntando.

— Nunca ouvi nada assim — disse ele. — Se eu achasse que eles eram... — Ele cerrou o punho e lançou um *jab* de direita passando pela minha orelha.

— Mais uma pergunta.

— Ainda é off de, hmmm...

— *Off the record*. É.

— Que é?

— Já ouviu os Maniella ou alguém que trabalha para eles falando num cara chamado Charles Wayne?

— Quem é esse sujeito?

13

O nome oficial da Faculdade de Medicina da Universidade Brown é Escola de Medicina Warren Alpert. Apesar do que diz o material de escritório, ninguém fala assim. Além de adoecer e morrer, Alpert não teve nenhuma relação com a medicina. Ele foi o fundador da Xtra Mart, uma cadeia de lojas de conveniência que manteve a América viciada em nicotina, cafeína e xarope de milho com alto conteúdo de frutose. Mas ele doou cem milhões de dólares à Faculdade de Medicina alguns meses antes de morrer.

O dr. Charles B. Wayne, diretor de medicina e ciências biológicas da faculdade, tinha uma sala no terceiro andar do Laboratório de Pesquisa Infantil Metcalf, na Waterman Street. Eu não tinha motivos para pensar que ele guardava alguma ligação com os Maniella, mas desmascarar um figurão da Brown como pedófilo daria uma matéria boa pra danar.

Achei uma vaga na frente do prédio e vi que a porta da frente estava bloqueada por um grupo de pessoas agitando cartazes feitos à mão: "A Brown Forma Aborteiros." "Deus Abençoe os Terroristas de Clínicas de Aborto." "Deus Abomina a Brown." "Deus Abomina Rhode Island." "Deus Abomina a América." E para garantir uma abrangência completa: "Deus Abomina o Mundo."

Quando fui para a calçada, um septuagenário magro de chapéu baixo e um sobretudo preto se separou do grupo, veio a mim e colocou a mão esquelética em meu ombro. Lembrou-me o reverendo Kane, o velho arrepiante interpretado por Julian Beck em

Poltergeist II. Por um momento, tive medo de que ele me dissesse a fala mais assustadora do filme: "Você está perdido, meu bem? Está com medo, meu bem? Então, por que não vem comigo?"

O que ele disse não foi muito melhor.

— Não entre nesta casa do mal, irmão. Atente para minhas palavras ou estará condenado ao fogo do inferno.

— Obrigado pelo aviso. — Passei roçando por ele.

Ele puxou meu ombro com uma força inesperada e me girou para ele.

— Reze comigo — disse ele — e deixe que salvemos sua alma imortal.

— Não se meta em problemas por minha causa. É tarde demais para mim.

— Nunca é tarde demais para dar as costas a Satã e voltar ao caminho do bem, irmão.

Estendi a mão e ele a apertou.

— Meu nome é Mulligan — eu disse — e o senhor deve ser o reverendo Lucas Crenson, do Espada de Deus. Já vi sua foto no jornal.

— A seu dispor — disse ele, tirando o chapéu e exibindo alguns fios de cabelo branco na careca reluzente. Depois me honrou com uma mesura teatral. Meu Deus. Acho que ele também viu o filme.

— Olha, reverendo — eu disse —, não trabalho aqui. Sou repórter do *Dispatch*. Vou entrar para ver se posso expor os demônios que se ocultam aí dentro.

— Não minta para mim, rapaz!

— É a verdade. Eu juro.

— Por sua alma?

— Por minha alma imortal — eu disse, embora não soubesse se tinha uma.

— Então, tem permissão para passar.

— Obrigado, reverendo — eu disse. — Me diga, acha que eu podia assistir ao seu sermão num domingo? Gostaria de ouvir suas pregações.

— Certamente — disse ele. — Qualquer um que procure o caminho do bem é bem-vindo na casa de Deus.

Ele se voltou para os militantes, abriu os braços como se separasse as águas e sorriu benevolamente quando eles abriram caminho para mim. Ao passar por eles, contei cinco adultos, três crianças que deviam estar na escola e outras duas que ainda não tinham idade nem para isso.

Peguei o elevador para o terceiro andar, passei por um corredor, olhei pelo vidro na porta da antessala do dr. Wayne e vi uma loura sentada atrás de um computador em uma mesa que não continha nada mais. A placa com o nome dizia "Peggi Simmons, Assistente Administrativa". Coloquei-a entre um dos sete tipos de louras que Raymond Chandler descreveu em *O longo adeus*: a bonequinha atrevida que é amiga de todo mundo e aprendeu artes marciais o suficiente para jogar um motorista de caminhão por sobre o ombro.

Às cinco da tarde, eu estava de bobeira na Waterman, quando ela saiu do prédio e abriu caminho a cotoveladas pelos manifestantes. Eles gritaram com ela — algo sobre ela ser um demônio, mas não peguei tudo. Ela os ignorou, atravessou a rua às pressas e entrou ao norte na Thayer. Não me pareceu uma boa ideia abordá-la na calçada, então a segui pelo bairro comercial de College Hill enquanto ela passava rapidamente por lanchonetes, centros de cópias, a livraria da Universidade Brown e vários bares. Eu tinha esperanças de que ela parasse em um dos botecos de estudantes para eu entrar também e entabular conversa. Mas ela andou seis quadras, entrou à esquerda na Keene Street e desapareceu em uma casa vitoriana de três andares que foi desmembrada em apartamentos de estudantes.

Eu estava na calçada, pensando se seria sensato bater na porta, quando ela voltou com um bernês numa coleira. Era só um filhote, talvez tivesse nove meses, mas já chegava perto dos cinquenta quilos. Ele me olhou, abriu um sorriso de cachorro e correu direto para mim.

— Brady, não! — gritou ela, mas Brady não deu ouvidos. Continuou vindo, batendo as orelhas e a língua rosa e grande. Ela era mais pesada do que ele, mas não muito, e ele era muito mais forte. Ele a arrastou direto para mim. Cachorro bonzinho. Agachei-me para recebê-lo. Ele meteu as patas dianteiras em meus ombros e passou a língua na minha orelha.

— Brady! — disse ela de novo, puxando a trela sem nenhum efeito discernível.

— Ele não pôde evitar — eu disse. — Os cachorros e as mulheres me adoram.

Tirei as patas de Brady dos ombros e me levantei. Ele focinhou minha perna, então abaixei a mão e fiz carinho atrás de suas orelhas.

— Desculpe — disse ela.

— Não precisa se desculpar. Ele é um cão magnífico.

— Obrigada. Só queria que tivesse maneiras melhores.

— Ele tem uns nove meses, não é?

— Quase dez.

— Como eram suas maneiras quando você tinha dez meses?

— Sei o que quer dizer. — Ela estendeu a mão para mim. — Meu nome é Peggi Simmons. Já conhece o meu Brady.

— Por causa de Tom Brady?

— Como adivinhou?

— Metade dos cachorros de Rhode Island tem nomes de jogadores dos Patriots, Red Sox e Celtics. Muitas crianças também. A propósito, o *meu* nome é Mulligan. Sou repórter do *Dispatch*. E você é a secretária de Charles Wayne.

— Como sabe *disso*?

— Porque sou repórter do *Dispatch*. Nós, repórteres, sabemos todo tipo de coisas.

— Inclusive como fazer Brady parar de me puxar para a rua quando passeio com ele?

— Claro. Passe-me a trela.

Ela passou e andamos juntos pela calçada.

Brady andou bem por uns dez metros. Depois, viu uma criança de bicicleta e disparou, quase arrancando a trela de minha mão. Puxei com força, fazendo-o parar. Brady puxou mais forte. Como não deu em nada, ele recuou nas pernas traseiras como um cavalo amedrontado. Segurei firme, fui para a frente dele e apontei para meu nariz.

— Brady, olhe para mim — eu disse. Brady olhou. — Brady, senta. — Ele se sentou. Ergui a mão com a palma virada para a cara dele. — Brady, fica. — Ele ficou. Mantive-o sentado por vinte segundos. Depois, dei mais trela. — Muito bem — e recomecei a andar.

— Brady quer ficar em movimento — eu disse. — Temos de ensinar a ele que andar é a recompensa para não puxar.

O cachorro trotou a meu lado por alguns metros. Depois, viu uma mulher empurrando um carrinho de bebê e disparou de novo. Segurei-o e o fiz se sentar. Repetimos a rotina uma dezena de vezes. Brady entendeu a ideia e parou de puxar.

— Cachorro inteligente — eu disse. — Agora vamos ver o que ele faz quando você segura a trela.

Sentindo sua oportunidade, Brady começou a puxar de novo. Sempre que ele fazia isso, eu pegava a trela para impedi-lo de arrastar Peggi pela calçada e ela repetia a série de comandos que eu havia mostrado. Logo, Brady estava andando tranquilamente ao lado dela também.

— Como entende tanto de cachorros? — perguntou ela.

— Estudei o assunto anos atrás, quando minha mulher e eu compramos um filhote de cão d'água português que batizei de Rewrite — eu disse. — Quando nos separamos, ela não quis ficar com ele, e, com meu horário louco, eu não podia cuidar de um cachorro. Tive de dá-lo. Sinto muita falta daquele carinha doido.

Nossa caminhada nos levou de volta à Thayer Street. Ao passarmos pelo Andréas, sugeri entrar para um drinque.

— E o Brady?

— Vamos entrar com ele.

— Acho que não permitem animais.

— Eles fazem uma exceção para cães de serviço — eu disse.

Peguei os óculos de sol no bolso, coloquei, segurei a trela de Brady a 15 centímetros de sua coleira e andei para a porta do bar. Dentro dele, o maître me pegou pelo cotovelo e nos levou a uma mesa. Ao nos sentarmos, Brady se meteu embaixo da mesa, rolou de costas e começou a puxar os cadarços de meus sapatos. Quando o garçom chegou, dei a ele um aceno de Stevie Wonder e lembrei-me de não ler o cardápio. Fizemos os pedidos e, em alguns minutos, ele voltou com um Samuel Adams para Peggi, um club soda para mim e, ao lado, um hambúrguer cru com água para Brady.

— E então — disse ela —, você é legal assim mesmo ou só está tentando me pegar?

— Nenhum dos dois. A verdade é que estou trabalhando, Peggi. Preciso de sua ajuda. Tenho algumas perguntas sobre seu chefe.

— Oh.

— É.

Ela me olhou por um instante antes de falar.

— Mas você realmente gosta do Brady, não gosta?

— Claro. Gosto da dona também.

— Por que o interesse por meu chefe?

— Acho que ele pode estar envolvido em uma coisa ruim, Peggi.

— Ruim quanto?

— Do tipo que dá cadeia a estupradores e assassinos.

— Ai, meu Deus!

— Talvez eu esteja enganado. Só o que tenho até agora são suspeitas.

— E quer saber se posso confirmar?

— É.

— Bom, não posso. Quer dizer, sempre achei que ele era de dar arrepios, mas nada desse gênero.

— Tem acesso ao computador dele?

— Ao desktop do escritório, claro.

— Ele tem um laptop?

— Tem. Em geral, carrega para todo lado, mas às vezes esquece no escritório.

— Acha que pode ver os arquivos do computador dele sem ser apanhada?

Ela se calou por um momento, pensando.

— Acho que posso — disse ela. — O que eu estaria procurando?

— Vídeos.

— Que tipo de vídeos?

— Vai saber quando encontrar.

Peggi olhou o relógio.

— O escritório está vazio agora — disse ela. — Podemos ir lá dar uma olhada.

— Não posso entrar com você, Peggi. Se alguém nos encontrar, você pode dizer que está trabalhando até tarde, mas seria complicado explicar minha presença.

— Tudo bem.

— Fique com meu cartão. Ligue-me se achar algo.

14

Naquela noite, estiquei-me em meu colchão do Exército da Salvação e abri um novo romance de Michael Connelly para ver como Harry Bosch resolveria seu último crime. Talvez aprendesse alguma coisa que pudesse usar. Não seria a primeira vez.

Meu apartamento ficava no segundo andar de uma casa histórica em ruínas na parte italiana da cidade, em Federal Hill. Não era grande coisa, mas desde que me separei de Dorcas, era só o que eu podia pagar. Além disso, eu ficava à vontade nesse bairro proletário de balconistas, cabeleireiras e motoristas de ônibus que criavam grandes famílias. As pessoas daqui costumavam manter em ordem suas prioridades. Em 1933, Federal Hill votou pela rejeição da Lei Seca por um total de 2.005 votos contra três.

Angela Anselmo, a mãe solteira que morava no apartamento da frente, cozinhava alguma coisa temperada de novo esta noite e o aroma passava pela rachadura de três centímetros no pé de minha porta. Minha boca salivou. Desliguei os fones do iPod para ouvir Marta, a filha de 10 anos de Angela, estudando violino. Ela estava ficando muito boa nisso.

Ela estava no meio da Dança Húngara nº 5 pela quinta vez, creio, quando ouvi alguém subir a escada de madeira gasta ao patamar do segundo andar. Alguém pesado, pelo som. Depois, uma batida incisiva na minha porta. Levantei-me, fui à cozinha, olhei pelo olho mágico e vi o meio de um peito imenso. Não era alguém que minha porta conseguisse deter se quisesse entrar, então a destranquei e girei a maçaneta.

O alguém por acaso eram dois alguéns. Os dois tinham cabelo com corte militar. Era uma noite fria, mas eles não estavam de casaco por cima das camisetas justas, uma preta e a outra cinza. Eu notei que eles estavam em forma, mas havia uma diferença entre levantar ferro e lutar. Depois, vi suas tatuagens iguais — uma águia segurando em suas garras uma âncora e um tridente, dos SEALs da Marinha — e entendi quem eram os dois.

Eles entraram e o Camisa Preta fechou gentilmente a porta.

— Podemos nos sentar? — perguntou ele.

— Onde quiserem.

Olharam a cozinha e nada viram além de um fogão engordurado e uma Frigidaire ofegante de vinte anos.

— Desculpe — eu disse. — A esposa ficou com todos os móveis.

— Agachei-me no chão, de costas para a parede. Eles preferiram ficar de pé.

— Você passou na casa do lago dos Maniella ontem à tarde — disse o Camisa Preta.

— Culpado.

— Nunca é uma boa ideia ir lá sem convite — disse ele.

— Agradeço pela informação.

— Você também zanzou pelas boates — disse o Camisa Cinza.

— Não sabia que precisava de convite para isso.

— É bem-vindo quando quiser — disse ele. — Mas você esteve fazendo perguntas.

— Faz parte do trabalho.

— A srta. Maniella gostaria que parasse — disse o Camisa Preta.

— Tudo bem.

— Porque a gente não vai ser tão educado se tiver de voltar aqui — disse ele.

— E ninguém quer isso — eu disse.

— Estamos entendidos? — perguntou o Camisa Cinza.

— Estamos.

Foi quando o Camisa Preta viu minha única obra de arte pendurada em uma caixa envidraçada na parede de revestimento lascado.

— Qual é a da 45 automática?

— Meu avô portava quando estava nas Forças Armadas — eu disse.

— Polícia de Providence?

— É. Guardei para me lembrar dele.

— Funciona?

— Não sei. Acho que sim. É muito antiga.

— Que bom — disse o Camisa Preta. — Olha, a srta. Maniella disse para lhe dar isso.

Ele colocou a mão no bolso do quadril, pegou um pedaço fino de plástico do tamanho de um cartão de crédito e me entregou. Na frente, uma foto acetinada de Marical como veio ao mundo e as palavras "Com os cumprimentos da Tongue and Groove".

— O que é isso?

— Vale uma viagem pelo mundo com a puta de sua preferência — disse o Camisa Cinza. — Cortesia da casa.

— Cara, obrigado! E eu que pensava que vocês não gostavam de mim.

— Não gostamos — disse o Camisa Preta.

— Que tal outro da Shakehouse?

— Acho que não — disse o Camisa Cinza. — As garotas de lá não são para o seu bico.

— Ei — eu disse —, um homem pode sonhar.

— Quem está tocando violino? — perguntou o Camisa Preta.

— A filha da vizinha.

— Ela é boa — disse ele. E, com essa, eles saíram.

Depois que foram embora, virei a tranca e tirei a caixa da parede. Tirei a pistola do suporte, peguei o óleo lubrificante e os cartuchos no armário de cima da geladeira e abri um oleado em meu piso de linóleo arranhado imitando tijolo. Consegui o porte no ano passado, depois dos problemas em Mount Hope. Nunca usei, mas, se eu quebrasse a promessa que fiz ao Camisa Preta e ao Camisa Cinza, podia vir bem a calhar.

    Sentei-me no chão, desmontei a arma, limpei e remontei. Depois, me levantei, assumi a postura de atirador de combate que aprendi no Clube de Tiro de Providence — perna esquerda para frente, joelhos flexionados, as duas mãos no punho — e dei um tiro seco na geladeira. Ela não caiu nem revidou. Sentei-me no chão e carreguei o pente com cartuchos padrão militares.

15

Lomax assomou em minha mesa segurando um impresso do obituário que eu tinha acabado de mandar. Ele deu um sorriso amarelo e leu em voz alta:

> Margaret O'Hoolihan, 62, da Hendrick Street, 22, Providence, faleceu ontem no Rhode Island Hospital depois de uma breve doença. Sua reputação de gasganete volúvel contradizia seu amor de toda a vida por Proust.

— Exatamente — disse eu.
— Um lide incomum para um obituário, não acha?
— Pensei em tentar animar as coisas.
— Talvez não seja a melhor abordagem para os obituários.
— Entendo o que quer dizer.
— Gasganete?
— Quer dizer, um tanto linguaruda.
— Sei o que quer dizer, Mulligan.
— Claro que sabe.
— Porque procurei.
— Tudo bem.
— Me diga uma coisa, Mulligan: quantos assinantes nossos acha que têm o hábito de ler o jornal com um dicionário no colo?
— Não sei — disse ele.
— Eu sei.
— Ilumine-me.

— Nenhum.
— Ah.
— Reescreva essa merda para eu poder botar no jornal.
— Agora mesmo, chefe.
— Tem outra coisa que quero te perguntar — disse ele. Ele baixou a voz a um sussurro. — Pretende atirar em alguém hoje?
— Agora não. Talvez mais tarde.

Nesta manhã, a grande Colt estava metida na base de minhas costas enquanto eu a trazia escondida para dentro da redação por baixo de minha jaqueta de couro. Em minha mesa, eu a tranquei no arquivo. Pensei que tivesse sido discreto, mas Lomax deve ter visto.

— Algum motivo para sentir a necessidade de andar armado?
— Tem.
— Pode contar?
— Ontem à noite, dois Schwarzeneggers que trabalham para Vanessa Maniella me fizeram uma visita.
— Ah, merda. Você está bem?
— Perfeito.
— O que eles queriam?
— Me lembrar de eu cuidar de minha própria vida.
— Mas você não vai, não é?
— Claro que não.
— Parece que ela tem algo a esconder.
— Parece mesmo.
— Tem alguma ideia do quê?
— Nem uma dica.
— Talvez a gente deva chamar a polícia — disse ele.
— Não vai adiantar nada.
— Acho que não.
— Então pensei que devia estar preparado para quando os Arnolds voltassem.
— Tem porte?

— Tenho.

— Temos um regulamento sobre armas de fogo na redação, Mulligan.

— Achei que teriam mesmo.

— Você o está infringindo.

— Acho que estou.

— Se começarem a trazer armas para cá, isso pode virar Dodge City.

— Só se tivermos uma caixa de uísque vagabundo e contratarmos umas dançarinas de saloon.

— Você pode ir para o olho da rua por isso, Mulligan. Os contadores estão se coçando para podar mais gente.

— Então, talvez isso deva ficar entre nós.

— Mas a mantenha trancada e fora de vista, está bem?

— Claro.

— E não atire em nenhum revisor editorial, não importa o quanto eles mereçam.

16

No final daquela tarde, eu ninava uma Killian's no Hopes e pensava no que fazer. Mason entrou no bar, reivindicou a banqueta ao lado da minha e bateu sua pasta Dunhill no balcão.

— Pronto para outra?

— Não, obrigado, Valeu-Papai. Já estava de saída.

— Vai passar a noite em casa?

— Ainda não. Pensei em fazer uma visita de cortesia a um de nossos valentões.

— Posso ir com você?

— Tem certeza de que quer? Aonde eu vou, você não vai se misturar bem.

— Está tudo bem — disse ele. — Considere isso parte de minha educação contínua na Faculdade Mulligan de Jornalismo.

— Muito bem, mas, quando acharmos meu cara, será melhor para todos se você ficar de boca fechada.

— Posso fazer isso.

— Vamos ver se pode.

Quinze minutos depois, o Secretariat andava lentamente pela Broad Street e passava pelo KFC, onde mamães gordas e seus bebês gordos até os tornozelos se arrastavam por baldes de frango frito esmagados e copos de papel achatados. A rua estava poluída de boêmios. A maioria ia para suas casas no bairro de Elmwood, em Providence, e à cidade vizinha de Cranston, mas alguns caçavam prostitutas que migravam de um lado a outro da rua principal por South Providence.

Passamos devagar pela Miss Fannie's Soul Food Kitchen, Jovan's Lounge, Empire Loan, a Bell Funeral Home e a Rhode Island Free Clinic. Ao passarmos pela Igreja Batista do Calvário, na esquina da Broad Street com a Potters Avenue, encontramos o que procurávamos. Rodei pelo cruzamento, cheguei junto ao meio-fio e estacionei.

Ainda estávamos sentados ali cinco minutos depois, quando duas prostitutas, as duas tremendo de camisetinha e shortinhos, separaram-se do grupo, dispararam pela Potters e assustaram Mason batendo em sua janela. Uma delas era uma negra alta e larga que passava dos 40. A outra era uma asiática baixinha e magra que parecia nova o bastante para fazer acrobacias de líder de torcida numa escola do ensino fundamental. Baixei a janela do lado de Mason.

— Tá a fim de um programa, gato? — perguntou a alta. — A gente aqui canta legal no microfone!

Mason virou-se para mim e perguntou.

— Microfone?

— Elas são proficientes em sexo oral — eu disse.

— Tu entendeu *direitinho* — disse a baixinha.

— Agradeço pela oferta, senhoras, mas não, obrigado — disse Mason.

— Vamo lá, gato — disse a alta. — A grana tu tem. — Ela deu um tapa na própria bunda. — Tu *quer* empurrá a janta.

Mason olhou para mim e ergueu uma sobrancelha.

— Atracar de ré — eu disse.

— Hein?

— A bunda dela.

Com essa, as prostitutas se viraram de costas para nós e baixaram a calcinha.

— Desculpe — disse Mason —, mas não estamos procurando seus serviços.

A baixinha meteu a cabeça pela janela, fechou a cara e olhou para mim.

— Teu amigo aí é meio tosco — disse ela.
— Tosco? — perguntou Mason.
— Age estranho.
— Já é, truta — disse a alta.

Mason me olhou mais uma vez.

— Desculpe — eu disse. — Não entendi. Acho que agora ela só está curtindo com a nossa cara.

As prostitutas giraram nos saltos e atravessaram a rua. Fechei a janela de Mason, dei a partida no motor e liguei o aquecedor.

— Chegou a algum lugar com as listas de contribuições de campanha? — perguntei.

— Ainda estou trabalhando nisso — disse Mason.

— Quer me contar o que conseguiu até agora?

— Só quando tiver alguma coisa sólida.

Tirei um Partagás do bolso da camisa, acendi e abri um pouco a janela para deixar a fumaça sair. Na esquina atrás de nós, motoristas paravam o carro no meio-fio para ver o movimento. De vez em quando, um deles abria a porta para uma garota entrar. Outros, insatisfeitos com o preço ou a mercadoria, iam embora sozinhos. Uma viatura policial passou devagar, mas as meninas não se dispersaram como faziam nos velhos tempos. Em vez disso, acenaram para os policiais. Sob o estranho estatuto de prostituição de Rhode Island, a prostituição de rua era contra a lei, mas poucos policiais davam alguma atenção. Por que pegar putas de rua quando a prostituição em espaços fechados era legítima? Não valia a trabalheira da papelada e das audiências no tribunal.

— O que estamos esperando? — perguntou Mason.

— Isso — respondi, apontando uma negra magricela com minissaia de lamê dourado que saía de uma picape Toyota vermelha. — O cara que procuramos passa cada noite numa casa abandonada diferente. A melhor maneira de achá-lo é seguir uma das meninas dele quando ela volta de um trabalho com dinheiro no sutiã.

— Acho que ela não está usando nenhum — disse Mason.

Estendi a mão por ele, abri o porta-luvas, peguei minha Colt e coloquei no coldre de minha camisa dos New England Patriots. Eu esperava que Mason perguntasse por quê, mas ele não perguntou. Provavelmente deduziu que o bairro era resposta suficiente. Saímos do carro, atravessamos a Broad Street e seguimos a minissaia a leste na Potters Avenue. Ela subiu na calçada, estalando os saltos altos no concreto rachado. Passou por várias casas de dois andares com a tinta descascando e venezianas arriadas, entrou à esquerda numa curta calçada de macadame e subiu a escada lascada da varanda de uma casa incendiada com tábuas de compensado nas janelas. Nós fomos atrás dela.

Ela ouviu nossa aproximação, virou-se e sacou uma navalha da camiseta. Mason soltou um gritinho e desceu a escada de costas.

A varanda era mobiliada com uma única espreguiçadeira amarela e branca feita de tubos de alumínio e tela de plástico. Ao lado, havia um cooler Igloo aberto contendo um revólver e uma dezena de longnecks. Neste clima, não havia necessidade de gelo. Ao lado do cooler, um vidro imenso de Vicodin que deve ter sido roubado de uma farmácia. Nenhum médico receitaria tanto. Um negro alto estava esticado na espreguiçadeira. Calçava All Star vermelho de cano longo, tinha um chapéu fedora da mesma cor com uma pena preta na faixa e um casaco longo de mink. Fumava o maior baseado do norte da Jamaica.

— Tá viajando no quê, piranha? — perguntou ele. — Fica fria. O Mulligan é gente minha. A gente é parceiro desde moleque.

A prostituta deu de ombros, fechou a navalha, meteu no top de novo e pegou um rolinho de notas. King Felix sorriu benevolamente e o pegou dela. Contou as notas com os dedos longos e magros, tirou duas de vinte e as devolveu a ela. Depois, passou a mão por dentro do mink, tirou um pequeno pacote de papel-alumínio e colocou em sua mão.

Ela se virou para mim, colocou a palma no meu zíper e disse:

— Tá querendo uma carne bem passada, branquelo?

— O Mulligan não quer teu rabo sujo — disse Felix. — Leva esse rabo aí pra porra da rua e me traz um cascaio grosso.

Ele a viu descer a escada. Depois se virou para mim.

— Como vai?

— Bem. E você?

— Não posso me queixar.

— Não? Então por que o Vicodin?

— Tive um probleminha um tempo atrás e ainda tenho dor nas costelas.

— Um probleminha chamado Joseph DeLucca?

— Quem é ele?

— O segurança com quem você se embolou na Tongue and Groove.

— Ah. Ouviu falar nisso, é?

— Ouvi.

— Não procurava problemas. Só queria falar com umas meninas que trabalharam para mim, ver se convencia as duas a voltar. O babaca me pegou de surpresa.

— Sei.

— Não conta pra ninguém, tá legal? Vai prejudicar minha reputação nas ruas.

— Não se preocupe.

Felix me passou o baseado. Dei um tapa e ofereci a Mason, que voltava a subir a escada cautelosamente. Ele meneou a cabeça.

— Quando em Roma — eu disse, oferecendo de novo. De novo ele recusou, então o devolvi a Felix.

— Quem é o frangote? — perguntou ele, meneando a cabeça pra Mason.

— Não ligue para ele — eu disse. — Só estou mostrando a rotina.

Felix pegou duas longnecks no cooler, abriu as tampas com um abridor e entregou uma a mim e outra a Mason. Depois, abriu uma para ele mesmo e tomou um gole.

— Cuidado — eu disse. — Vicodin, maconha e álcool não se misturam.

— Foi o que eu soube — disse ele. — Mas a combinação funciona muito e não me matou ainda.

Ele passou o baseado. Dei outro tapa e devolvi.

— Ainda batendo uma bola? — perguntou ele.

— Não, desde que você me deu uma sova naquele mano a mano em setembro passado.

— É. Não corro mais como antes, mas ainda arremesso bem.

Nos velhos tempos, Felix e eu éramos colegas de turma na Hope High School. Ele era melhor do que eu, mas tomou bomba nos testes de aptidão escolar; então eu fui jogar no Providence College e ele caiu nisso.

— É uma arma na sua camisa? — perguntou ele.

— É.

— Não está pretendendo atirar em mim, né?

Dois adolescentes negros e magrelas se despregaram de um canto escuro da varanda e sacaram pequenos revólveres prateados do bolso da calça. Até que se mexessem, eu não tinha percebido que estavam ali. Eles pareciam ter uns 15 anos. O da esquerda estava nervoso, com um tique no olho esquerdo. O da direita era frio como um carrasco do Texas. Deu um passo e me olhou com os olhos letais e fixos.

— Firmeza — disse Felix. Eles baixaram as armas, voltaram para o canto escuro e arriaram no chão da varanda.

A meu lado, Mason tinha prendido a respiração. Agora, a soltava e recuava um passo, indicando que achava que era uma boa hora para ir embora.

— Desculpe por isso — disse Felix. — Marcus e Jamal podem ser uns camaradinhas superprotetores.

— Espero que não pretenda mandar os dois atrás de DeLucca.

— Não, se a história da surra não se espalhar — disse Felix. — Se correr na rua, posso ter de fazer alguma coisa para restaurar minha reputação.

— E a família que é dona da boate?

— O que tem?

— Não vai atrás deles?

— De jeito nenhum.

— Seu esquadrão de nenéns esteve em Newport recentemente?

— Tem de perguntar a eles.

— Posso?

— Eu não recomendaria.

Eu estava prestes a fazer outra pergunta, mas agora subia a escada uma prostituta branca de pernas compridas com um corte no olho esquerdo e uma blusa vermelha que mal cobria suas partes íntimas. Meu ex-colega de turma Felix evaporou e King Felix voltou.

— Cachorra — disse ele. — Não te vejo tem um tempão. Onde tu te meteu, porra?

— Entrei na bifa por meu homem — disse ela e lhe entregou umas cédulas.

Ele contou devagar.

— Duas horas, caralho, e tu me chega com essa mixaria?

Ela olhou os próprios pés e não disse nada. Ele lhe passou o baseado. Ela o pegou dos dedos dele, deu um tapa e prendeu. Depois, soprou a fumaça pelo nariz e deu outro.

— Libera o bagulho aí, Sheila. — Ele o pegou de volta, tirou duas notas de vinte, meteu no vale entre os peitos dela e a olhou feio. — Bota tua bunda branquela na rua e me traz uma bufunfa.

17

O Capital Grille localiza-se na antiga Union Station de Providence, uma construção lindamente restaurada de tijolos aparentes amarelos erguida pela New Haven Railroad em 1898. É um point para almoço, mas carece dos preços acessíveis de meu restaurante preferido e de seus encantos gordurosos.

Em respeito à ocasião, deixei meu moletom, o jeans e Reeboks de sempre em favor de calça cáqui, uma camisa branca, uma gravata Jerry Garcia e sapatos sociais. Completei o traje com um blazer azul-marinho trespassado da Sears que saiu de moda quando a Roebuck ainda estava viva. Era o único paletó de terno que eu tinha desde que esqueci o novo num trem da Amtrak no ano passado. Eu não usava o blazer havia muito tempo, mas ainda cabia, mais ou menos. Não era largo o suficiente para esconder uma arma grande, portanto deixei o Colt com relutância em minha gaveta.

Yolanda Mosley-Jones não quis me receber em sua sala, explicando que repórteres enxeridos eram proibidos de entrar no santuário da firma. Depois de algumas queixas minhas, ela concordou em me encontrar para almoçar. Quando entrei, ela já estava lá, sentada ao balcão, bebendo alguma coisa amarelo-clara em uma taça de martini e mexendo no BlackBerry. Ela não me viu entrando, então parei ali e a observei por um momento, admirando as pernas que a trouxeram.

Yolanda era mais sedutora totalmente vestida do que as garotas da Shakehouse nuas. Fiquei parado mais um tempinho, tentando pensar numa boa frase de abertura, mas a visão dela me perturbava.

Ela me viu pelo espelho acima do balcão, guardou o BlackBerry na bolsa e girou para mim, dando-me uma visão melhor daquelas pernas perfeitas cruzadas na banqueta de maior sorte da cidade.

Nunca entendi como algumas mulheres podem se vestir com tanta simplicidade e ainda assim derramar elegância. Yolanda estava metida num terninho de seda preta que deve ter sido feito para ela. Por baixo do casaco, abotoado baixo o bastante para incitar minha imaginação, não vi blusa nenhuma. Em vez disso, uma cascata de correntes finas de ouro brilhava na pele quase azul de tão negra, e caía *lá*.

— Sente-se — disse ela, dando um tapinha na banqueta ao lado.
— Nossa mesa ficará pronta em alguns minutos.

Sentei-me e descobri que meu blazer não cabia tão bem como eu pensava. O primeiro botão repuxou o tecido em minha barriga.

— O que está bebendo? — perguntei.
— Um sherbet havaiano de vodca com maçã silvestre.

Meu bom Senhor, pensei, mas não foi o que eu disse.

— Pronta para outra?
— Ainda não. — Sua voz era tão vaporosa que eu quase sentia o cheiro.

O barman se aproximou e pedi uma Killian's. Eles não tinham, então me contentei com uma Samuel Adams.

— Soube que eles te deram a antiga sala do canto da Brady Coyle — eu disse.
— Sim.
— E você agora é sócia.
— É verdade.
— Então as coisas estão dando certo para você.
— Estão.
— Nenhum revide daquele favor que você me fez no ano passado?
— Não sei do que está falando.
— Não, claro que não. Nunca aconteceu. Mas, se *tivesse* aconte-

cido, e você fosse apanhada, embora não tenha sido, você podia ter sido demitida. Até perderia o registro na ordem. Acho que não agradeci direito a você. O que fez foi nobre.

Ela agora me olhava como se estivesse sendo abordada por um lunático. Eu estava prestes a tagarelar alguma coisa igualmente incoerente quando o maître veio me resgatar. Colocou-nos numa mesa aconchegante para dois e o romance estava no ar. Ou talvez fosse só o cheiro de alguma coisa encorpada que ela passou na pele.

Yolanda olhou o cardápio, enquanto um garçom idoso e baixo demais para andar na montanha-russa Ciclone do Six Flags trouxe drinques novos e encheu nossos copos com água. Olhei os preços. Os contadores do *Dispatch* teriam preferido pagar esse valor por um boquete.

— Claus — disse ela sem levantar a cabeça —, vou começar com a lula salteada em pimenta-cereja. E, depois, o sushi de atum flambado com gergelim e arroz de gengibre.

— Excelente escolha! E o cavalheiro?

— Ah... Vou dispensar a entrada e comer o cheeseburguer com fritas da casa.

Claus fungou para mim e se afastou.

— Estive lendo sobre as demissões do *Dispatch* — disse Yolanda. — Eles devem estar limitando as despesas de almoço também, não?

— Estão mesmo.

— Ah, Claus? — Ela acenou para o garçom voltar. — Cancele o pedido do cavalheiro e lhe traga uma entrada de salmão defumado e o filé mignon fatiado com cebolas cipollini e cogumelos selvagens.

— Certamente, madame — disse ele. Depois, sorriu maliciosamente para mim e se foi.

— Quer que eu seja demitido ? — perguntei.

— Não se preocupe. É por conta da firma.

— Não posso deixar que faça isso.
— E por que não?
— Contraria a política do *Dispatch*.
— E por que seria assim?
— Medo de que eu fique em dívida, acho. — Os lábios dela se separaram num meio sorriso, como se ela soubesse da dívida que eu queria ter.
— Então não vamos contar a eles — disse ela.
— Ah — eu disse. — Vocês, advogados, conhecem todos os truques.
— Além disso — disse ela —, assim eu posso pegar uns nacos de seu prato. — E, quando Claus voltou com a entrada, ela pegou uma lasca do meu salmão com os dedos e colocou na boca.
— Então, pelo que entendo, você representa Vanessa Maniella — eu disse.
— Não tenho autorização para confirmar isso.
— Ela deu seu nome à polícia estadual, Yolanda.
— Também não posso confirmar isso.
— Também representa o pai dela?
— A mesma resposta.
— Ele *está mesmo* morto, não está?
— Não posso dizer. — Ela pegou outro naco de meu salmão defumado e acrescentou: — Avisei que não lhe seria de muita ajuda.
— Até agora, não foi de nenhuma.
— Eu te disse.
— Exceto, é claro, pela inspiração que eu tenho com sua presença.
— É sempre assim — disse ela. O meio sorriso de novo.
— Sabe o que mais me deixa confuso? — perguntei.
— Música rap? Republicanos negros? Como os advogados podem conviver com eles mesmos?
— Bom, sim, mas eu também estava me perguntando por que Vanessa Maniella se recusa a identificar o corpo no necrotério.

— Talvez deva perguntar isso a *ela*.

— Eu ia perguntar, mas uns grandalhões que ela emprega me aconselharam o contrário.

— Sei.

— Eu ia dizer a eles aonde podiam ir, mas tive medo de matar os caras de medo.

Claus agora voltava, completando os copos de água e levando nossos pratos vazios para a cozinha. Instantes depois, voltou com os pratos principais e nós atacamos.

— Mulligan?

— Hmmm?

— Sabe o que mais confunde *a mim*?

— O que poderia ser?

— Por que você não desabotoou este blazer? Evidentemente está meio apertado em você e sei que não está à vontade.

— Não tanto como estaria se tivesse desabotoado.

— E por que isso?

— É constrangedor.

— Conte.

— Bom, é o seguinte. Tinha uma caneca velha de café na minha mesa. Pensei que estava vazia, mas...

Ela agora ria e eu ainda nem chegara à melhor parte.

— Quando me levantei para vir para cá — eu disse —, esbarrei nela e hmmm... Não tive tempo de ir em casa me trocar.

— Então, tem uma mancha de café em sua linda camisa branca.

— Uma manchinha, sim.

— Abra — disse ela, assentindo para o botão sofredor.

— Para quê?

— Porque isso me divertiria.

— Se é preciso tanto... — eu disse, desabotoando o paletó.

— Ai, caramba!

— Pois é.

— Tem certeza de que foi só uma caneca? Parece que foi um bule inteiro.

Ela agora dava uma gargalhada, com a cabeça jogada para trás. Ficava ainda mais linda assim.

Foi quando Claus reapareceu e disse:

— Prontos para a sobremesa? Café, talvez? — Seu *timing* era impecável.

— Nada de café para mim — eu disse. — Já tomei um.

Yolanda pôs os cotovelos na mesa, cruzou as mãos e pousou o queixo nelas.

— Você é mesmo um charme, de um jeito meio capenga.

— Obrigado. Acho.

Claus viu a mancha e sorriu com maldade para mim.

— Dois Irish coffees — disse-lhe Yolanda — e vamos dividir uma fatia de cheesecake de morango.

— Agora mesmo.

— E Claus?

— Sim, senhora.

— Pare de desrespeitar meu amigo, se espera ter a gorjeta de sempre.

Claus zuniu dali. Nunca vi ninguém zunir na vida, mas tenho certeza de que foi isso mesmo.

— Não precisava me defender — eu disse depois que ele se foi. — Acho que eu podia ter cuidado dele.

Ela pousou o queixo nas mãos de novo e me olhou, avaliando-me. Tentei ao máximo parecer irresistível, o que não era fácil, com meu tronco ensopado de café instantâneo.

— Ei — eu disse —, gosta de blues?

— Sou de Chicago, do West Side. É claro que gosto de blues. No caminho para East Greenwich hoje de manhã, ouvi todos os Littles no meu iPod.

— Os Littles?

— Sabe quem: Little Milton, Little Walter, Little Buddy Doyle...
— Legal.
— No caminho para casa, vou trocar para os Bigs: Big Bill Dolson, Big Pete Pearson, Big Time Sarah...
— Nunca pensei em classificá-los por peso.

Abri a boca para dizer mais uma coisa, mas Claus estava de volta com o café e o cheesecake, e não vi necessidade de fazê-lo tomar parte de minha rejeição iminente. Yolanda pôs um pedaço do cheesecake na boca, fechou os olhos e soltou um "Hmmmm". Eu queria ouvir esse som de novo, mas sem o cheesecake no quadro.

— Olha só — eu disse quando Claus saiu —, Buddy Guy vai tocar na House of Blues em Boston no sábado da semana que vem. Por que não vamos?

— Não vai rolar, Mulligan.

— Não gosta do Buddy Guy?

— Nem imagina. Eu *adoro* Buddy Guy. É com você que tenho um problema.

— Problema?

— Já te falei, Mulligan. Não gosto de garotos brancos.

— Já faz muito tempo que não sou um garoto.

— Vou concordar com essa, mas não pode deixar de ser branco.

— Não te contei? Sou um irlandês negro.

— Isso não conta — disse ela, mas seus olhos dançavam.

— E também tenho ritmo.

— Tá, sei — disse ela. — Você é um James Brown dos pobres.

— Temos muito em comum, Yolanda.

— Essa eu *tenho* de ouvir.

— Para começar, tem o blues. Nós dois amamos Buddy Guy. E somos da cidade, os dois criados em metrópoles palpitantes da América.

— Achei que tinha sido criado aqui.

— E fui.

— Providence palpita?
— Diariamente.
— Não percebi nenhuma palpitação.
Passou uma ideia por minha cabeça, mas reprimi antes que ela escapulisse. Em vez disso, eu disse:
— O Buddy Guy era de Chicago também.
— Na verdade, ele nasceu na Louisiana.
— Ah, tá. Mas o club dele fica em Chicago.
— Antes de eu me mudar para cá — disse ela —, eu ia ao club dele o tempo todo. Não se ouve música como naquele lugar. Às vezes, Buddy até aparecia para uma canja.
— Está falando do Legends — eu disse.
— É isso mesmo. — Ela olhou a mancha colossal de café. — Talvez seja mais esperto do que parece.
— Eu quase preciso ser.
Ela sorriu com essa, mas parte dela ainda estava em Chicago.
— A dobradinha e o pão de milho do Legends eram tão bons como os da minha mãe.
Nunca comi dobradinha, mas parecia insensato levantar esse assunto. Joguei então outra carta.
— Minha poetisa preferida é de Chicago. Ela é do West Side, como você.
— Gwendolyn Brooks?
— Patricia Smith.
Yolanda ficou cética, então eu disse uns versos:

Sempre estremeço quando rezo,
Então seu nome deve ser uma oração.
Pronunciar seu nome colore minha boca,
Solta esse rio, muda minha pele,
Faz de minha coluna uma corda. Agora rezo o tempo todo.
Amém.

— Ora, ora — disse ela. — Mas você é mesmo cheio de surpresas. O que vem agora? Quem sabe vai arranhar um ou dois versos de "Lift Every Voice and Sing"?

— Posso mesmo, se quiser, mas Claus nos pediria para ir embora.

— Melhor esperar até terminarmos a sobremesa.

— Sabe de uma coisa? Patricia lê seus poemas em Boston de vez em quando. Da próxima vez, devíamos ir ver.

— Tem uma queda por maninhas de Chicago, não tem?

— Só duas.

— Talvez deva convidar *Patricia* para sair.

— Ela é casada.

— E você também, pelo que soube.

— Sim, mas meu casamento acabou a não ser pelo processo de separação.

Ela pensou nisso por um momento enquanto eu a comparava com Dorcas e quase soltava uma gargalhada.

— Então, Buddy Guy estará em Boston na semana que vem — disse ela.

— Sim, estará.

— O Buddy não é de brincadeira.

— E tenho dois ingressos.

— Tudo bem, vamos nessa.

— Ótimo.

— Mas nós só vamos juntos. Não vamos *ficar* juntos.

— Claro que não.

— Então é melhor manter sua boca e suas mãos no seu próprio corpo.

Eu torcia para que não fosse a sentença final do caso. Depois de uma mudança de ares, talvez ela considerasse um acordo com a defesa.

18

Eu estava voltando ao trabalho, quando Peggi ligou.

— Não achei nada de estranho no desktop dele — disse ela.

— E o laptop?

— Ele deixou quando saiu há alguns minutos para uma reunião no Rhode Island Hospital. Está aberto na minha frente, mas tem senha.

— Tentou o aniversário dele?

— Já. E também de trás para frente. Também tentei o aniversário de casamento, o nome da esposa, os nomes dos filhos, o nome do cachorro dele e os aniversários de todo mundo. Menos o do cachorro. Esse eu não sei.

— Bom, não é uma coisa ao acaso — disse eu. — Ele teria escolhido um nome ou número que tivesse algum significado para ele. Ele tem barco?

— Tem. O *Caped Crusader*. Já tentei.

— O sobrenome de solteira da mulher?

— Tentei.

— Irmãos?

— Tentei também.

— Nomes dos pais?

— Não sei o nome deles.

— E o nome do meio dele?

— É Bruce. Já tentei.

— Charles *Bruce* Wayne?

— É.

— Isso explica o barco. Tente "Batman".

Ela riu.

— Não acho que... Nada. Não funciona... Peraí um minutinho. — Ela baixou o fone e vários minutos depois o pegou novamente. — Tentei Robin, Batgirl, Curinga, Pinguim, Charada, Mulher-Gato, Hera Venenosa, Duas-Caras, comissário Gordon, Gotham e Batmóvel. Nada deu certo.

— Tente Alfred.

— Ah, sim. O mordomo... Nada.

— Cavaleiro das Trevas?

— Bingo! Vou ver os arquivos e te ligo depois.

Uma hora depois, ela telefonou.

— Não achei vídeo nenhum — disse ela. — Ele deve manter no computador de casa, ou talvez num HD externo.

— Ou talvez eu tenha me enganado, Peggi. Vá para casa, brinque com Brady e procure esquecer essa história toda.

19

Uma viatura da polícia estadual, com as luzes acesas, bloqueava a entrada de carros, então parei na estrada de terra e estacionei o Secretariat no mato ao lado de uma cerca de arame farpado enferrujada. Gloria Costa e eu sentimos cheiro de excremento de porco a quase um quilômetro descendo a estrada e, ao sairmos do carro, fizemos o possível para não vomitar.

— Scalici *mora* aqui? — perguntou Gloria.
— Mora. Com a mulher e duas filhas novas.
— Como eles aguentam?
— Não sei. Acho que se acostumaram.

Acendi um charuto e Gloria me olhou feio.

— Isso — disse ela — não está ajudando em nada a situação.
— Para mim, está — respondi.

Gloria, uma das poucas fotógrafas remanescentes do *Dispatch*, tinha emagrecido um pouco durante seu retorno de um ataque violento no ano passado. Sua recuperação emocional ainda estava em andamento, mas fisicamente agora estava forte, com as curvas ressurgindo em todos os lugares certos. Tirando o tapa-olho preto no estilo pirata no olho direito, ela parecia uma Sharon Stone nova.

— Colocaram um olho de vidro em mim, mas acho que me deixa com uma cara de perturbada — ela me disse. Eu disse que o tapa-olho era sexy. Eu ficaria tentado, se não soubesse que Gloria começou a sair com alguém — e se eu não estivesse de olho na advogada.

Gloria era a melhor fotógrafa de um olho só que eu conhecia, melhor do que a maioria dos fotógrafos com dois olhos. Abri a traseira do Bronco e ela pegou a bolsa da câmera. A polícia pode ser meticulosa com cidadãos que carregam armas escondidas, então deixei o Colt trancado no porta-luvas.

Ao nos aproximarmos da entrada de carros, um policial baixou a janela da viatura, olhou-nos de cima a baixo e disse:

— O *Dispatch*, né?

— É.

— O capitão achou que vocês viriam. Disse que você deve ir até a casa e tocar a campainha.

Na metade da longa entrada de cascalho, desviamo-nos da casa e chapinhamos por um campo lamacento até os chiqueiros. Ali, três detetives carrancudos, com botas de borracha e luvas de plástico, reviravam um monte de lixo do tamanho de uma 4X4. No chão ao lado deles, uma lona azul-celeste tinha sido aberta na terra. No meio da lona, um pequeno volume.

— Oi, Sully — gritei por sobre os grunhidos e roncos das novecentas toneladas de carne para café da manhã. — Espero que isso não seja o que parece.

— Mulligan? Não devia estar aqui — gritou ele. — O capitão disse para mandar você para casa.

— Tudo bem.

— E diga a sua fotógrafa para parar de tirar fotos.

Gloria baixou a câmera, deixando-a pendurada pela alça, enquanto eu indagava como estavam a mulher e os filhos do sargento Sullivan. Isso deu a ela tempo de fotografar do quadril, roubando mais algumas imagens. Quando ela assentiu que estava pronta, fomos para a casa de dois andares e telhas brancas. Algumas folhas marrons enroscadas grudavam-se no carvalho que, no verão, fazia sombra na varanda de Cosmo.

— *Sua* fotógrafa? — perguntou Gloria. — Essa eu detestei. Pelo menos uma vez, eu queria ouvir você ser tratado como *meu* repórter.

Chegamos à larga varanda do fazendeiro e limpamos a lama dos pés no capacho dos Três Porquinhos. Gloria estendeu o dedo para tocar a campainha.

— Espere — eu disse.

— Que foi?

— Vamos ver se captamos alguma coisa primeiro.

A voz abafada do capitão Parisi vazou pela porta, mas não consegui distinguir o que ele dizia com a sinfonia dos suínos. Eles destrinchavam os vocais de "Walk This Way", do Aerosmith, e passaram a uma versão estridente e desafinada de "Whole Lotta Love", do Led Zeppelin. Mas o que quer que Parisi estivesse dizendo, mexeu com os brios do criador de porcos.

— É manhã de sexta-feira — berrou Cosmo. — Onde é que pensa que elas estão, porra?

Parisi disse algo mais que não consegui entender. Depois, Cosmo de novo.

— Na *escola*, babaca! Elas estão na merda da escola!

Então peguei uma voz de mulher e o que quer que tenha dito pareceu acalmar Cosmo. Após mais uns minutos de esforço auditivo improdutivo, toquei a campainha. Um policial uniformizado do estado com os ombros de bola de boliche abriu a porta, agarrando um chapéu Stetson de aba larga na mão esquerda.

— Senhor? — perguntou ele.

— Esta é Gloria Costa, fotógrafa do *Dispatch* — eu disse —, e meu nome é Mulligan, repórter dela. O capitão Parisi nos disse para vir aqui.

— Esperem aqui. — Ele fechou a porta.

— Obrigada — disse Gloria.

— Não há de quê.

Ainda estávamos esperando ali dez minutos depois, quando um furgão de transmissão da afiliada da ABC de Providence correu pela estrada e cantou pneu ao parar ao lado da viatura que bloqueava a entrada.

— Temos companhia — disse Gloria.

O motorista saltou para falar com o policial e, depois de mais ou menos um minuto, a conversa ficou acalorada. Os porcos agora faziam cover de uma balada de Michael Bolton, a versão deles melhor do que o original, mas eu não entendia por que o cara da TV gritava e agitava os braços de frustração. Por fim, ele voltou ao furgão, deu a ré e estacionou atrás do Secretariat. A equipe saiu, abriu a porta traseira, tirou o equipamento de gravação e começou a montá-lo atrás da cerca de arame farpado.

— Parisi deve gostar de você — disse Gloria.

— Não sei se ele gosta de alguém.

— Então, como é que ele deixou que *nós* viéssemos aqui e não eles?

— Porque ele sabe que vamos contar a história direito. Não vamos enfeitar com alienígenas do espaço, teorias da conspiração e a Angelina Jolie.

— Mais companhia — disse Gloria. Furgões de transmissão de afiliadas da NBC e da CBS chegavam pela estrada.

Em algum lugar ali perto, dois motores potentes ganharam vida, criando o baixo para o coro de porcos. Um instante depois, dois caminhões de lixo Peterbilt iguais, com "Scalici Recycling" em caracteres vermelhos na porta do motorista, entraram no campo de visão atrás da sede da fazenda. Supus que iam pegar a estrada para coletar mais comida de porco. Mas eles deram uma guinada à direita pelo campo lamacento e rodaram até parar na frente da cena do crime, bloqueando a visão de quem estivesse na estrada.

No final da entrada de carros, a viatura se deslocou para que a *station wagon* do legista pudesse passar. Ele pegou a entrada de cascalho, entrou no campo e parou a dez metros da pilha de lixo onde os policiais estaduais ainda peneiravam. A porta se abriu e Anthony Tedesco, o rechonchudo legista-chefe do estado, saiu carregando um estojo grande de aço inox. Normalmente, seus assistentes faziam o trabalho na cena do crime. O caso devia ser grande para ele se aventurar a sair da santidade de seu necrotério.

Gloria tirou algumas fotos com a teleobjetiva, enquanto Tedesco ia até a lona azul e se ajoelhava ao lado. Quando a puxou para cima, ela baixou a câmera, virou a cabeça e disse, "Meu Deus!"

— Talvez não devesse ter vindo para este, Gloria.

— E talvez você devesse calar a boca e me deixar fazer meu trabalho.

Estava pensando numa resposta adequada, quando a porta da sede se abriu atrás de mim.

— O capitão disse que vocês podem entrar.

O policial manteve a porta aberta para nós e entramos, seguindo as vozes por um curto corredor com piso de bambu polido. Dos dois lados, as paredes tinham fotos formais de estúdio das filhas alimentadas a porco dos Scalici, Caprina e Fiora. Encontramos Cosmo e Parisi na cozinha, sentados dos lados opostos de uma mesa retrô com pernas cromadas e um tampo de fórmica vermelho com padrão de gelo rachado. Os dois tinham canecas vazias de café diante deles. Entre eles, uma travessa com uma montanha de biscoitos e cannoli.

A mulher de Cosmo, Simona, magra na cintura e larga onde importava, estava de pé junto à bancada de granito e media o pó para um café fresco. Ela nos olhou por sobre o ombro.

— Sintam-se em casa. O café ficará pronto daqui a pouco.

Enquanto Gloria e eu nos sentávamos à mesa, espiei seis instantâneos coloridos na porta de aço escovado da geladeira Sub-Zero, todos presos ali com ímãs de geladeira da Miss Piggy. Cosmo viu aonde meus olhos foram.

— O nome dela era Gotti — disse ele. — A primeira porca que eu tive. — Do outro lado da sala, Simona fungou, ressentida.

— O que houve com ela?

— Depois de dar cria, seus dias terminaram e nós a comemos.

— Sobrou alguma Gotti para dividir com as visitas?

— Isso já faz 12 anos.

— Nem dobradinha sobrando no freezer, então?

— Não comemos as vísceras. Damos aos porcos.

— Então vou me contentar com isto. — Peguei um cannoli na pilha e dei uma mordida. — Incrível. Fez estes, mama Scalici?

— Não posso dizer que fiz. Vieram da DeFusco's Bakery, em Johnston.

— Sério? — perguntou Parisi. — É sobre *isso* que quer perguntar?

— É — eu disse. — Mas tenho algumas outras perguntas.

— Manda.

— Caprina e Fiora estão em segurança na escola, não estão?

Cosmo bateu o punho na mesa com tanta força, que a travessa de biscoitos pulou.

— Você também, Mulligan? — grunhiu ele, com a cara vermelha como um tomate. — Não acredito nisso, porra.

— Ora, Cosmo — disse Simona. — Esses cavalheiros só estão fazendo seu trabalho. E olha esse linguajar na minha casa!

Cosmo sempre se ofendia rapidamente com qualquer provocação, verdadeira ou imaginária. Passou toda a vida adulta tentando provar que os criadores de porcos e os lixeiros eram tão bons quanto qualquer outro. Mas, por mais que se esforçasse ou ganhasse muito dinheiro, as crianças implicavam com as filhas na escola, ele e a mulher nunca foram convidados às festas certas e ele ainda era barrado no Metacomet Country Club.

— As meninas estão bem — disse Parisi. — Ligamos para a escola para confirmar. E, mocinha — disse ele, apontando um dedo para Gloria —, guarde a câmera ou paramos por aqui.

— Então, quem está debaixo da lona azul? — perguntei.
— Não sei.
— Uma criança?
Cinco segundos de demora, depois:
— Pedaços de uma.
— Que pedaços?
— Até agora, descobrimos um tronco feminino e alguns membros. Tedesco terá de testar o DNA para saber se vieram da mesma criança.
— Que idade?
— Terá de perguntar a ele.
— Ele nunca fala com a imprensa.
— Não é problema meu, Mulligan.

O café ficou pronto. Simona nos serviu uma xícara, sentou-se à mesa, pegou um rosário e o enrolou nos pulsos. Para mim, pareciam algemas.

— Quem encontrou as partes do corpo? — perguntei.
— Joe Fleck — disse Cosmo.
— Um de seus empregados?
— É. Ele vomitou o café da manhã e depois veio correndo para mim. Dei uma olhada rápida e liguei para o capitão.
— Fleck só encontrou o tronco — disse Parisi. — Meus homens desencavaram o resto do mesmo monte de lixo.
— Esse lixo estava aqui há muito tempo? — perguntei.
— Chegou num caminhão hoje de manhã — disse Cosmo.
— Alguma ideia de onde foi recolhido?

Cosmo começou a responder, mas Parisi o interrompeu.

— Isto ainda está sob investigação.
— E o braço do mês passado? Pode ser da mesma criança?
— Não posso falar nisso oficialmente, Mulligan.
— Não?
— Não mesmo.

— E por quê?

Parisi me fuzilou com os olhos.

— Tudo bem, em off, então.

— É sem dúvida de uma criança diferente.

— Como sabe disso?

Cinco segundos de silêncio, depois:

— O tronco só está começando a se decompor. E sabe os dois membros que achamos hoje?

— Sim?

— São braços.

Semicerrei os olhos. Por um momento, ninguém falou.

— Com o que diabos estamos lidando aqui, capitão?

— É difícil saber.

— Um serial killer?

— Não coloque o carro na frente dos bois.

— É o que parece.

— Vou pedir para não escrever isso, Mulligan. Provocaria pânico. Se eu vir as palavras serial killer no jornal amanhã, fim de papo entre mim e você.

— Tudo bem, vou fazer esse jogo. Mas vai ser uma loucura quando isso vazar para os aprendizes de Greta van Susteren.

— Pelo que vi das habilidades jornalísticas deles — disse ele —, pode levar algum tempo.

E por acaso levou apenas três dias.

20

Quando cheguei no Hopes, Átila, a Una, tinha três soldados mortos na mesa diante dela e um quarto em vista.

— Está atrasado — disse ela.

— Desculpe, Fiona. O copidesque estava sobrecarregado, então tive de editar o caderno do estado e dar acabamento.

— O que vai querer? — perguntou ela, acenando para a garçonete.

— Club soda.

— A úlcera está atacando de novo?

— Está.

— Talvez devesse desistir dos charutos.

— Eu não os como, Fiona.

— Não, mas li em algum lugar que eles fazem mal para o que você tem.

— Quase tudo que é bom faz.

— Não vi você na coletiva — disse ela.

— Lomax me fez cobrir pela TV.

— A procuradora-geral deu uma coletiva para anunciar que há um serial killer à solta e o *Dispatch* nem se incomodou em aparecer?

— Não é terrível? Mas é o tipo de coisa que tende a acontecer quando três quartos de nossos repórteres recebem o bilhete azul.

— É difícil fazer perguntas quando você não está presente, Mulligan.

— Ainda mais difícil ter respostas.

— Alguma coisa que queira perguntar agora?

— Sim. Teve notícias do capitão Parisi?
— Tive.
— E?
— Ele está ensandecido. Disse que transformei o caso dele num, abre aspas, circo de merda, fecha aspas.
— E você disse?
— Que os pais têm o direito de saber que alguém aí fora está decepando crianças.

A música-tema em estilo ópera do Canal Dez, de ação e notícias, que não oferece muita coisa nem de um, nem de outro, explodiu da TV acima do bar. Fiona acendeu um cigarro e nós dois nos viramos para ver a chamada.

"Será que temos um serial killer perseguindo crianças em Rhode Island, desmembrando-as e dando-as de comer aos porcos? Voltaremos em um instante com nossa reportagem investigativa exclusiva. Você vai ficar chocado!"

A reportagem exclusiva investigativa por acaso não era nem exclusiva nem investigativa. Consistia em uma amostra da coletiva de Fiona, um "sem comentários" furioso de Parisi, especulações loucas do repórter ao vivo Logan Bedford e a tranquilização da âncora gata Amy Banderas de que "o monstro entre nós é uma ameaça a cada criança de Rhode Island". Depois, ela sorriu radiante para a câmera e exclamou, "Preparem-se para um fim de semana de calor fora de época! A seguir, Storm Surge com a previsão do tempo". Não deve ter sido o nome que a mamãe deu a ele.

É isso que passa por noticiário local depois que o *Dispatch* ficou mudo. Olhei minha amiga e meneei a cabeça com tristeza.

— Fiona — eu disse —, olha o que você fez.
— Acha que agi mal?
— Acho que devia ter dado ouvidos a Parisi.
— Se o que fiz salvar uma criança que seja...
— Não vai.

— Vai fazer com que os pais fiquem mais atentos.

— Nem todos, Fiona. Alguns são estúpidos. Alguns usam drogas. Outros não dão a mínima. Além disso, nem os melhores pais podem montar guarda dos filhos em cada minuto do dia. Se o assassino quiser outra criança, ele vai pegar. É tão fácil como pegar uma caixinha de leite na 7-Eleven.

Fiona não tinha nada a dizer a respeito disso. Sua cerveja Bud vencida se juntou às camaradas caídas e ela pediu outra.

— Já tem o relatório da autópsia? — perguntei.

— Não é definitivo. Tedesco está esperando o DNA.

— O que ele diz sobre a causa da morte?

— Que, a não ser que encontremos mais partes do corpo, nunca vamos saber. É claro que ele está excluindo causas naturais.

— Mais alguma coisa? — perguntei.

— Em off?

— Tudo bem.

— Acho que tem.

— O quê?

Ela só me olhou e meneou a cabeça.

— Estupro?

— É — disse ela. — Violento e repetido.

Ficamos sentados por um tempo, ela devorando a Bud, eu bebericando meu club soda e fingindo não notar que Átila, a Una, começara a chorar.

Na TV, o cara dos esportes mostrava os destaques da NBA. Fiona fixou os olhos na tela enquanto Paul Pierce cravava uma cesta de três pontos e vencia um jogo para os Celtics. Depois, ela baixou a Bud na mesa, fitou-me com os olhos marejados e disse:

— O que será que ele está fazendo com as cabeças?

21

Nos dias que se seguiram à coletiva de Fiona, pais e mães de toda Rhode Island chegavam ao trabalho tarde e saíam cedo para levar e buscar seus filhos na escola. As escolas do ensino fundamental e médio fizeram reuniões para que o programa voluntário de proteção à criança, denominado *Officer Friendly* pudesse repetir o costumeiro alerta para evitar estranhos. As autoridades locais, querendo impressionar, prometeram patrulhas policiais de prontidão nos pátios de escolas. Os policiais obedeceram, sabendo muito bem que não adiantaria nada. O assassino atacaria onde a polícia não estivesse.

Quatro dias depois da coletiva de Fiona, em uma manhã clara e fria de terça-feira, Angela Anselmo bateu na porta do meu apartamento e perguntou se eu podia levar Marta à escola.

— Detesto te incomodar com isso — disse ela —, mas a supervisora da enfermagem me deu uma bronca por eu ter me atrasado ontem e estou com muito medo de deixar Marta ir a pé sozinha para a escola.

— Não é incômodo nenhum — eu disse. — Será um prazer.

— Obrigada. Eu agradeço muito mesmo.

— Precisa que eu a busque à tarde?

— Não. Vou sair nessa hora e posso fazer isso.

— E amanhã?

— Estou combinando uma carona com outras mães do bairro, então vamos ficar bem.

— Que bom. Mas, se tiver problemas, pode contar comigo.

— *Muito* obrigada — disse ela. Depois, se virou e disparou escada abaixo.

Quinze minutos depois, eu pegava Marta em seu apartamento, levava-a ao Bronco e pedia a ela para colocar o cinto de segurança para o curto trajeto até a Feinstein Elementary School na Sackett Street.

— Ouço você praticar toda noite, Marta — eu digo.

— Espero não estar incomodando, sr. Mulligan.

— Não incomoda. Eu gosto. Você toca lindamente.

— O velho Pelligrini não pensa assim. Ele bate no teto toda noite. Ontem, ele veio a nossa porta e gritou com a mamãe. Disse que vai chamar a polícia se eu não parar de fazer aquela barulheira estridente horrorosa.

— Ele é só um velho rabugento. Não deixe que ele a perturbe.

Parei na frente da escola, deixei Marta sair e a observei saltitar pela calçada. Só arranquei quando a porta se fechou às costas dela.

Naquela tarde, a apenas 22 quilômetros a leste de Providence, 492 crianças saíram da escola fundamental de tijolinhos na cidadezinha de Dighton, Massachusetts. A maioria correu para esperar o ônibus, mas 38 moravam perto para ir a pé, disse-me mais tarde o patrulheiro Robert Dutra, quando nos sentamos em sua viatura e bebemos copos de café para viagem. Os pais, preocupados com as alarmantes notícias de Rhode Island, esperavam pela maioria delas, mas 16, principalmente alunos da terceira e quarta séries, estavam por conta própria.

Dutra viu seis das crianças a pé atravessarem o estacionamento da escola e entrarem à esquerda numa modorrenta rua de terra. As outras dez desceram em disparada a longa entrada de macadame para a Somerset Avenue, o mais próximo que a cidadezinha tinha de uma rua principal. O policial do interior estava no cargo havia um ano — tempo suficiente para saber o que devia estar fazendo, mas não o bastante para ficar entediado com suas tarefas de babá.

— Uma guarda de trânsito estava de serviço na esquina da Somerset com a Center — disse-me ele. — Eu sabia que ela cuidaria bem das crianças. — Então ele levou a viatura para a rua de terra, ficando de olho nas coisas por ali.

Peter Mello, um aluno de 9 anos da quarta série, foi para o norte na Somerset Avenue com três amigos. A guarda de trânsito ajudou os amigos de Peter a atravessar a Center Street e os viu correndo para o norte. Depois, parou o trânsito leve da Somerset para Peter atravessar e ir para o leste na Center Street.

A guarda de trânsito se chamava Shirley Amaral. Estava neste emprego havia oito anos e sempre levou a sério suas responsabilidades, mas as notícias da vizinha Rhode Island a deixaram ultravigilante. Normalmente teria ido para casa depois que as crianças passassem por seu posto. Desta vez, continuou na esquina, para vigiar tanto Peter como os amigos que iam para casa. Nenhuma das crianças morava a mais de oitocentos metros da escola.

A cerca de cem metros da esquina, a Center Street cai acentuadamente, começando sua descida para o rio Taunton, a cerca de quatrocentos metros dali. Amaral viu Peter sair de vista pela ladeira e voltou sua atenção para os amigos do menino. Quando perdeu Peter de vista, ele estava a sessenta metros da porta de casa. Ele nunca chegou lá.

— Acha que tem algo a ver com os assassinatos de crianças em Rhode Island? — perguntou-me Dutra.

— Não sei.

— Se não soubesse mesmo — disse ele —, você não estaria aqui.

22

Os Red Sox venderam Manny Ramirez duas temporadas atrás, mas não seria eu a dar esta notícia a minha melhor amiga. Ele era o jogador preferido de Rosie e a novidade certamente partiria seu coração. Abri a camisa autografada dos Sox com o número 24 de Manny nas costas e a coloquei na borda de sua lápide, como eu fazia sempre que a visitava.

Era tarde no ano para a grama estar tão verde. Ajoelhei-me nela e li pelo que devia ser a centésima vez a inscrição na lápide: "Rosella Isabelle Morelli. Primeira Mulher Chefe de Batalhão do Corpo de Bombeiros de Providence. Filha Amada. Amiga Leal. Verdadeira Heroína. 12 de fevereiro de 1968 — 27 de agosto de 2008".

Rosie corria para uma casa incendiada numa noite de neblina quando seu carro bateu e pegou fogo. O incêndio tinha sido provocado. Eu teria dado o incendiário aos porcos de Cosmo enquanto ele ainda estivesse respirando, se soubesse quem era. Rosie e eu éramos amigos desde que tínhamos 6 anos. Com o passar do tempo, dezenas de outros amigos vieram e sumiram. O trabalho foi de mal a bem e voltou a ser ruim. Amantes nos usaram e nos abandonaram. Em todo esse tempo, Rosie e eu contávamos tudo um ao outro. Alguns hábitos não morrem nunca.

— Agora ando armado, Rosie. Está bem aqui, debaixo desse casaco largo. Eu tiraria para te mostrar, mas sei que você jamais gostou de armas. Alguns grandalhões me avisaram para parar de xeretar uma coisa e, bem, sabe como eu sou. Espero que eu não tenha de atirar em ninguém, mas talvez tenha, se eles voltarem.

H. P. Lovecraft, mestre da ficção clássica de terror, descansava perto, escondido atrás de uma moita de azaleias. Não muito longe dali, Thomas Wilson Dorr estava enterrado, sua rebelião fracassada não era mais uma ameaça à classe governante de Rhode Island. Ruggerio "Porco Cego" Bruccola estava pouco atrás de uma fila de azaleias, enterrado com os últimos segredos que conseguiu guardar dos federais. Nunca faltava companhia estimulante a minha melhor amiga.

— Estou cansado, Rosie. Cansado de ver os jornais entrando em colapso. Cansado dos Maniella e de seus negócios sujos. Cansado de escrever sobre crianças mortas e desaparecidas. Talvez eu só precise de uma folga, mas só o que consigo tirar agora é uma noite. Comprei ingressos para o Buddy Guy na House of Blues em Boston para amanhã à noite. O mesmo lugar onde o vimos há três anos. Vou levar uma mulher que conheço. Você ia gostar dela, Rosie. Ela é inteligente, divertida e adora blues. Também é linda de morrer. O único problema é que parece que ela não gosta muito de mim.

A leste, gaivotas sobrevoavam o rio Seekonk. Rosie e eu ficamos sentados em silêncio por um tempo e ouvimos seus gritos de dobradiça enferrujada. Este era o Cemitério Swan Point, mas eu não via cisne nenhum. Passei os braços pela lápide de granito frio e abracei Rosie. Depois, me levantei, retirei a camisa de futebol americano da borda, dobrei-a e passei por uma dezena de túmulos até meu carro.

Liguei a ignição, coloquei Buddy Guy no CD player e rosnei junto com ele:

You damn right, I've got the blues.

Naquela noite, arriei em meu colchão com o livro de um ex-repórter do *Tampa Tribune* chamado Ace Atkins. Os romances policiais eram seu paraquedas fora dos jornais. Eu queria tanto ter esse talento. Ace era um de meus escritores preferidos, mas eu não conseguia parar de divagar. Depois de ler o mesmo parágrafo quatro vezes, desisti, peguei o controle remoto e zapeei pelos canais. Uma reprise de *Law & Order*, *Dog the Bounty Hunter*, Rachel Ray cozinhando algo que eu não comeria nem a pau, *Keeping Up with the Kardashians*, Jim Cramer berrando conselhos ruins para investimentos, um especial da *NOVA* sobre sapos, *The Golden Girls* (que parecia passar 24 horas por dia), um jogo sem importância entre dois times no pé da tabela da NBA... Enfim, caí numa entrevista a Charlie Rose de um economista de quem nunca ouvi falar. Rose era o equivalente televisivo a um vidro de tranquilizante com uma dose de uísque, mas eu estava tão desassossegado, que nem *ele* conseguiu me colocar para dormir.

Passei dez minutos olhando meu celular, encontrado no bolso de minha jaqueta, e liguei para Joseph DeLucca. Vinte minutos depois, eu estava fumando um charuto na porta da academia de Pazienza, quando Joseph apareceu num Mustang de uma década que era páreo duro com meu Bronco para o ferro-velho.

De novo segurei o saco de pancadas, enquanto ele lhe dava um bom malho. Quando terminou, ele me ajudou a preparar as mãos. Comecei com uma saraivada de *jabs*, depois girei os quadris e pus tudo o que tinha num gancho de esquerda. Recuei para recuperar o fôlego e ataquei o saco de novo com *jabs*, ganchos e cruzados de direita. O suor escorria para meus olhos. Eu mal conseguia enxergar, mas continuei esmurrando. Odiava o saco. Queria que ele estivesse vivo para eu poder matá-lo de pancada. Puxei o ar e o esmurrei mais uma vez.

— Mulligan!

Meti um cruzado de direita e um gancho de esquerda.

— Mulligan!

Outro gancho.

— Mulligan!? — perguntou Joseph. Ele me pegou pela cintura e me afastou do saco.

— Que foi?

— Olha a merda das suas mãos.

O sangue escorria pelas amarras.

Trinta minutos depois e de banho tomado, chegamos à porta do Hopes. Passava do horário de funcionamento e as luzes estavam apagadas. Annie, a garçonete, destrancou a porta, deixou-nos entrar e nos trancou lá dentro. Meia dúzia de copidesques jogava pôquer de cacife baixo em uma mesa ao fundo. Dois policiais de folga sentavam-se ao balcão, bebendo em copos altos de Guiness. Joseph e eu pegamos algumas latas de Bud na geladeira, batemos o dinheiro no balcão e fomos para as mesas vagas.

Eu cheirava a desodorante Dial. Joseph parecia ter tomado banho de Axe. Eu odiava Axe. Peguei um charuto, cortei a ponta, acendi e olhei feio para cada cliente do lugar, desafiando alguém a me mandar apagar.

Joseph tomou um gole de sua lata de Bud, colocou-a na mesa e disse:

— Mas qual é o seu problema, porra?

Quando cheguei em casa, ainda estava agitado. Deitei-me na cama bebendo Bushmills de uma garrafa, na esperança de que o sono me pegasse. Usei o controle remoto para ligar a TV e zapeei até que dei com um filme de que gosto muito, *O assassinato de Jesse James pelo covarde Robert Ford*. Enquanto o uísque batia, lutei para manter os olhos abertos, com medo do que meus sonhos me trariam.

Vi que tinha perdido a briga quando uma garotinha ensanguentada entrou no quarto e me pediu ajuda para encontrar seus braços.

23

Segundo meu avô, a América perdeu seu tênue domínio da civilização em 1967; mas os filhos floridos do Verão do Amor, o acid rock e o LSD provaram ser uma loucura fugaz. Quando o colapso que temia finalmente aconteceu, ele não estava vivo para ver. Foi em 1998, ano em que Joseph R. Francis lançou seu primeiro vídeo *Girls Gone Wild*. Desde então, tem sido uma disputa de celebridades em espiral descendente: Carrot Top, *Jackass*, Paris Hilton, Flavor Flav, *Norbit*, Lindsay Lohan, Glenn Beck, Pumpkin Chai, do Starbucks, Octomom, o CD *Christmas in the Heart*, de Bob Dylan, e *Chocolate Chip Pancakes & Sausage on a Stick*, do Jimmy Dean.

A cena na House of Blues completava o quadro. A plateia consistia principalmente em universitários desordeiros e suas namoradas seminuas, a maioria de porre antes mesmo de passar pela porta, encostar a barriga no bar e clamar por cerveja. Uma música gravada berrava dos alto-falantes enquanto esperávamos que Buddy Guy chegasse ao palco. Elmore James. Muddy Waters & Koko Taylor. Um bando ruidoso com camiseta do Boston College Eagles uivava junto, entendendo mal as letras. Quando um babaca de camiseta da UMass-Boston e capacete de cerveja esbarrou em Yolanda pela segunda vez, roçando o braço em seu seio esquerdo, deduzi que foi de propósito. Talvez ela tivesse razão sobre os brancos. Isto começava a parecer um erro.

Naquela mesma noite, passei mais do que meus três segundos de sempre me olhando no espelho. Arrumar-me para um encontro em geral exigia algumas medidas simples. Cheirar as axilas, passar uma escova molhada no cabelo, vestir uma camisa relativamente nova de uma pilha da roupa lavada e ver se meus sapatos combinavam. Desta vez, me olhei, perguntando-me o que tinha a oferecer a uma mulher que... Bom, uma *mulher* como Yolanda. Nada se alterava, por mais que eu olhasse. Talvez eu derramasse café na camisa de novo. Ela achou graça da primeira vez.

Quando fui buscá-la, parei no centro comercial e gastei cem pratas num par de sapatos sociais na Bostonian. Da última vez que comprei pisantes novos, foi quando meu casamento com Dorcas chegou ao fim. Foram tênis. Ouvi em algum lugar que os sapatos dizem muito sobre um homem. Espero que estes sejam bons de papo.

Era uma curta viagem a East Greenwich, uma cidadezinha artística na margem ocidental da baía de Narragansett. Tempo suficiente para tocar seis músicas de minha playlist de prostituição. Saindo da Division Street, parei em um grupo de apartamentos espaçosos, olhei a confusão de portas idênticas e percebi que tinha me esquecido de anotar o número do apartamento de Yolanda. Seria 52 ou 53? Ou talvez 54?

Estava pegando o celular para ligar para ela, quando vi um adesivo de punho escuro e cerrado na base do vidro de uma janela. Feroz, mas discreto. Tinha de ser ela. Desliguei o motor, espanei cinza de charuto da calça, andei pela calçada e toquei a campainha no número 54.

Em vez disso, abriu-se a porta do 53 e lá estava Yolanda, reprimindo um sorriso que dizia que estivera me observando. Depois, a porta do 54 se abriu e uma atarracada representante da terceira idade, com o cabelo numa massa de cachos azuis, disse: "Posso ajudá-lo?"

— É comigo — disse Yolanda. — Desculpe pelo incômodo, sra. Steinberg.

A sra. Steinberg me olhou de cima a baixo e piscou para Yolanda antes de fechar a porta.

— Enganado pelo punho, não foi? — perguntou Yolanda. — Espere enquanto pego meu casaco.

Ela me deixou sozinho numa sala que era toda verde menta, com muitas fotos emolduradas nas paredes e mesas. Algumas eram de uma mulher mais velha com a cara de Yolanda, outras de um homem bonito o suficiente para me preocupar.

— Este é meu irmão, Mark — disse ela.

Virei-me e vi que ela vestia um casaco de couro elegante que combinava com o jeans desbotado e as botas Tony Lamas vermelhas. O cabelo estava puxado para trás e ela usava pouca maquiagem, como se soubesse que não precisava melhorar nada.

— Ele era repórter do *L. A. Times*, mas não via futuro nisso. Agora está na Faculdade de Direito.

— Que bom que ele tem um plano.

— Tem, mas não está nada satisfeito. Ele só queria ser jornalista. Sente muita falta disso. Vocês deviam conversar um dia desses.

— Ah, sim? Então ele não tem problemas com brancos?

Ela riu, o som que eu esperava.

— Como eu, ele os considera um mal necessário.

Atrapalhei-me com a chave do Bronco enquanto ela trancava a porta de casa. Depois, ela se virou para mim.

— Onde está seu carro?

— Bem ali — disse eu, apontando o Secretariat, ainda ofegante e estalando em sua vaga. — Abri um lugar para você no banco da frente.

— Vamos no meu. — Ela me levou para um Acura ZDX vinho e novo. Acomodar-me no banco de couro marfim era como afundar em uma banheira de água quente. Yolanda tocou algo no painel e o motor ganhou vida.

Perguntei-me do que falaríamos na longa viagem de trânsito pesado até Boston. Os Maniella eram um balde de água fria. Crianças desmembradas tinham um apelo romântico dúbio. E eu era um horror para jogar conversa fora. O que podia dizer para convencê-la de que os brancos podiam ser bacanas? Talvez eu pudesse me lembrar de não dizer coisas como bacana.

Yolanda tocou mais alguma coisa no painel e John Lee Hooker começou a grunhir "Hittin' the Bottle Again". Caímos num silêncio agradável, interrompido de vez em quando para falar do tempo, da direção do carro e da qualidade do repertório do canal de blues da rádio por satélite. Éramos duas pessoas que não se conheciam bem, tentando não falar de trabalho. Recostei-me e imaginei nós dois, com os corpos espremidos em um club apinhado, balançando-nos ao ritmo do melhor guitarrista de blues do mundo. Talvez Buddy despertasse meu borogodó com Yolanda.

Noventa minutos depois, quando o Capacete de Cerveja esbarrou nela pela terceira vez, a coisa não parecia estar saindo do jeito como eu tinha planejado. Peguei o babaca pelo pulso e o girei para ficar de frente para mim.

— Peça desculpas — eu disse.

Ele não pediu. Em vez disso, lançou a ela um olhar de "ela não é ninguém mesmo" e começou a se virar. Puxei um murro de esquerda. Atrás dele, estava a potência de meu ódio por capacetes de cerveja, Carrot Top, *Jackass* e todas as outras babaquices. O soco só pegou o ar. O Capacete de Cerveja já estava no chão, com as mãos no saco, contorcendo-se de agonia. A ponta do Tony Lamas de Yolanda tinha dado um golpe certeiro.

Os amigos do Capacete de Cerveja avançaram para nós, mas recuaram quando dois seguranças atravessaram a multidão. Devem ter visto a coisa toda, porque não vieram para nós. Bateram um *high five* em Yolanda, levantaram o babaca e o arrastaram para fora.

— Minha heroína — eu disse.

— Só uma coisinha que se aprende quando se é criada no West Side.

A expulsão do Capacete de Cerveja pareceu deixar a plateia mais sóbria, ou pelo menos a acalmou. Alguns minutos depois, Buddy e sua banda chegaram. Pus o braço na cintura de Yolanda e ela me deixou ficar ali, recostando-se em mim enquanto nos balançávamos com a música. Isso atraiu olhares de atletas e suas acompanhantes. Hoje em dia, os fãs de blues são principalmente brancos e Boston não é uma cidade pós-racial. A não ser por Buddy e sua banda, Yolanda era a única negra no lugar.

Buddy tocou não uma, nem duas, mas três músicas. Quando terminou com uma versão de dez minutos de "Slippin' In", gritamos a plenos pulmões e o corpo de Yolanda estava apertado no meu havia mais de uma hora. Buddy não voltaria para uma quarta, então os seguranças esvaziaram o salão para o segundo show. Andando de braços dados na Lansdowne Street, nós dois estávamos famintos, embora não necessariamente da mesma coisa.

Na calçada, um dos seguranças bateu no meu ombro.

— Ei, amigo — disse ele. — Sua senhora pode fazer a segurança daqui quando quiser.

Yolanda riu alto. Eu torcia para que ela tivesse achado graça da tirada do segurança, mas pode ter sido a ideia de que ela era a minha senhora.

Preocupava-me onde íamos comer. Não imaginava que Yolanda fosse o tipo de mulher de cachorro-quente apimentado/fritas com queijo e estava com pouca grana depois de esbanjar nos ingressos. Quando Yolanda entrava a oeste, puxei seu braço.

— O estacionamento fica do outro lado.

— É, mas o cheiro é melhor para esse lado e uma irmã precisa comer.

— Esta é a Lansdowne Street, Yolanda. Os restaurantes aqui são de cerveja, gordura e Tabasco.

— Nham — disse ela e continuou andando.

Passamos pelo Fenway Park e, na esquina da Brookline Street, ela parou na frente do Cask'n Flagon.

— Este serve? — perguntou ela. — Fiquei o dia todo pensando em fritas com queijo.

E fiquei um pouco mais caído por ela.

— Puxa, o show foi demais, né? — perguntou ela enquanto pegávamos nossas cadeiras sob uma foto em preto e branco de um jovem Ted Williams. — Eu podia ouvir aquele irmão tocar a noite toda. E, cara, ele ainda arrasa. Pelo jeito como se mexe, é difícil acreditar que tenha 74 anos.

Ela tirou o nariz do cardápio e me olhou nos olhos.

— Obrigada, Mulligan. Eu me esqueço de fazer coisas assim até que alguém me lembra de que existe um mundo fora da firma.

— Posso lembrar a você com mais frequência.

Ela não respondeu nada. De repente, seu cardápio era mais interessante.

— Eu nunca teria imaginado você num lugar desses, Yolanda, mas você parece bem à vontade.

O garçom era um jovem negro com mais músculos do que precisava para o trabalho.

— Srta. Mosley-Jones! — disse ele. — Já faz muito tempo. Quer fritas com queijo e dois hambúrgueres de novo?

— Mas é claro — disse ela. — Hoje é meu dia de comer besteiras.

E eu esperava mesmo que sim.

O garçom virou os olhos para mim e sua voltagem caiu um pouco.

— O mesmo — eu disse. — E nos traga uma jarra de Samuel Adams.

— Não sabia que você era assídua daqui — eu disse depois que o garçom saiu.

— Só vim aqui uma vez. No verão passado senti falta dos Cubs, então fui ver uma partida com os Sox no Fenway. Lembrou-me tanto de Wrigley, que eu fiquei meio chorona. Depois de nove *innings*, sempre fico com fome e segui a multidão até aqui.

— Você esteve aqui uma vez e o garçom se lembra de seu nome?

— Não me acha memorável?

— Acho você inesquecível.

Nessa hora, meu celular vibrou. Peguei, verifiquei o número e devolvi para o bolso da calça.

— Nada importante?

— Só um sopro do passado.

— A quase ex?

— Como adivinhou?

— Como é *ela*? Que mulher dá o fora em você?

O telefone vibrou de novo. Peguei-o, abri e coloquei no meio da mesa, apertando o viva-voz.

— Mulligan.

— Seu!

Filho

Da!

Puta!

— Boa-noite para você também, Dorcas.

— Quem é a piranha com você esta noite, seu escroto?

— Estou jantando com uma amiga agora, Dorcas. Desculpe, mas não tenho tempo para uma de nossas conversas amigáveis.

— Não se atreva a desligar na minha cara, seu desgraçado...

Fechei o celular e o recoloquei no bolso.

— Caramba — disse Yolanda. — Mas o que você fez para essa mulher?

— Casei-me com ela. Ela nunca me perdoou por isso.

— Deve ser preciso mais do que isso.

— Ela é instável, Yolanda. Precisa de ajuda.

— Então arranje alguma para ela.

— Eu tentei, mas ela se recusa. Acha que os outros é que são os loucos.

— Puxa.

— Pois é.

Caímos num silêncio desagradável. Talvez apresentar Dorcas ao objeto de meu afeto não fosse a atitude mais perspicaz. O silêncio se prolongou enquanto eu tentava pensar em algo que tragasse os gritos de minha quase ex.

— Ela pode fazer com que eu pareça um monstro — eu disse. — Não sou. Sou só um cara comum que tomou uma decisão ruim.

Yolanda sorriu e o clima ficou mais leve.

— Você não é um cara comum, Mulligan.

— Não sou?

— Não. A maioria tenta me impressionar fazendo o discurso "Eu tenho um sonho", dizendo-me quantos amigos negros tem e jogando nomes de rappers, errando a maioria deles.

— Caramba — eu disse. — E pensar que eu estava a ponto de te dizer o quanto me amarro em Jay-Z Hammer.

Ela jogou a cabeça para trás e deu uma gargalhada. Quando o garçom finalmente apareceu com nossa comida, passamos a hora seguinte devorando-a, tirando fritas de uma montanha gosmenta de queijo e lambendo os dedos. Eu adorava vê-la tão pouco parecida com uma advogada.

Depois que limpamos o prato de fritas com queijo e secamos a cerveja, ela não parecia mais caipira do que quando entramos. Eu não sabia se me aguentaria nas calças pelo resto da noite. E não no bom sentido.

Na volta para casa, ouvimos mais blues no rádio e conversamos sobre o show, os Cubs e os Red Sox; mas tudo o que eu dizia pretendia significar: "Por favor, me deixa te beijar."

— Não sabe como foi ótimo, Mulligan — disse Yolanda ao parar o Acura na vaga ao lado do meu Bronco. — Eu me senti um ser humano e não uma advogada, para variar.

— E quando vamos ter a próxima?
Ela desligou o carro e se virou para mim.
— Vai me fazer repetir?
— Você não gosta de brancos.
— É isso aí.
— Ninguém precisa saber. Prometo que não vou espalhar.
— Está tarde — disse ela. — Devia ir embora.
Saímos do carro e eu a acompanhei até a porta. Ela a destrancou e, ao se virar para se despedir, eu estava bem ali, com a cara bem perto. Ela jogou os braços em meu pescoço e me abraçou com força e rapidamente. Depois, se afastou, passou pela porta e a fechou. Fui sumariamente dispensado.

Ao ir para Providence pela interestadual, eu pensava em seu sorriso, seu riso, seu cheiro, aquele jeans apertado e as Tony Lamas vermelhas. Talvez não estivesse tudo perdido. Quando ela se afastou daquele abraço, tombou a cabeça de lado por uma fração de segundo, como faz uma mulher quando quer ser beijada.

Ou será que foi imaginação minha?

24

— Sim — eu disse —, sou parente próximo de Joseph DeLucca.
— E exatamente como é parente dele?
— Ele é meu irmão.
— Mas como vocês têm sobrenomes diferentes?
— Somos meios-irmãos.
— Não acredito — disse a nazista do hospital.
— Não?
— Não.
— E por quê?
— Porque eu reconheço você. Você é repórter do *Dispatch*.
— Os repórteres podem ter irmãos.
— Imagino que sim — disse ela. — Mas esta é a quinta vez este ano que você tenta entrar no quarto de uma vítima baleada alegando ser parente.
— A quinta de que você tem conhecimento — eu disse.
— Quer dizer que teve mais?
— Acreditaria que minha família está passando por uma maré de azar?
— Não.
— Dá um tempo. Ele é amigo meu e eu preciso muito falar com ele.
— Saia daqui antes que eu chame a segurança.
— O que chama de segurança? O tira aposentado molenga que acenou para mim no saguão, ou está falando do outro gordo aposentado que está comendo um churro na cantina?

Ela pegou o telefone. Dei de ombros e fui para a porta.

Levou algumas horas, mas consegui montar a história do que aconteceu com Joseph, lendo nas entrelinhas do relatório da polícia e conversando com três policiais de folga, duas prostitutas e um barman. Das sessenta e tantas pessoas que estavam na Tongue and Groove quando começou o tiroteio, elas foram as únicas dispostas a conversar com um repórter que portava um bloco. Logan Bedford, o babaca do Channel dez, teve mais sorte. Algumas dezenas de testemunhas fizeram fila pela oportunidade de falar em seu microfone. Qualquer coisa para aparecer na televisão.

Pelo que soube, aconteceu da seguinte maneira:

Segundo o relógio da Budweiser na parede, passava pouco das nove da noite quando Jamal, o pistoleiro nervosinho de King Felix, entrou na boate, foi gingando até o bar e perguntou onde encontraria Joseph DeLucca. O nome completo de Jamal, por acaso, era Jamal Jackson; ele era um pouco mais novo do que eu pensava — só 14 anos. O pai do garoto não aparece na foto. A mãe trabalhava no turno do dia como ajudante de enfermagem do hospital de Rhode Island. À noite, fazia camas no Biltmore. Não, disse ela à polícia, ela não sabia que Jamal faltara à escola o ano todo.

Jamal deixou o barman nervoso. Ele não gostou do tique no olho esquerdo do garoto e não gostou especialmente do fato dele ser um garoto.

— Pelo que sei, não existe lei estadual contra uma criança pagar por um boquete — disse-me o barman depois —, mas ele não podia estar num estabelecimento que serve álcool. Se Átila, a Una, descobrir que ele esteve aqui, a piranha terá outra desculpa para fazer estardalhaço. — Não gostei do modo como ele se referiu a minha amiga, mas precisava ouvir o resto da história, então não discuti.

Ele disse a Jamal para sair, continuou o barman. Suas exatas palavras, se ele se lembra corretamente, foram: "Fora daqui e volte quando tiver 18 anos."

— Só vou sair depois de ver DeLucca — disse Jamal, o tique no olho esquerdo ficando mais intenso.

Mas que diabos, pensou o barman. Joseph *era* segurança. Ele pediu a Chloe, a garçonete roliça de cabelo verde, para pegar Joseph da sala de nudismo para colocar o garoto para fora.

Dois minutos depois, Joseph aproximou-se do bar.

— Tem alguém procurando por mim?

— Você é o DeLucca? — perguntou Jamal.

— Sou — disse Joseph. — E quem é você, porra?

Jamal não respondeu. Só pôs a mão na cintura e sacou sua pistolinha prateada.

Ele não escolheu a melhor noite para isso.

Havia 22 prostitutas e aproximadamente quarenta clientes na boate. Dezoito clientes eram da festa de despedida de solteiro de Mike Scanlon. As comemorações tinham acabado de começar, então os festeiros ainda não estavam num estupor de embriaguez. Tinham bebido uma cerveja cada um e a primeira rodada de tequila acabara de chegar às mesas. A maioria tinha strippers no colo. A garota que se dizia chamar Sacha, pelo que me disseram depois alguns convidados, estava de joelhos na frente do noivo, com a cabeça subindo e descendo.

— Pode deixar essa parte de fora do jornal? — perguntou-me Scanlon. — Minha noiva vai me matar.

— Claro, desde que você me conte o que aconteceu depois.

Quando o trabalho de Sacha terminou, Scanlon soltou um suspiro de satisfação, abriu os olhos e viu o brilho da luz do bar no níquel da pistola de Jamal saindo de sua cintura. Scanlon empurrou a prostituta de lado e pegou o revólver no coldre do tornozelo. No começo, seus amigos não sabiam o que estava havendo, mas, por instinto, sacaram as armas *deles* também.

Scanlon era policial de Providence. E os amigos também.

Nos 15 segundos seguintes, aproximadamente cem tiros foram disparados, segundo estimativa oficial da polícia. Uma bala pegou de raspão na coxa de Joseph. Outra ricocheteou num poste de metal e abriu um buraco irregular no traseiro impressionante de uma stripper de nome Jezebelle. Dezenas de outras pegaram o balcão de mogno do bar e as paredes pintadas de preto da boate. E o salão cheio de atiradores só mirava um alvo. Um assistente de legista ainda contava os buracos no corpo de Jamal. Sempre que ele fazia isso, segundo me disse, terminava com um número diferente.

O policial que pegou a arma de Jamal na cena me disse que o garoto não disparou nem um tiro.

25

Na manhã de sexta-feira, o editor executivo, Marshall Pemberton, mandou um e-mail a todos, orientando a equipe a se dirigir à redação para uma reunião obrigatória no final da tarde. Eu não imaginava que ele estava prestes a anunciar que ganhamos um Pulitzer, então só podia ser má notícia. Talvez ele finalmente fosse nos dizer que a velha garota estava fechando as portas para sempre.

Antigamente, garrafas de Smith Corona tilintavam aqui, nas longas filas de mesas de metal amassado. Máquinas de teletipo batiam dia e noite, vomitando boletins em longos rolos de papel amarelo. *Office boys* classificavam por assunto e cortavam, colocando-os pelo piso de ladrilho sujo de tinta para depois pendurar em uma série de pinos dividindo por negócios, esportes e questões nacionais. Sempre que a porta para a oficina nos fundos se abria, a redação do tamanho de um campo de futebol chocalhava com o bater das máquinas de linotipo. Isso foi antes de meu tempo, mas eu adorava ouvir os antigos do copidesque, os três que restaram, lembrando os velhos tempos.

Quando os donos avarentos do jornal finalmente decidiram comprar computadores, cessaram os estalos e bate-bates. Alguns dos antigos reclamaram. Alguns tiveram dificuldades para se adaptar. "Onde se põe papel nessa porcaria?", foi a pergunta de Jim Clark, que ficou famosa. Mas não havia como questionar o progresso.

Mesmo depois que as máquinas de escrever e os linotipos passaram a ser história antiga, a redação que eu amava nunca ficava em silêncio. Repórteres trabalhavam incansavelmente ao telefone. Assistentes da editoria local corriam de mesa em mesa, entregando tarefas que nem sempre eram bem recebidas. Fotógrafos e editores de imagem se reuniam na mesa de luz, discutindo sobre que fotos usar. Editores de esportes berravam o mais recente placar. Copis faziam comentários sarcásticos sobre lides ruins. Alguns repórteres precisavam de tampões no ouvido para escrever suas matérias, mas eu gostava da barulheira.

Seis anos atrás, os donos do *Dispatch*, sem reconhecer que estavam num negócio moribundo, gastaram um milhão de dólares na reforma do lugar. Instalaram um carpete marrom, luzes embutidas, fatiaram a redação em cubículos, trouxeram falsas mesas de açougueiro e puseram plantas em vasos. Mas a redação ainda zumbia da emoção de colocar um jornal diariamente na rua. À noite, quando estourava o prazo da primeira edição e as prensas Goss gigantes começavam a rodar, eu sentia o chão vibrar sob meus pés. Às vezes, eu descia a escada dos fundos e via os rolos de jornal disparando por aquelas máquinas elegantes. Eu adorava o ronco ensurdecedor.

Duas décadas atrás, quando o *Dispatch* me contratou direto no Providence College para cobrir esportes estudantis, aquelas prensas produziam um quarto de milhão de exemplares por dia. Agora imprimem menos da metade disso. A equipe de notícias do *Dispatch* antes superava 340 integrantes, mas só restaram oitenta de nós — se contarmos os cinco estagiários que trabalham de graça.

Às três da tarde, Pemberton arriscou-se para fora de sua sala envidraçada até o meio da redação e reuniu o que restava dos repórteres em volta dele. Lomax se colocou ao lado de Pemberton. Os dois tinham uma expressão impassível.

— Como todos devem estar cientes, o setor de jornais vive tempos difíceis — começou Pemberton e senti o ar fugir da sala. — Nos últimos dois anos, fomos obrigados a fazer cortes significativos no orçamento de jornalismo do *Dispatch*, inclusive várias demissões deploráveis. Esta semana, fui informado pelo proprietário de que os cortes feitos até esta data não foram suficientes para restaurar a estabilidade financeira do jornal. Portanto, vamos tomar as seguintes providências:

"Em vigor, daqui a oito dias, o *Dispatch* deixará de circular aos sábados. Esta medida reduzirá o custo de impressão e distribuição em 14 por cento. Além disso..."

— Por que aos sábados? — gritou Gloria.

Pemberton se assustou com a interrupção, depois falou:

— Porque, srta. Costa, sábado é o dia mais fraco de anunciantes na semana.

— Mas e se houver notícias importantes na sexta-feira? — perguntou Gloria.

— Sempre há notícias às sextas-feiras — grunhiu Carol Young, editora de esportes. — É uma grande noite para os esportes.

— E vamos cobrir em nossa edição online — disse Pemberton. — Agora, posso continuar? — Ele ergueu a mão direita, pedindo silêncio, e prosseguiu.

— Além disso — disse ele —, fomos compelidos a fazer outras reduções na folha de pagamento.

Os funcionários presentes soltaram um gemido coletivo.

— Queremos fazer isso sem outras demissões — disse Pemberton. — Portanto, estamos reduzindo a semana de trabalho de todos os funcionários do departamento de jornalismo, com uma redução correspondente no pagamento. Em vigor, a partir de segunda-feira, cada um de vocês trabalhará quatro dias de oito horas por semana. Ed Lomax está revisando o quadro de horários da semana que vem e o divulgará às cinco horas, então, por favor, olhem o quadro de avisos antes de irem para casa. É tudo.

Com essa, ele se virou e escapuliu para sua sala.

— Espere — gritou Lomax, enquanto o grupo começava a se dispersar. — O sr. Pemberton se esqueceu de falar uma última coisa: quando os suprimentos que temos acabarem, todos teremos de comprar nossas próprias canetas e blocos.

Isso incitou um estouro até os armários de suprimentos. Fiquei olhando o caos por um momento e fui a Lomax, enquanto ele voltava à editoria local.

— Os copis podem trabalhar quatro dias na semana... Mas a maioria dos repórteres se importa demais com seu trabalho para fazer isso. Ora essa, a maioria de nós esteve trabalhando seis dias na semana recebendo por cinco.

— Sei disso, Mulligan.

— Sabe o que mais me irrita nisso tudo?

— Não, mas sei o que você vai me dizer.

— Esperar até as três da tarde de uma sexta-feira para dar a má notícia — eu disse. — É um dos truques mais baratos que se pode achar em cada manual de administração. Pemberton acha que, depois disso, vamos ter ataques por todo o fim de semana e a raiva vai passar quando ele voltar a trabalhar na manhã de segunda-feira?

— Tem uma falha na sua teoria — disse Lomax.

— Qual?

— Pemberton não voltará na segunda.

— E por que não?

— O cargo dele foi eliminado.

— Oh.

— Pois é. Agora tenho de fazer o meu trabalho *e* o dele.

26

Na manhã de segunda-feira, a redação estava silenciosa e vazia como o Fenway Park em janeiro. Eu tinha começado a trabalhar no obituário do dia, quando Mason entrou, arrastou uma cadeira para meu cubículo e arriou nela.

— Enfim, tenho algo sobre aquela coisa que me pediu para ver — disse ele.

No início, não entendi nada. Dei a ele a lista de contribuições de campanha semanas antes e muita coisa aconteceu desde então.

— Eu não entendia nada do negócio de pornografia — disse ele —, então li tudo que achei na internet. Uma das coisas que soube é que a maior parte da pornografia americana é fotografada no Vale de San Fernando, mas que parte dela também vem de Miami, Las Vegas e Ypsilanti, no Michigan.

— Ypsilanti? Sério?

— É.

— Que interessante — eu disse —, mas no que isso nos ajuda?

— Imaginei que havia uma boa chance de Maniella ter um estúdio em um desses lugares.

— Mas você procurou e não achou nada, não é?

— No começo, não.

— Hein?

— A maioria dos pornógrafos não é tão sigilosa quanto Sal Maniella. A Wicked Pictures, Vivid Entertainment, Digital Playground e um monte de outras com nomes, hmmm, mais *pitorescos* até têm números de telefone na lista. Então, dei uns telefonemas às cegas e pedi para falar com os donos. Alguns desligaram na minha cara quando eu disse quem era, mas a maioria ficou louca para falar de Maniella.

— Mas por quê?

— Não gostam dele. Os caras com quem falei... Em alguns casos, eram mulheres... Disseram que Maniella é famoso por roubar suas melhores garotas.

— Sei.

— Eles também acham que ele os dedurou às autoridades.

— E pelo quê? O negócio é legalizado.

— Um cara disse que uns atores dele... é assim que ele os chama... contraíram HIV. Disse que estava cuidando disso, mas alguém o entregou ao Departamento de Saúde da Califórnia. Alguns outros disseram que alguém os denunciou à polícia por empregar meninas menores de idade.

— E empregavam?

— Disseram que não foi culpa deles, que as meninas tinham identidades falsas convincentes, mas os chefes do estúdio... Como eles se chamam, como se fossem a DreamWorks ou coisa assim... Enfrentam acusações criminais.

— E culpam Maniella?

— Por algum motivo, eles têm certeza de que foi ele, sim. Alguns disseram que estão felizes com sua morte. Que poupou o trabalho de atirarem nele por conta própria.

— E o que disseram a você que pode ser útil para nós?

— Que os Maniella têm um estúdio em Van Nuys. Um depósito grande perto da San Diego Freeway, sem placa no prédio.

— Foi só isso que conseguiu?

— Tem mais. Depois que soube que ele estava operando em Van Nuys, passei um pente fino na lista de contribuições de campanha do governador, procurando gente com endereço ali ou perto dali: Glendale, Burbank, Santa Clarita...

— E?

— E achei 62.

— São muitos moradores do sul da Califórnia com o estranho interesse de reeleger o governador de Rhode Island.

— Foi o que eu pensei.

— Algum deles se chama Hugh Mungus ou Lucy Bangs?

— Não acho que sejam nomes verdadeiros, Mulligan.

— Verificou também as listas de contribuição para os membros do comitê legislativo?

— Ainda não, mas vou fazer isso. Aposto que nos dará mais nomes.

— Tem mais?

— Só 12 dos nomes que levantei têm números na lista — disse ele. — Eu liguei, mas eles desligaram na minha cara.

— Muita gente só usa celulares não listados ultimamente.

— É verdade. Acho que um de nós precisa ir à Califórnia e bater nas portas.

— O jornal nunca vai pagar por isso.

— Pode esperar dois meses? — perguntou ele. — Eu estava pensando em tirar umas férias no fim de janeiro.

— Bater em portas não configura bem umas férias.

— Terei três semanas. Vou passar a primeira semana nisso e o resto deitado ao sol de Malibu.

— Três semanas? Os repórteres iniciantes só têm uma. Deve ser bom ser o filho do dono.

— Tem suas vantagens.

— Bom, fez um bom trabalho nisso, Valeu-Papai. Talvez, no fim das contas, você possa superar sua criação.

27

O Dia de Ação de Graças vinha chegando de mansinho. Era terça-feira, quando percebi que só faltava uma semana. Mas então minha irmã Meg, que mora em New Hampshire, já havia entrado num avião para passar a semana com nosso irmão em Los Angeles. Yolanda estava a caminho de Chicago para comemorar as festas com a mãe. E Rosie ainda estava em seu túmulo no Cemitério Swan Point. Eu não sabia o que Dorcas ia fazer e não dava a mínima.

Estava tudo bem. Eu não tinha um humor festivo. Na noite anterior, a garotinha sem braços me disse que o nome dela era Allison, que ela torcia para os Celtics e que sentia falta da mãe. Ela se tornou uma visitante constante de meus pesadelos.

— Não tenho planos — eu disse a Lomax. — Por que não trabalho no feriado, assim pode dar o dia de folga a alguém?

— Tem certeza?

— Tenho. Se não, vou ficar sentado em casa sozinho, me enchendo de cerveja e vendo futebol na TV.

— Tudo bem. Venha às sete da manhã e pode brincar de editor local. Só o que tem a fazer é monitorar o rádio da polícia, editar as notícias de última hora que a turminha do feriado levantar e verificar uma bobagem de edição de Ação de Graças. Hardcastle virá render você às quatro.

— Dê a ele o dia de folga também — eu disse. — Posso dobrar.

— Tem certeza?

— Tenho.

— De jeito nenhum posso pagar hora extra.
— Não achei que podia.
Naquela noite, encontrei minha vizinha Angela Anselmo no corredor de nossos apartamentos. Ela estava saindo, abotoando um casaco por cima de um vestido azul de gestante. Agora parecia estar de cinco meses, mas eu não via nenhum homem na parada.
— Grandes planos para a Ação de Graças? — perguntou ela.
— Não. Só outro dia de trabalho para mim.
— Ah. Bem, as crianças e eu vamos jantar peru às sete — disse ela. — Quer se juntar a nós?
— É muito gentil de sua parte, mas acho que não vou poder.
— Tem certeza? Faço um peru medíocre e posso precisar de um homem para cortar a ave e ajudar a lavar todos os pratos.
— Vou dobrar de turno no trabalho, Angela. Só chegarei às onze da noite.
E assim, dois dias depois, eu estava sentado na cadeira de Lomax, editando uma reportagem deprimente sobre burocracia podre e vendo os Cowboys detonarem os Raiders, quando o telefone da mesa tocou.
— Editoria local, Mulligan.
— Tenho aqui embaixo uma Angela Anselmo e duas crianças — disse o guarda do saguão. — Elas perguntam se podem subir.
— Parecem perigosas para você? — perguntei.
— Na verdade, não.
— Então, o que está esperando?
Um minuto depois, Angela, Marta e o irmão de 15 anos, Nico, saíram do elevador. Marta trazia o estojo de violino. Angela e Nico carregavam sacos plásticos.
— Feliz Dia de Ação de Graças! — exclamaram Angela e Marta em uníssono, enquanto Nico parecia rabugento e constrangido por estar na companhia delas. Angela abriu as sacolas, cobrindo a mesa de

potes cheios do que se revelou peru assado, molho de romã e miúdos, salsicha com mozarela, batata-doce temperada com lima e gengibre e um sortimento de massas italianas. Também trouxeram pratos de papel, talheres de plástico e uma caixa de Dunkin' Donuts de dez unidades.

— Não precisava ter feito isso — eu disse.
— A gente quis! — disse Marta.
— Foi ideia de Marta — disse a mãe orgulhosa.

A garotinha estava radiante. Abriu o estojo de violino, meteu o instrumento sob o queixo e começou a tocar "We Plow the Fields and Scatter". A turma do feriado, uma meia dúzia de repórteres e copis, parou de digitar para ouvir. Quando ela terminou, todos na sala, menos Nico, que parecia ainda mais sem graça do que antes, aplaudiram sua apresentação.

— Boa refeição — disse Angela, enquanto Marta guardava o violino. Ela e Marta me abraçaram e se viraram para o elevador, com Nico se arrastando atrás delas. Peguei um garfo de plástico e o meti na comida. Era boa como parecia, saborosa mas leve o bastante para acalmar a dor que roía meu estômago.

No fim daquela noite, abri uma garrafa nova de Bushmills, desabei em meu colchão e bebi direto da garrafa. O uísque irlandês fez sua parte, deixando ao largo a garotinha sem braços. Mas de manhã acordei com um atiçador quente nas entranhas. Arrastei-me ao banheiro, senti a bile subindo pela garganta e vomitei na pia. O vômito tinha cara de borra de café ensanguentada.

Fui de carro ao hospital, onde um médico da emergência me deu uma examinada rápida e prontamente me internou. Passei o resto do dia sendo examinado, furado e cutucado.

Na manhã seguinte, acordei e encontrei Brian Israel sentado ao meu leito hospitalar, com um estetoscópio pendurado em seu paletó Hugo

Boss para que as jovens enfermeiras gostosas soubessem que ele era um médico.

— Há quanto tempo sente essa dor no abdome? — perguntou ele.

— Há alguns anos.

— E não achava que era motivo para me procurar?

— Andei meio ocupado.

— Então anda se automedicando.

— Sim.

— Com o quê?

— Rolaids e Maalox.

— E há cerca de um mês isso parou de fazer efeito, não foi?

— Foi mesmo.

— E ainda assim você não veio me ver?

— Eu ia, logo, logo que aranjasse um tempo.

— Quando foi que suas roupas pararam de caber?

— Como sabe disso?

— Responda à pergunta.

— Umas semanas atrás, acho. Imaginei que tinha engordado um pouco.

— É mais provável que você tenha inchado.

— Por causa do que eu tenho?

— É.

— E o que tenho é uma úlcera — eu disse.

— Procurou seus sintomas no WebMD, foi?

— Na realidade, sim.

— O EGD... O tubo com a câmera pequena que enfiamos por sua garganta... Disse-nos que você tem uma úlcera gástrica de um centímetro.

— E qual é o tamanho disso na minha língua?

— Mais ou menos o tamanho de uma moedinha.

— Tudo bem.

— Como você não foi tratado, ela perfurou o revestimento de seu estômago.

— Isso explica o vômito ensanguentado?

— Exatamente. Quando fizemos o EGD, cauterizamos a ferida. Também fizemos uma biópsia de sua mucosa gástrica e encontramos *Helicobacter pylori*.

— Bem que eu *achava* que ele andava sumido.

O médico não abriu nem um sorriso.

— É uma bactéria. Foi o que causou seu problema, mas deve ter havido outros fatores.

— Por exemplo?

— Ainda fuma charutos?

— Um ou dois por dia.

— Bebe muito café?

— Baldes.

— Pula refeições? Come em horários irregulares?

— Faz parte de meu trabalho.

— Bom, aí está.

— E agora?

Ele pegou algumas amostras de remédios no bolso lateral do paletó e as largou na mesa de cabeceira.

— Amoxicilina para eliminar a bactéria e Omeprazol para reprimir a acidez gástrica. Vou lhe dar uma receita para a Amoxicilina, que quero que tome duas vezes por dia durante duas semanas. Pode comprar Omeprazol sem receita e vai tomar pelo resto da vida. Rolaids ou Tums várias vezes por dia também são uma boa ideia. Eles protegem a mucosa do estômago.

— Mais alguma coisa?

— Sim. Pare de fumar, faça refeições em horários regulares e atenha-se a uma dieta leve. Nada de frituras, nem temperos, nem queijo, cafeína, bebidas gaseificadas ou álcool.

— Ah, merda. Acaba de descrever toda a minha dieta — eu disse, e ele riu como se achasse que eu estava brincando.

— Olha, você precisa levar isso a sério, Mulligan. Se não levar, talvez tenhamos de tirar um pedaço de seu estômago. Na pior das hipóteses, pode ser fatal.

— Tudo bem, tudo bem. E quando eu saio daqui?

— Amanhã de manhã — disse ele. Então, 24 horas depois, saí pela porta do hospital de Rhode Island, encontrei o Secretariat onde o havia deixado no estacionamento da emergência, tirei um Partagás do porta-luvas e acendi. Eu sabia que tinha de parar, mas um ou dois por semana não iam me matar.

28

Escurecia, quando entrei com o Bronco à esquerda na Route 6, olhei pelo retrovisor lateral e vi um Hummer branco costurar por duas pistas de trânsito para fazer a mesma curva. Estava três carros atrás, quando entrei ao norte na Route 295 e ainda atrás de mim quando peguei a saída para a Hartford Avenue em Johnston. Entrei num posto de gasolina, parei perto das bombas e vi o Hummer rodar lentamente e continuar. Não consegui enxergar nada além dos vidros escuros.

A prefeitura de Johnston era o ponto intermediário entre o *Dispatch* e a delegacia em Scituate. Quando entrei no estacionamento, Parisi já estava lá. Meti-me ao lado de seu Crown Vic e nós dois abrimos as janelas.

— Nem acredito que ainda dirige essa lata-velha — disse ele.

— Shhhhh! Não vá ferir os sentimentos do Secretariat.

— Seu carro tem nome?

— Tem, mas não se deixe enganar por ele. É mais lento do que parece.

— Não me parece possível. Então me diga, já falou com a advogada dos Maniella?

— Já.

— Ela te disse alguma coisa?

— Ela me disse que não namorava garotos brancos.

Seus olhos se estreitaram.

— Não estou nem aí para sua vida amorosa, Mulligan. Ela disse alguma coisa que *interesse* a mim?

— Depende.
— Do quê?
— Se seus interesses incluem dobradinha, os Cubs de Chicago e o blues.
— Não incluem.
— Então, não.

Ele me olhou feio por um momento, depois falou.

— Enfim, temos uma identificação formal de Sal.
— Como conseguiu isso? — A pergunta incitou a demora habitual de cinco segundos na resposta de Parisi.
— Fucei um pouco e descobri que os Maniella aterraram ilegalmente uns 836 metros quadrados de charco quando construíram o píer na primavera passada. Se a Agência de Proteção Ambiental souber disso, vão ter de arrancar a coisa toda. Eu disse a Vanessa que podia ser nosso segredinho, se ela concordasse em cooperar.
— Ela fez a identificação?
— No necrotério, alegou que não suportaria olhar o corpo, então mandou a mãe de 62 anos fazer isso.
— Que frieza.
— Foi o que pensei.
— Mais alguma coisa sobre o Sal?

Cinco segundos de silêncio, depois:

— Não que eu possa te contar.
— E os pedaços de corpo na fazenda dos porcos?
— Ainda é um beco sem saída — disse ele. — Agora é a sua vez.
— Soube de um cidadão importante preocupado com que seu nome pudesse emergir no caso de pornografia infantil da polícia de Providence.
— É mesmo?
— É.
— Qual é o nome dele?

— Agora é só um boato, então prefiro não dizer.
— Está sugerindo alguma ligação entre este caso e o dos Maniella? — perguntou Parisi.
— Acha que pode haver uma?
— Pelo que sei, Sal nunca entrou em pornografia infantil, então duvido, mas vou manter a mente aberta. O que mais conseguiu?
— Passei no King Felix uns dias antes do tiroteio na Tongue and Groove.
— E?
— Ele ainda estava tomando o Vicodin da surra que DeLucca deu nele.
— Conheceu o esquadrão de nenéns dele?
— Sim — eu disse. — Vi Jamal antes que os policiais de Providence o enchessem de buracos.
— E o outro?
— Felix o chamou de Marcus. Alguns centímetros mais alto e talvez um ou dois anos mais velho do que Jamal.
— Como ele lhe pareceu?
— Como uma cobra enroscada para dar o bote.
— O nome completo é Marcus Washington e ele tem 16 anos — disse Parisi. — Temos um vídeo de vigilância dele atirando em latas de cerveja a seis metros atrás da Igreja Batista do Calvário.
— Com uma pistolinha de níquel?
— É.
— Acertou alguma?
— Acerta uma em quatro.
— É uma marca muito boa.
— É — disse Parisi. — Se Felix mandasse *Marcus* atrás de DeLucca, as coisas poderiam ter sido diferentes.
— Por que será que não mandou?
— Talvez esteja guardando o cara para outra coisa.
— Acha que Felix baleou Sal? — perguntei.

Parisi levou mais tempo do que o de costume para pensar na resposta.

— Duvido. A encrenca dele é com DeLucca. O cabeça de merda nem deve saber quem é Sal. O que mais conseguiu?

— Só isso.

— Então, não conseguiu merda nenhuma.

— Com todo respeito, capitão, nem você.

— Só que eu sei mais do que estou contando.

— Em geral, sabe mesmo — eu disse.

— Vai continuar nessa?

— Me tira da porcaria da rotina.

— Vamos comparar anotações daqui a uma semana — disse ele. — E troque o silenciador, ou da próxima vez vou te multar. — Com essa, ele ligou o motor do Crown Vic e saiu do estacionamento.

Entrei na Hartford Avenue e não vi o Hummer à espreita. Dirigi menos de 1.600 metros até o Subway da Atwood Avenue, pedi um sanduíche vegetariano, comi a coisa horrível de pé. Depois, saí dali para uma chuva leve e encontrei a monstruosidade estacionada ao lado do meu Bronco. As portas da frente estavam abertas e o Camisa Preta e o Camisa Cinza saíram. Desta vez, porém, tinham camisetas iguais às dos XXXL Patriots. Assim, era difícil distinguir um do outro. Encostaram-se na traseira do Bronco e menearam a cabeça devagar, dizendo-me que eu os decepcionara.

— Você e seu amigo Mason estão fazendo perguntas de novo — disse o da esquerda.

— O que pedimos educadamente para você não fazer — disse o da direita.

— Então, um de nós terá de lhe dar uma lição — disse o da esquerda. Ele flexionou os músculos e acrescentou: — Pode escolher quem.

— E se eu vencer?

— Se você escolher *ele* — disse o da direita —, pode ter uma chance em mil, mas depois terá de brigar comigo.

— Os dois estão armados? — perguntei e eles deram uma gargalhada. A ideia de que precisassem de uma arma para cuidar de mim lhes parecia hilariante.

— Bom, eu estou. — Mostrei o Colt. Eles não se mijaram nas calças, mas também não vieram para cima de mim.

— Você disse que não tinha condições de funcionar — disse o da direita.

— Menti.

— Sabe usar?

Soltei a trava de segurança e assumi posição de tiro.

Eles deram de ombros, voltaram ao Hummer e partiram. Perguntei-me se teriam ido pegar as armas em casa.

29

O Cemitério Swan Point à noite era o local perfeito para um tiroteio — cheio de proteção e ninguém por perto para ouvir os tiros —, mas não devo ter irritado Vanessa o bastante para provocar algo mais do que uma surra. Não tive dificuldades de encontrar Rosie no escuro. Abri a camiseta de Manny Ramirez e a coloquei em cima da lápide.

— Rosie, estou com tesão — eu disse. Mas ela não estava em condições de me ajudar nisso.

— Não, ainda não consegui nada daquela advogada gostosa. Ela parece estar se aquecendo para mim, mas não desse jeito. A boa notícia é que ela ainda não disse: "Vamos ser apenas amigos." Acha que ainda tenho uma chance?

Sentei-me ao lado de Rosie na grama molhada e juntos olhamos o céu. Caía uma chuva leve, então não havia uma estrela à qual fazer um pedido.

— Uma garotinha sem braços me visita em sonhos toda noite — eu disse. — Sim, é difícil para mim. Deve ser difícil para ela também.

E então minha imaginação me faltou. Eu não ouvia mais a voz de Rosie. Fiquei sentado com ela no escuro, com a mão pousada na beira da lápide, até que a chuva virou neve. Quando fui para casa, nevava forte.

30

Na tarde de terça-feira, eu escrevia às pressas o resumo de um acidente de trânsito para Lomax, quando "Confused", de uma banda punk de San Francisco chamada The Nuns, começou a tocar no bolso da minha calça.

— Boa-tarde, Fiona.
— Vamos conversar.
— No Hopes?
— Em dez minutos — disse ela e desligou.

A não ser por alguns bebuns recurvados sobre uísques com cerveja no balcão, o Hopes estava quase deserto, a neve afugentava os frequentadores. Pedi club soda ao barman. Não devia ser a melhor coisa para minha úlcera, mas imaginei que seria melhor do que cerveja. Carreguei a bebida para a mesa de Fiona, pendurei no encosto de uma cadeira minha parca com capuz, de excedente do exército, e me sentei de frente para ela. A aliança de casamento de ouro que Deus lhe deu brilhava em seu anular.

— O que está pegando? — perguntei.
— Frank Drebrin e o *Corra que a polícia vem aí!* não estão chegando a lugar nenhum com o assassinato de Maniella — disse ela.
— A mesma história com os pedaços de corpos na criação de porcos de Scalici — eu disse.
— O problema com os pedaços de corpos é que não temos suspeitos. O problema com o assassinato de Maniella é que temos demais.

— Acha que Vanessa matou Sal para assumir os negócios da família?

— Não há evidências que apoiem isso — disse Fiona —, mas ela tem um motivo danado de bom.

— E ela não é a única — eu disse, contando sobre os produtores de pornografia rivais dançando no túmulo de Sal.

— Tem também a Máfia — disse Fiona. — Talvez Arena e Grasso tenham matado Sal para acertar as velhas contas da questão das boates.

— Pode ser.

— E aquele seu velho amigo, King Felix? Como ele se encaixa nisso?

— Acho que não se encaixa. O problema dele é com DeLucca.

— Mas não pode excluí-lo — disse ela. Ela tomou outro gole da Bud, pegou o maço de Marlboro 100 na mesa, tirou um e meteu entre os lábios. Saquei o isqueiro e ela se curvou para a chama.

— Parentes de atrizes pornô? — perguntei.

— Parisi está trabalhando nesse enfoque. Interrogou um monte deles que têm raiva o bastante para ter feito isso, mas até agora seus álibis são fortes.

— E justiceiros? — perguntei.

— Quem, por exemplo?

— Um grupo feminista radical, talvez. Ou fanáticos religiosos de direita, como a Espada de Deus. Sabia que eles andaram fazendo piquete nas boates de strip de Maniella?

— Foi o que ouvi falar.

— Conheci o reverendo Crenson outro dia. Esse cara é de dar medo. Igualzinho ao reverendo Kane de *Poltergeist II*.

— Sério? Acho que ele parece mais o sr. Burns dos *Simpsons*.

— É, também acho parecido.

— Estamos de olho nele desde o inverno passado, quando os paroquianos começaram a mandar cartas de ódio a Sheldon Whitehouse e Patrick Kennedy.

— Sobre o quê?

— O voto dele para o "painel da morte" de Obama, o apoio que deram ao "programa socialista" de nosso presidente "neguinho" e seu plano secreto de tomar as armas de todo mundo.

— Desde quando a Igreja anda preocupada com isso? Há uns dois anos?

— Mais para dez, mas foram discretos até o ano passado.

— Antes de ser demitido — eu disse —, nosso redator de religião me disse que a Igreja pegou o nome de uma citação de Roger Williams. Não lembro palavra por palavra, mas não acho que nosso nobre fundador estivesse defendendo o uso de armas de fogo.

A história preservou muitas palavras de Williams, mas não chegou a nós nenhum retrato, nem mesmo uma descrição dele. O Roger Williams de granito e quatro metros de altura que nos olha de cima no Prospect Park, de braços estendidos para abençoar a cidade que fundou, é inteiramente inventado. A estátua feita por Leo Friedlander está ali desde que foi consagrada em 1939. Vários anos atrás, uns vândalos destruíram um polegar e os cinco dedos da mão direita dele. Duvido que soubessem quem ele era.

— Roger Williams era um pacifista — disse Fiona. — A espada que ele brandia era da Palavra. A seita Espada de Deus parece preferir projéteis. Gostei deles pelos tiros na casa do médico que faz abortos em Cranson no outono passado, mas Parisi não conseguiu montar um caso.

Pedimos outra rodada, bebemos em silêncio e pensamos nas possibilidades.

— O que temos — disse eu —, é um monte de teorias e nada para respaldá-las. — A única coisa certa — disse ela — é que Sal Maniella ainda está morto.

31

A neve se transformou numa nevasca da noite para o dia. À primeira luz da manhã, tinha quase meio metro de profundidade e ela ainda caía. Carros derrapavam e esbarravam uns nos outros. Escolas e empresas fecharam. Trinta mil clientes da Narragansett Electric ficaram sem energia. O prefeito foi à TV e insistiu que quem não tivesse emprego essencial ficasse em casa. Flocos açucarados grudavam nos galhos das árvores, cobriram com um manto calçadas cheias de lixo, vagavam por ruas esburacadas e transformaram nossa horrenda cidade num castelo de conto de fadas. Consegui escrever a matéria sobre o tempo sem usar a expressão *país das maravilhas de inverno*.

Tinha acabado de terminar o artigo quando ouvi "Who Are You?", do The Who, meu toque para números desconhecidos, no bolso da minha calça.

— Mulligan.

— É Sal Maniella. Soube que você esteve procurando por mim.

Um vento severo uivava do nordeste. Formava montes de neve, soprava-os para longe e voltava a amontoá-los pelas ruas. Limpa-neve nenhum conseguia dar conta. O Secretariat tateava para o oeste a 15 por hora na Route 44, lutando para ficar na pista. Ao passarmos pelo Apple Valley Mall deserto, ele derrapou em um banco de neve e se recusou teimosamente a se mexer. Peguei uma pá retrátil na mala, cavei, joguei sal grosso sob as rodas para ter tração e pressionei. Ao chegar a Greenville, eu mal conseguia enxergar a rua pelo para-brisa. Liguei o GPS para não errar de novo a entrada à esquerda na West Greenville Road, mas o aparelho não conseguiu localizar o satélite através daquela grossa camada de nuvens. Consegui achar a entrada e me arrastei, procurando pela casa branca, grande e colonial que marcava a entrada para a Pine Ledge Road sem pavimentação.

Tinha acabado de localizá-la, quando uma figura de parca azul-marinho apareceu das trevas e ergueu as mãos, orientando-me a parar. Pisei no freio e o Secretariat parou numa derrapada. Abri a janela e o Camisa Preta, ou talvez o Camisa Cinza, encheu-a com sua cabeça de bloco de concreto.

— Acabei de limpar a estrada de acesso — disse ele —, mas ainda está traiçoeira pelo alto do dique. Quase caí na água. Vamos deixar os carros aqui e ir a pé.

Entrei à direita na Pine Ledge, fui a um espaço recém-limpo no acostamento e estacionei ao lado de um jipe Wrangler com um arado instalado na frente. Ao lado dele, havia outro carro que devia estar ali o dia todo, ou talvez tivesse passado a noite. Estava coberto de neve. Ao andar atrás dele, vi o suficiente da traseira para identificá-lo como um Acura ZDX vinho.

A neve era moída por meus Reeboks e as botas Timberland do ex-SEAL, enquanto andávamos com dificuldade para o dique a oeste, com as mãos enterradas nos bolsos do casaco. Era uma caminhada de uns oitocentos metros até a casa e meu nariz já estava dormente do frio.

— Onde está a 45? — perguntou o ex-SEAL.

— Enfiada atrás de meu casaco.

— Não vou tirar seu casaco agora, mas, quando chegarmos à casa, terei de ficar com ela.

— Ainda quer me dar uma surra?

— Se quisesse, você já teria deixado a neve vermelha.

Andamos em silêncio. Uma neve recente abraçava a beira do lago. Os rastros de um coiote solitário dançavam pelo manto de neve.

Crack!

O grandalhão girou o corpo para o estalo, com uma Glock 17 de repente na mão direita. Outro estalo e mais um, enquanto galhos de pinheiro se quebravam sob o fardo pesado de neve. O ex-SEAL sorriu consigo mesmo e deslizou a arma para o bolso fundo do casaco.

Um banco de neve bloqueava a larga escada da frente dos Maniella. Desviamo-nos dele, entramos pela porta lateral na garagem e batemos os pés para tirar a neve dos sapatos. Ergui os braços sem que me pedissem e o grandalhão abriu o zíper de meu casaco, meteu a pata por dentro e pegou a Colt. Tiramos os casacos, sacudimos a neve deles e os penduramos numa fila de ganchos de bronze instalados na parede da garagem. Depois, ele me levou para dentro e me entregou à empregada corpulenta.

— O sr. Maniella disse para esperar na biblioteca — disse ela e me levou pelo piso de mármore do saguão a uma sala grande com a lenha crepitando numa lareira de pedra. Atravessei o tapete persa preto e caramelo e me ajoelhei diante das chamas. A sensibilidade voltou a meu nariz e aos pés, levantei-me e dei uma boa olhada em volta. Uma parede tinha janelas do chão ao teto com uma vista panorâmica do lago congelado. As outras três eram revestidas de estantes embutidas de cerejeira que sustentavam a última coisa que eu esperava encontrar na casa de um pornógrafo. Livros. Muitos eram encadernados no que parecia couro marroquino e fino original dos séculos XVIII e XIX. Títulos gravados em dourado brilhavam nas lombadas. Em um canto da sala, uma escada em espiral levava a uma galeria, onde mais estantes embutidas cobriam todas as quatro paredes.

Virei-me para a prateleira mais próxima e passei o dedo por uma fila de livros de Mark Twain: *Following the Equator, Adventures of Huckleberry Finn, The Innocents Abroad, Letters from the Earth* e mais uma dezena. Tirei *Life on the Mississippi* da prateleira, abri na folha de rosto e encontrei "S. L. Clemens" escrito em tinta marrom. Uma primeira edição autografada. Devolvi com cuidado o livro a seu lugar.

Andei pela sala, parei numa parte cheia de livros seriados sobre a Guerra Civil e peguei em uma prateleira o primeiro volume de *Personal Memoirs of U. S. Grant*. No meio da sala, duas poltronas e um sofá estofados de couro chocolate cercavam uma mesa baixa com tampo de mármore. A mesa tinha sido posta com um elegante jogo de café, delicadas xícaras e pires azuis e brancos. Ao lado, havia duas garrafas de cristal com um líquido âmbar. Sentei-me no sofá e olhei as garrafas com desejo. Depois, me servi de uma xícara de café quente com muito creme e o traguei de um gole só. Ao lado do sofá, uma luminária com cúpula de vitral pousava em uma mesa lateral de cerejeira antiga. Liguei o interruptor e nada aconteceu. Não havia eletricidade. O dia agora escurecia, a última luz cinzenta entrava pela parede de vidraças. Abri o livro e consegui distinguir as palavras da primeira página:

"O homem propõe e Deus dispõe." Poucos são os acontecimentos importantes nas questões humanas que podem originar sua própria escolha...

Eu lera quatro páginas do primeiro capítulo, quando uma voz grave trovejou.

— Vejo que já se sente em casa.

Levantei a cabeça e vi Salvatore Maniella, vestido de jeans e um suéter de malha de lã caramelo, olhando para mim com uma expressão gentil. Eu sabia que ele tinha 65 anos, mas parecia mais novo, graças aos bons genes, uma vida livre ou um cirurgião plástico habilidoso. Ele se sentou a meu lado no sofá e estendeu a mão. Eu a peguei e não a soltei.

— O que está fazendo? — perguntou ele.

— Tomando seu pulso.

O canto direito de sua boca se curvou num meio sorriso. Depois, ele pegou o livro em meu colo, viu o título e o devolveu a mim.

— Sempre quis ler este — eu disse —, mas nunca havia posto as mãos nele.

— Quando terminarmos aqui, pode levar os dois volumes com você — disse ele. — Devolva quando tiver terminado.

— Eu não me atreveria. E se acontecer alguma coisa com eles?

— As memórias de Grant foram um best-seller no século XIX. Não é um livro raro.

— Mas alguns destes são.

— Sim.

— Há quanto tempo coleciona?

— Quando eu era aluno do Bryant College, paguei cinquenta cents por uma primeira edição de Fitzgerald em um sebo, e isso me pegou.

— Posso entender. Encontrei uma pilha de revistas pulp *Black Mask* e *Dime Detective* em um sebo quando eu era adolescente, e ando procurando outras desde então.

— A essa altura, você deve ter amealhado uma coleção e tanto.

— Na verdade, não. Uns cem, talvez, e muitos estão lascados e rasgados.

— É só isso que você coleciona?

Lancei os olhos pelas estantes.

— Nada que interesse a você.

— Tudo me interessa.

Servi-me de outra xícara de café. Ele se serviu de um drinque de uma das garrafas e me olhou, na expectativa.

— Com o passar dos anos — eu disse —, comprei cerca de cinquenta discos antigos de blues dos anos 1940 e 1950. Também acumulei várias centenas de romances policiais antigos em brochura: Brett Halliday, Carter Brown, Richard S. Prather, Jim Thompson, John D. MacDonald. Mas agora tudo se foi.

— E por quê?

— A mulher de quem estou tentando me divorciar há dois anos está com minhas coisas por maldade.

— Isso deve te chatear muito.

— Só quando penso no assunto.

A empregada entrou na sala trazendo dois castiçais de prata. Colocou-os na mesa de mármore, acendeu as velas e saiu sem dizer nada. Depois, entrou Vanessa Maniella, acenou para mim e se sentou de frente para nós em uma das poltronas.

— E então, Sal — eu disse. — Por onde você andou?

32

Salvatore Maniella saiu do sofá, foi até a porta da biblioteca, abriu e falou com o Camisa Preta, ou talvez o Camisa Cinza, que estava no corredor.

— Por favor, peça a nossa outra convidada para se juntar a nós.

Um minuto depois, ela entrou na sala, sentou-se na outra poltrona e cruzou as pernas muito, muito longas.

— Creio que não preciso fazer as apresentações — disse Sal.

— Algum motivo para você achar necessária a presença de sua advogada? — perguntei.

— Só estou sendo cauteloso.

— Vou chutar e dizer que o corpo no necrotério não é o seu.

— Não é.

— E de quem é?

— O nome dele é Dante Puglisi.

— Idade?

— Sessenta e quatro.

— Endereço?

— Ele morava aqui.

— Um parente?

— Não. Ele era meu empregado. Havia muito tempo.

— Quanto?

— Desde que fomos SEALs juntos.

— O que ele fazia para você?

— Um pouco disso, um pouco daquilo. Motorista. Segurança. Parceiro de malhação. Às vezes, ele ajudava na casa.

— A família dele não está se perguntando onde ele se meteu nos últimos três meses?

— Os pais morreram num acidente de carro há vinte anos. Somos a coisa mais próxima de uma família que ele tinha.

— Ele era muito parecido com você.

— Era mesmo.

— Feições parecidas, a mesma altura e peso, cor dos olhos e do cabelo, os mesmos braços de Van Damme e peito de Schwarzenegger.

— É bem verdade.

— Alguma coisa foi feita para aumentar a semelhança?

— Uns dez anos atrás, ele fez uma coisinha.

— Por quê?

Sal olhou para Yolanda. Ela assentiu, indicando que não havia problema em responder.

— Logo depois de abrir nossas boates de strip, me envolvi em uma disputa com algumas das personalidades mais repulsivas de nosso estado.

— Carmine Grasso e Johnny Dio — eu disse.

— Sabe disso?

— Sei.

— Bom, talvez possa entender por que era aconselhável empregar um sósia.

— Quando os dois estavam juntos, a Máfia não sabia em qual deles atirar — eu disse.

— É bem verdade.

— E você podia mandá-lo a certas funções como se fosse você.

— Fiz isso uma vez ou outra, sim.

— Em setembro passado, ele foi ao Baile do Derby em seu lugar.

— Foi.

— E ali ele foi morto.

— Sim.

— O que ele fazia lá?

— Prefiro não entrar neste assunto.

— Eu também estava lá — eu disse —, cobrindo o evento para o *Dispatch*.

— Não me venha com essa.

— Estava. Eu o vi lá, todo chegado no governador. É claro que pensei que fosse você. O governador provavelmente pensou o mesmo.

— É provável.

— Ele fazia algum negócio com o governador em seu nome, não é?

— Não é um assunto que eu esteja preparado para discutir.

— Incomodou você que tivesse colocado um alvo nas costas de Dante Puglisi?

— Mais do que imagina.

— Claro que o incomodou — Vanessa se intrometeu. — Dante não era só um empregado. Era como se fosse da família. — Ela enxugou os olhos, talvez uma lágrima, talvez só por exibição.

— Sim, era — disse Sal. Ele pegou uma das garrafas, serviu oito centímetros de uísque em um copo e bebeu direto. — Sirvam-se, por favor — disse ele. — O scotch é Bowmore, puro malte de 17 anos. O uísque é um A. H. Hirsh reserva de 16 anos.

Ninguém se serviu. Sal pegou outra dose.

— Dante sabia dos riscos — disse Sal. — Ofereceu-se para o trabalho e eu pagava bem, mas não nos sentimos melhor por isso. Sinto falta dele todo santo dia.

— O corpo era parecido com você o bastante para enganar a polícia estadual — eu disse.

— Parece que sim.

— Você decidiu se fingir de morto.

— Sim.

— E por quê?

— Certamente o motivo é óbvio.
— Você não queria que os assassinos soubessem que atiraram no cara errado.
— Sim.
— Acha que a Máfia está por trás disto?
— Não sei. Há anos não tenho nenhum problema com eles.
— Mas eles têm ótima memória — eu disse.
— Foi o que eu soube.
— Mais alguém que quisesse você morto?
— Fiz alguns inimigos com o passar dos anos.
— Parentes e namorados de atrizes pornôs?
— Alguns, sim.
— Rivais no negócio de pornografia?
— Talvez.
— A Espada de Deus?
— Eles são um bando de lunáticos perigosos e deixaram claro que nos reprovam — disse Sal.
— A Espada de Deus odeia todo mundo — interrompeu Vanessa. — Gays, judeus, negros, liberais, moderados, feministas, médicos de aborto, Obama, a mídia, o governo. Eles me matam de medo.
— Com tantos inimigos aí fora, por que voltar a aparecer agora, Sal?
— Aconteceu uma coisa que exigiu minha atenção.
— E o que seria?
— Prefiro não dizer.
— Pode me dizer onde esteve nos últimos três meses?
— Aqui e ali — disse ele.
— Isso é um tanto vago.
— Prefiro que continue assim.
— Tem um esconderijo que não quer que ninguém conheça?
— Algo parecido.

— A polícia estadual pediu ajuda à marinha na identificação do corpo e não conseguiu nada — eu disse. — Você tem alguma coisa a ver com isso?

Sal olhou para Yolanda e ela meneou a cabeça.

— Ainda tem uns velhos amigos trabalhando no Pentágono?

Sal não respondeu.

— Imagino que sua família soubesse que você estava vivo — eu disse.

Sal olhou para Yolanda de novo.

— Não estamos preparados para discutir este assunto — disse ela.

Virei-me para Sal.

— Evidentemente sua esposa e sua filha sabiam que você tinha um sósia. Você disse que ele *morava* aqui.

— Sim — disse Sal.

— Entretanto, sua mulher identificou positivamente o corpo como seu — eu disse.

— Anita Maniella é uma mulher idosa — disse Yolanda. — Ela estava transtornada e confusa. — Fiquei surpreso ao ver como Yolanda estava diferente. A voz de advogada não era nada parecida com a voz de "Não namoro garotos brancos". Era de se pensar que ela nem me conhecia.

— A sra. Maniella só tem 62 anos — eu disse. — É com essa história que você vai ficar?

— Esta é nossa posição, sim — disse Yolanda.

— Ah, cara — eu disse. — O capitão Parisi vai adorar isso. Já falou com ele?

— Ainda não — disse Yolanda.

— Pensou em testar a história comigo primeiro?

Sem resposta.

— Bom, se era este seu plano — falei —, posso dizer agora mesmo que ele tem muitos furos.

33

Vanessa se levantou da cadeira, foi à lareira e colocou uma acha no fogo. Depois, todos fomos à parede de janelas e olhamos o lago imóvel e escuro.

— As estradas devem estar muito traiçoeiras — disse Sal. — Você e Yolanda são bem-vindos para jantar conosco e passar a noite aqui. Temos muito espaço.

Ser o convidado para dormir de um pornógrafo não estava em minha lista do que fazer antes de morrer, mas era melhor do que a alternativa.

Comemos à luz de velas, a esposa de Sal, Anita, juntando-se a nós em uma mesa entalhada antiga que podia comportar duas vezes o número de pessoas presentes. Dois criados uniformizados empilhavam fatias de rosbife, vegetais grelhados e montanhas de purê de batata em pratos de porcelana de aparência cara. Uma música erudita, algo com muitas cordas, tocava suavemente de alto-falantes ocultos. Sal tirou a rolha de três garrafas de Pétrus, um vinho tinto caro cujas virtudes foram desperdiçadas por mim.

A conversa se alterava das perspectivas dos Patriots nas semifinais, que concordamos que não eram boas, à assinatura do lançador John Lackey com os Red Sox, que todos deploramos. Esperei que Yolanda amansasse um pouco para eu jogar algo sobre os Cubs ou os Bears, mas, ao que parecia, ela ainda estava a trabalho. Depois que os criados retiraram nossos pratos e voltaram com café quente e generosas fatias de torta de maçã, Anita voltou a conversa à proposta de reforma do setor bancário do presidente Obama.

— Ele devia é restaurar o muro entre bancos de investimento e bancos de varejo — disse ela. — Instituições que negociam derivativos, ações, instrumentos de renda fixa e moedas estrangeiras não deviam aceitar depósitos de poupança.

Eu não entendia muito disso, mas ela não me pareceu nada confusa.

Olhei-a, perguntando-me quantos cirurgiões plásticos eram necessários para manter uma mulher bem aos 60. Depois, olhei-a um pouco mais, perguntando-me que tipo de mulher se casaria com um pornógrafo. Ela me pegou olhando para ela e sorriu.

— Pode perguntar — disse ela. — Não me importo.

— Isso a incomoda? — perguntei. — Como seu marido ganha dinheiro?

— E minha filha também. Não se esqueça de Vanessa.

— Ela também — eu disse.

Ela entrelaçou os dedos sob o queixo e me examinou por cima deles.

— Você nunca foi mulher, não é mesmo, sr. Mulligan?

Pensei que podia ser uma pergunta capciosa, então optei pela resposta política.

— Não que eu me lembre.

— Ser mulher significa decidir entre alternativas. Muito tempo atrás, tomei a decisão de apoiar a paixão de meu marido. A paixão de Sal não é a pornografia. Não é ficar cercado de mulheres nuas na folha de pagamento dele. A paixão de Sal é ganhar dinheiro e usá-lo para comprar coisas boas para a família. Confio no caminho que ele escolheu. E também gosto de coisas boas.

— Mas...

— Todos os envolvidos neste negócio... Os atores, os clientes, até minha filha... Procuram algo com que sonhavam. A maioria das pessoas não sonha grande como Sal.

Sal riu dessa.

— Deixa eu te dizer com o que andei sonhando esta semana — disse ele, e mudou a conversa para o que concluí ser seu tema preferido. As Swann Galleries em Manhattan programaram em janeiro um leilão de romances raros e britânicos de mistério e espionagem, e ele está muito animado com isso. Eu também ficaria, se os lances mínimos não me fizessem engasgar.

Depois do jantar, os Maniella se retiraram para seus aposentos. Fui para a garagem, achei minha parca ainda pendurada no gancho e peguei meus antibióticos e os comprimidos de Omeprazol em um bolso interno. Depois, entrei na casa, passei pelo Camisa Preta e o Camisa Cinza, que vigiavam no saguão, e entrei na biblioteca, onde Yolanda estava sentada no sofá.

— Eles não são o que você esperava — disse ela.

— Não.

— Você achou que eram uns porcos.

— Talvez sejam — eu disse. — Todo esse dinheiro sujo pode comprar muito batom e desodorante.

— Eles não são. São muito boa gente quando você os conhece melhor.

— Boa gente para pornógrafos, quer dizer.

— Não sabia que você era tão *puritano*, Mulligan.

— Nem eu.

Ela me lançou um olhar inquisitivo.

— A pornografia é lícita — disse ela. — Eles não estão fazendo nada de errado.

— Uma resposta de advogada.

— Eu *sou* uma advogada. Deixo o moralismo aos pregadores.

— Talvez eu gostasse mais deles se não ficassem mandando bandidos atrás de mim.

— O que quer dizer?

— Os dois ex-SEALs seguiram meu carro outro dia e me encurralaram num estacionamento da Subway.

— O que eles queriam?

— Me dar uma surra.

— O que houve? Você está bem?

— Estou ótimo. Mostrei minha arma e eles foram embora.

— Você anda armado?

— Só quando me sinto ameaçado.

— Por que eles estavam atrás de você?

— Porque eu estava fazendo perguntas sobre os Maniella.

— Parece que eles não se importaram com suas perguntas hoje.

— Eles não responderam às perguntas importantes.

As velas nos castiçais tinham se queimado até cotos e uma delas se apagou. Reacendi com meu isqueiro.

— Quando vai dizer ao capitão Parisi que Sal está vivo? — perguntei.

— Amanhã, se as estradas melhorarem — disse ela. — É algo que devo fazer cara a cara.

— Vai levar o Sal?

— Não.

— Parisi vai querer interrogá-lo.

— Não vou permitir isso — disse ela.

— Posso ligar para o capitão de manhã e dar a notícia a ele?

— Por que quer fazer isso?

— Porque me divertiria.

— Prefiro que não o faça, mas não posso impedi-lo. — Ela parou e acrescentou: — Acho que não vai fazer mal nenhum.

Peguei a garrafa de uísque na mesa e pensei em como seria bom senti-lo descendo pela garganta. Depois, pensei no que aconteceria quando ele batesse no fundo e devolvi a garrafa à mesa.

— Patricia Smith estará no Cantab em Cambridge na segunda semana de janeiro — eu disse.
— É mesmo?
— Dizem que as leituras dela são maravilhosas. A gente devia ir.
— Talvez, mas não juntos.
— Ir em carros separados seria um desperdício de gasolina — retruquei. — Não liga para o meio ambiente?
— Ir juntos encorajaria você — disse ela.

Vanessa entrou na biblioteca para anunciar que nossos quartos estariam prontos em breve. Depois, notou como eu olhava para Yolanda e perguntou:
— Vão querer um ou dois quartos?
— Um — eu disse.
— Dois — disse Yolanda.

Vanessa riu e saiu da sala.

De manhã, Sal estava na varanda da frente com a mulher e a filha e acenava suas despedidas, enquanto Yolanda e eu íamos para a estrada de terra coberta de neve até nossos carros. Ajudei a limpar a neve do carro dela. Depois, limpei o Secretariat. Tranquei minha 45 no porta-luvas e coloquei um saco plástico com os dois volumes das memórias de Grant no piso do banco do carona. Dei a partida no carro, liguei o aquecedor e deixei o motor esquentar, enquanto telefonava para Parisi.
— Adivinha com quem acabei de falar — eu disse.
— Não gosto de joguinhos, Mulligan.
— Sal Maniella.

Aquela pausa de cinco segundos, depois:
— Agora você fala com os mortos?
— Às vezes falo. Mas ele me parecia bem vivo. Estava andando e falando, e sua respiração ficava branca no frio.

— É sério?
— É.
— Porque se for alguma brincadeira sua...
— Não é.
— Então, quem diabos está no necrotério?
— Um SEAL da reserva chamado Dante Puglisi. Sal o esteve usando como dublê. Eles são muito parecidos e Puglisi fez plástica alguns anos atrás para aperfeiçoar a ilusão.

Outra pausa de cinco segundos.

— As cicatrizes de plástica foram notadas segundo o relatório da necropsia, mas atribuídas à vaidade.
— Eu também teria atribuído.
— Sal está se fazendo de morto porque alguém tentou matá-lo?
— É.
— A mulher dele colaborou, identificando falsamente o corpo?
— A advogada de Sal alega que ela estava transtornada e confusa.
— Você a conheceu?
— Conheci.
— Ela lhe pareceu confusa?
— Não.
— Sal disse quem o queria morto?
— Ele disse que tem muitos inimigos.
— Aposto que sim. E onde eu o encontro?
— A advogada não vai deixar que você fale com ele.

Parisi se calou por um instante. Depois, disse:

— Que beleza.

34

— Tem certeza de que desta vez entendeu direito? — perguntou Charlie.
— Tenho.
— Porque você entendeu tudo errado da primeira vez. — Ele sorriu com malícia enquanto tirava o que restava de meus ovos e completava meu café.
Abri a boca para argumentar, mas pensei melhor e me calei. Eu nunca disse com todas as letras que Maniella estava morto. Só escrevi que a polícia *acreditava* que ele estava. Mas eu também acreditei e fiz questão de que meus leitores me acompanhassem. O jornal não publicaria uma errata porque, pelos padrões do jornalismo, minha matéria foi *tecnicamente* precisa. Mas isso não a tornava verdadeira.
Charlie estava prestes a dizer alguma coisa, quando meu celular o interrompeu com "Who Are You?".
— Mulligan.
— Só vou dizer isso uma vez — disse o interlocutor —, então escute bem. — A voz era abafada, um homem tentando disfarçar a voz. — Anote este endereço: Pumgansett Street, 442. Entendeu?
— Entendi. No conjunto Chad Brown, não é?
— É.
— E do que se trata?
— Uma grande matéria para quem chegar primeiro. Sugiro que leve seu rabo para lá.

— Que tipo de matéria? — perguntei, mas eu estava falando com uma linha muda.

Parece que os piores lugares sempre têm o nome das melhores pessoas. Qualquer Franklin Delano Roosevelt High School, Martin Luther King Drive ou Dorothea Dix Hospital devem ser uma zona de guerra. O Chad Brown, o mais antigo conjunto habitacional público de baixa renda de Providence, tinha o nome de um dos cidadãos mais importantes da cidade no século XVII, um homem que Roger Williams uma vez descreveu como "uma alma sensata e divina". Seus 198 apartamentos eram espremidos em vinte casas de dois andares no bairro de Wanskuck, cerca de cinco quilômetros a noroeste da assembleia legislativa.

Quando o conjunto foi concluído em 1942, os apartamentos eram alugados apenas por 11 dólares por mês, com a preferência dada a trabalhadores da defesa. Mas, na década de 1970, tornou-se o bairro mais perigoso de Providence, infestado de gangues, crivado de drogas e aterrorizado por tiros disparados de carros. Este ano, os camaradas decentes que moravam ali colaboravam com a polícia, fazendo outra tentativa de resgatar seu bairro. Espero que tenham sorte.

Estacionei o Secretariat em uma vaga de macadame rachado na frente do 442 da Pumgansett, saí do carro e pisei em cocô de cachorro fresco. As pessoas que moram em um campo de batalha não se dão ao trabalho de catar cocô. Raspei meus Reeboks no meio-fio e olhei o muro de concreto, com a Nikon pendurada no ombro esquerdo. Meu moletom dos Boston Bruins caía bem baixo na frente, pesado com a 45 que enfiei no bolso da barriga. Eu não achava que tinha feito algo para provocar os Maniella e seus capangas de novo, mas não sabia no que estava me metendo.

— Licença, moço. Com *liceeeençaaaa*.

Virei-me e vi dois adolescentes ossudos sentados no capô do Bronco. Tatuagens de gangues no pescoço os identificavam como membros dos Goonies, a mais nova gangue de rua da cidade. Perguntei-me se eles tiraram o nome do filme infantil ou se era só um diminutivo de *goon*, bandido.

— Libera aí vinte pratas e a gente vigia o carro pra tu, pra não rolar nada.

Eu sorri e mostrei minha arma a eles.

— O caipira aí tem um berro — disse o alto.

— Nunca vi uma dessas — disse o baixo. — Parece velha pra caralho.

— De repente, nem atira — disse o alto.

Puxei o cão.

— Fiquem aqui — eu disse — e talvez vocês descubram.

Eles deram de ombros, deslizaram do capô e andaram se pavoneando pela rua.

A grade que flanqueava os seis degraus da escada de concreto da casa estava solta e enferrujada. As venezianas nas janelas do apartamento, duas no segundo andar e uma no térreo, estavam fechadas. A porta da frente, verde-escura com duas janelinhas quebradas, estava entreaberta. Quando bati, ninguém atendeu, então a abri aos poucos com o ombro, entrei e a fechei com o cotovelo. Já cobri cenas de crime suficientes no conjunto habitacional para conhecer a planta: uma área de cozinha-sala de estar no primeiro andar, dois quartos pequenos e um banheiro no andar de cima.

A sala tinha três cadeiras de escritório de couro falso, um sofá-cama coberto com uma colcha de chenile amarfanhada e duas mesas de alumínio viradas. Centenas de DVDs em caixas transparentes se espalhavam pelo carpete verde puído, muitos quebrados, como se tivessem sido pisoteados. Por cima deles, havia dois laptops Apple abertos, com as telas esmagadas.

— Olá. Tem alguém aqui?

Como ninguém respondeu, andei com cuidado pela bagunça no chão e olhei a cozinha. A pia de louça manchada de ferrugem tinha uma pilha alta de pratos com crostas de comida. Uma garrafa de uísque Early Times com uns cinco centímetros no fundo estava na bancada de linóleo amarelo ao lado de um rolo de toalha de papel. Também havia uma cafeteira para 12 xícaras com alguns filtros por dentro. Toquei a jarra com as costas da mão. Estava morna.

Havia um laptop Apple branco, com a tomada na parede, no meio de uma mesa de cozinha redonda de aglomerado. A tela estava aberta, mas escura. No teclado, alguém tinha deixado um bilhete, escrito à mão em caracteres grandes numa folha de papel de impressão:

MULLIGAN!
APERTE PLAY.
VEJA ATÉ O FIM.
DEPOIS, VÁ AO SEGUNDO ANDAR.

Sem saber o que acontecia ali, eu não queria me arriscar a deixar digitais, então peguei uma caneta Bic no bolso e usei para tirar o bilhete do teclado com um cutucão. Depois, bati a caneta no *touch pad*. A tela se iluminou, exibindo um vídeo congelado. Arrastei a caneta pelo *touch pad*, tentando mover o cursor para o painel de controle, mas não deu certo. Rasguei um pedaço da toalha de papel na bancada, coloquei no *touch pad* e deslizei o dedo por ele, movendo o cursor para o botão play. Depois recuei.

Uma criança nua estava esparramada de cara para baixo numa cama *queen-size*. Ela chorava. Um homem branco e magro subia nela e a boca da criança se abriu num grito. Felizmente, o som tinha sido desligado. Ela não podia ter mais de 7 ou 8 anos.

"VEJA ATÉ O FIM", dizia o bilhete, mas eu não suportaria muito mais disso. Acelerei o vídeo, voltando ao normal a tempo de ver o homem terminando seu negócio, pegando um punhado de cachos castanhos e sacando um canivete. Desviei os olhos tarde demais para perder o grande final.

Não sei quanto tempo fiquei parado ali, imobilizado pelo choque. Talvez alguns segundos. Talvez vários minutos. Depois, me afastei do computador e vomitei na pia. Quando terminei, peguei outro papel toalha, usei para abrir a água fria e peguei um pouco nas mãos em concha para lavar o gosto acre da boca. Torci para não estar despejando nenhum vestígio importante pelo ralo.

Em vinte anos de jornalismo, vi muitas mortes: bombeiros carbonizados em prédios desabados, mafiosos baleados em paredes de bares, adolescentes decepados por trens velozes. Mas nunca vi nada parecido com isso.

"DEPOIS VÁ AO SEGUNDO ANDAR", dizia o bilhete. Tirei a 45 do moletom, louco para ter a oportunidade de usar.

A escada coberta de vinil gasto era áspera sob meus Reeboks. Enquanto eu abria a porta do primeiro quarto com um cutucão, a primeira coisa que me ocorreu foi o odor. O quarto fedia como se um exército o tivesse usado como urinol.

Dois homens e uma mulher de jeans e camisetas estavam amontoados num carpete velho e bege ao lado de uma cama *queen-size* desfeita. Ao lado deles, vários milhares de dólares em equipamento de vídeo profissional — duas câmeras de vídeo Sony, algumas luzes Day-Flo de 5.500 watts e um tripé — jogados de lado e quebrados. O carpete, a cama e o papel de parede florido do quarto estavam salpicados de sangue e massa encefálica. Era o mesmo papel de parede que vi no vídeo. O sangue ainda estava úmido.

Devolvi a Colt ao moletom, tirei o protetor de lente da Nikon e fiz umas fotos do maior número de ângulos que podia sem pisar no sangue. O jornal nunca publicaria essas imagens horrendas, mas minha mente tentaria bloquear isso. Eu precisava de fotos para escrever uma matéria precisa.

Com o cuidado de não tocar em nada, recuei ao corredor. O banheiro à minha frente, à esquerda, tinha a porta fechada. Abria-a com o ombro. O cômodo estava vazio.

Recuei ao corredor e vi que a porta do segundo quarto estava trancada a cadeado. Pus a orelha nela e pensei ter ouvido um gemido, mas era tão fraco, que eu não podia ter certeza.

— Olá? Tem alguém aí?

Ninguém respondeu. Pus a orelha na porta de novo. Outro gemido.

Meu primeiro instinto foi arrombar a porta, mas eu já havia contaminado demais a cena do crime. Em vez disso, corri pela escada e fugi da casa. Eu tinha o capitão Parisi na discagem rápida. Ele atendeu ao segundo toque.

35

O dia agora estava amargamente frio. Um forte vento noroeste soprava embalagens do McDonald's e jornais velhos pelo estacionamento do conjunto habitacional. Seis crianças, uma delas quicando uma bola de basquete, passaram por mim. Era bom ver crianças ainda respirando e vivas. Puxei ar para limpar o fedor de sangue e urina de minhas narinas. Depois, destranquei o Bronco, entrei e tirei um Partagás do porta-luvas. Ao acender, minhas mãos tremiam. Abri um pouco a janela, fumei e esperei que Parisi chegasse.

Depois de alguns minutos, comecei a pensar com mais clareza. Não seria bom ter uma arma quando as autoridades chegassem, então tirei a Colt do moletom e tranquei no porta-luvas. O que mais? Parisi podia confiscar minha câmera. Ejetei o cartão de memória e escondi entre as almofadas do banco do carona. Depois, abri o zíper do bolso da frente da bolsa da câmera, peguei o cartão reserva e coloquei na Nikon. Tirei algumas fotos da frente da casa da morte pela janela do carro para ter alguma coisa no cartão novo, se alguém olhasse. Em seguida, liguei para Lomax, contei-lhe o essencial e sugeri que ele mandasse um fotógrafo de verdade a tempo para o show.

Parisi deve ter dado um telefonema de cortesia ao Departamento de Polícia de Providence, porque eles chegaram primeiro — duas viaturas e um Crown Vic à paisana. As portas do Vic se abriram e a dupla da homicídios saiu: Jay Wargat, uma tora de permanente barba por fazer e punhos de presunto, e Sandra Freitas, loura de farmácia que agitava os quadris e tinha um sorriso predador de Cameron Diaz. Saí do Bronco e encontrei os dois na calçada.

— Mulligan? — perguntou Freitas. — Foi você que chamou?

— Fui eu.

— Entrou?

— Entrei.

— E?

— Dois homens e uma mulher mortos em um dos quartos do segundo andar. Parece que foram baleados na cabeça. E algo pior na cozinha.

— E o que seria?

— Não quero falar nisso. Veja com seus próprios olhos.

— Tocou em alguma coisa?

— Não que você vá perceber. Mas andei pelo lugar. Ah, e vomitei na pia da cozinha.

— Vomitou, é? — perguntou Wargat, com a cara se abrindo num sorriso.

— Tem mais uma coisa — eu disse. — O segundo quarto está trancado a cadeado. Acho que pode haver alguém lá dentro, mas não tenho certeza.

— Fique aqui — disse Freitas — enquanto damos uma olhada.

Voltei ao Bronco e olhei os quatro uniformes se reunirem na calçada. Dez minutos depois, Wargat saiu em disparada pela porta do apartamento, cambaleou na escada e reprovou o filme barra-pesada esvaziando o conteúdo do estômago na calçada. Quando terminou de vomitar, foi até o Crown Vic, abriu a porta, pegou uma garrafa de Poland Spring e lavou a boca. Depois, se sacudiu como um cachorro, endireitou os ombros e voltou para dentro.

Cinco minutos se passaram antes que Wargat e Freitas voltassem pela escada, ela segurando as mãos de dois garotinhos de olhos vazios e ele com uma menina nos braços. Os detetives os colocaram na traseira de uma ambulância que tinha acabado de estacionar. Freitas pegou um bloco no bolso de trás da calça e subiu com eles.

Wargat viu a ambulância seguir pela Pumgansett Street para a Douglas Avenue. Depois, se virou e veio a mim.

— Saia do carro, por favor.

Eu saí.

— Coloque as mãos na lateral do carro e abra as pernas.

Ao meio-dia, o trecho na frente da Pumgansett 442 estava se enchendo. Equipes de gravação saíam de furgões de TV e se preparavam na calçada do outro lado da rua. Gloria estava sentada em estilo Buda no alto de seu Ford Focus azul-claro e examinava a cena por uma lente telescópica. Tedesco saiu de seu rabecão e carregou o estojo de aço para dentro. Parisi e dois de seus detetives chegaram num carro paisano, falaram brevemente com os policiais uniformizados de Providence que guardavam a porta e seguiram Tedesco para dentro. Da traseira de uma viatura trancada, eu tinha um bom lugar para ver o show.

Vinte minutos depois, Parisi e Wargat surgiram juntos e vieram na minha direção. Parisi olhou através do vidro traseiro da viatura e então se virou novamente para Wargat.

— Por que Mulligan está detido?

— Não quero que ele vá a lugar nenhum — disse Wargat — até que a gente entenda isso.

— Tire as algemas dele.

— Desculpe, capitão. Ele está sob custódia da polícia de Providence.

— Ele agora está sob minha custódia — disse Parisi. — Esta é minha cena de crime e minha investigação, Wargat. Vá se acostumando com isso.

A sala de interrogatórios da delegacia de polícia em Scituate cheirava a medo, suor e nicotina. Parisi estava sentado na minha frente a uma mesa de carvalho marcada de queimaduras de cigarro e anéis de copos de café. Bebíamos café e repassávamos minha história pela terceira vez.

— Pode reconhecer a voz de quem te deu a dica se ouvir novamente?

— Acho que não.

— Alguma ideia de por que ele ligou para *você*?

— A resposta ainda é não.

— Acha que ele está envolvido nisso?

— Meus instintos dizem que sim. Um cidadão teria chamado a polícia.

Pegamos nossos copos de papel com café e os baixamos quando descobrimos que estavam vazios. Parisi tirou meu celular do bolso da camisa, colocou na mesa e disse:

— Coloque no viva-voz e tente ligar para ele.

O número do sujeito estava listado nas chamadas recebidas. Apertei Chamar. Depois de oito toques, uma voz gravada: "Desculpe, mas a pessoa para quem ligou tem uma caixa postal que ainda não foi programada. Adeus."

Parisi bateu a mão na mesa. Os copos vazios de café pularam. Uma planta-zebra no peitoril pareceu murchar. Eu mesmo murchei um pouco.

— Se ele for inteligente — eu disse —, usou um pré-pago que não pode ser rastreado e jogou numa caçamba de lixo depois.

— A maioria dos criminosos não é inteligente.

— Alguns são.

— É — disse ele. — São eles que me mantêm neste emprego.

— E então, acabamos?

— Ainda não.

Ele tirou os óculos, esfregou os olhos e os recolocou.

— Em 15 anos como detetive, nunca tive um caso de homicídio com um pornógrafo como vítima. Agora tenho dois.

— Acha que este caso e o tiro no sósia de Maniella estão relacionados? — perguntei.

— Não há prova nenhuma de uma ligação, mas eu não acredito em coincidências.

— Por que a polícia sempre diz isso? Acontecem coincidências todo dia.

Ficamos sentados em silêncio e pensei no assunto por um minuto.

— E então — eu disse —, *agora* acabamos?

— Ainda não. Fique sentado aí.

Ele tirou o celular de minha mão para que eu não ligasse para o *Dispatch* contando o que sabia, levantou-se rapidamente e saiu pela porta.

O tempo se arrastava. Minha úlcera rosnava. Alguém deixou um jornal no chão. Peguei, abri na seção de esportes para passar o tempo e encontrei um perfil do novo atacante dos Boston Bruins, um eslovaco de nome Miro Satan. O terceiro parágrafo dizia:

Satan parece estar em forma e patina com fluidez.

Depois do dia de hoje, não podia questionar isso.

Era quase uma hora, quando Parisi voltou e colocou na mesa meu celular, a chave de meu carro e a câmera. Tirou a Nikon do estojo, ligou e examinou todas as fotos na tela de LED, disse "Humpf" e a recolocou no estojo.

— Mulligan — disse ele —, vou te pedir para não escrever sobre o que viu dentro do apartamento.

— Mas você sabe que preciso fazer isso.

Ele suspirou.

— Vai te matar omitir alguns detalhes... Algumas coisas que só os criminosos podem saber?

— Criminosos? Acha que foi mais de um?

— Lapso de linguagem — disse ele. — Não interprete nada.

— Tudo bem.
— Então, pode deixar algumas coisas de fora por mim?
— Por exemplo?
— O filme.
— Desculpe, mas tenho de mencionar isso.
— Ah, merda. Bom, que tal isso? Pode deixar de fora os laptops esmagados? E o bilhete que deixaram para você? E o fato de que não havia cartuchos das balas na cena?
— O que significa que o assassino usou um revólver ou recolheu os cartuchos — eu disse.
— É.
Na hora, eu fiquei chocado demais para perceber isso.
— Claro, podemos deixar essas coisas de fora.
— Se me ferrar nessa, acabou para nós dois.
— Entendi — eu disse. — Pode liberar os nomes das vítimas dos tiros?
Uma pausa de cinco segundos.
— Uns merdinhas locais. Não posso soltar os nomes antes de notificarmos seu parente merdinha mais próximo. E de jeito nenhum vamos soltar os nomes das crianças que tiramos vivas de lá.
— Não íamos imprimir, se soltasse — eu disse. — E a garotinha no filme?
— Nem uma pista.
— Acha que talvez ela tenha servido de comida para os porcos de Scalici?
— Não quero especular.
— Então, *agora* posso ir?
— Ainda não. Wargat e Freitas querem te interrogar. Quando eles terminarem de brincar de detetive, vou mandar um policial te levar até seu carro.

* * *

Quando voltei à redação naquela noite, era tarde demais para atualizar o rascunho da matéria sobre os homicídios que Mason tinha escrito para a edição do dia seguinte.

— A polícia está guardando sigilo neste — disse Lomax. — Só o que dizem é que são três corpos e suspeita-se de traição.

— Tenho uns detalhes que posso acrescentar — eu disse.

— Dê a Mason para ele atualizar no nosso site.

— Não quer que *eu* escreva?

— De jeito nenhum — disse Lomax. — Você encontrou os corpos, então agora faz parte da história. Mason vai te entrevistar... Vai tratá-lo como uma fonte.

— Tudo bem. Assim que colocar alguma coisa no estômago.

A coisa era Maalox bebido direto do vidro. Mais cedo, tirei de seu esconderijo o cartão de memória de minha Nikon. Agora eu carregava meu laptop a uma sala vaga fora da redação para ter privacidade, colocava o cartão no drive, plugava no computador e descarregava as fotos. Passei dez minutos examinando-as, fazendo umas anotações para minha conversa com Mason. Quando terminei, corri para o banheiro. O vômito seco me lembrou de que eu não comia nada desde o café da manhã.

Quando finalmente cheguei em casa, já passava das dez. Peguei um romance de Michael Connelly, na esperança de tirar minha mente do filme fétido. Não deu certo, mas continuei lendo assim mesmo. Harry Bosch estava prestes a perder a paciência com seu chefe certinho, quando "Bitch" começou a tocar em meu celular. Nem Dorcas podia piorar *este* dia, então peguei o telefone e atendi.

— Alô?

— Você os mandou, não foi, seu filho da puta?

— Mandei quem?

— Sabe muito bem quem!

— Acho que não.

— Achei que eles iam me *matar*.

— Como é? Tudo bem, por que não se acalma e me conta o que aconteceu?

— Até parece que você não sabe, porra!

— Eu não sei mesmo.

Ela respirou fundo.

— Eram dois — disse ela. — Bateram na porta e, quando abri, me empurraram de lado e entraram à força.

— Você se machucou?

— Não, mas ainda estou tremendo.

— Como eles eram?

— Grandes. Muito, muito grandes.

— Grandes tipo John Goodman ou grandes tipo MMA?

— Está querendo me dizer que não sabe nada sobre isso?

— É claro que não sei.

— Você mente muito mal — disse ela. Depois desligou.

Mas do que se tratava tudo isso?

Fui até a janela do banheiro, abri, respirei o ar frio e soltei aos poucos. Não sei quanto tempo fiquei ali antes de ouvir uma sirene da polícia cortar a escuridão. Parecia perto, mas eu só conseguia ver as janelas escuras do prédio vizinho. Fechei a janela, caí na cama e li por uma hora. Depois, baixei o livro e mexi no celular, tentando me decidir por um ringtone para Yolanda. Enfim, escolhi uma versão acústica de "Dance with Me", de Tuck & Patti. É claro que eu não tinha motivos para pensar que Yolanda telefonaria.

Logo de manhã cedo, ela telefonou.

36

— Mulligan? Você está bem?
— Estou ótimo, Yolanda.
— Não me parece bem. Onde está?

Eu estava arriado numa banqueta em meu restaurante preferido, lendo a atualização de Mason sobre o assassinato no site do jornal e lutando para manter os ovos mexidos de Charlie no estômago.

— Fique aí — disse ela. — Chegarei daqui a alguns minutos.

Terminei a matéria de Mason e olhei as outras manchetes. O bispo se enfureceu com um jovem empreendedor que alugou um quiosque abandonado da Fotomac, de fotos instantâneas, na frente da St. Mark's em Cranston, entrou com uma nova linha de mercadorias e o rebatizou de Toca da Camisinha. Segundo um levantamento de estilistas tops de moda, o decote tinha voltado. E uma revista jornalística de circulação nacional contava que Nova Jersey era o estado mais corrupto da União, mas que Little Rhody liderava a nação em escândalos *per capita*. Enfim, éramos o número um em alguma coisa além de lojas de donut. Eu olhava a bolsa de apostas para o jogo dos Patriots contra Panthers, quando Yolanda entrou com aquelas pernas muito, muito longas.

Ela estava com a cara fechada como uma carranca e usava um terninho executivo com os dois primeiros botões da blusa abertos. Quando se curvou para me dar um beijo no rosto, Charlie deu uma espiada. Ela jogou sua bolsa de crocodilo no balcão, sentou-se na banqueta ao lado e pediu café puro.

— Li a matéria no site hoje de manhã — disse ela.

— Aquela dos decotes na moda esta temporada?

— Uma boa notícia para o cozinheiro — disse ela —, mas não foi o que quis dizer.

Mason tinha feito um ótimo trabalho com a atualização do homicídio, narrando fatos e pegando leve na sanguinolência. Ainda assim, era uma leitura desagradável.

— Deve ter sido horrível para você — disse ela.

— Um repórter policial vê muito sangue, Yolanda. A gente se acostuma com isso.

— Deixa de besteira, não foi um acidente de carro nem uma batida na Máfia. Uma criança assassinada *não* é algo a que alguém se acostume. Está assombrando você. Posso ouvir em sua voz.

Meu celular estava no balcão ao lado de minha xícara pela metade de café frio. Começou a tocar "Dirty Laundry". Tentei pegá-lo e meu punho se fechou no ar.

— Escritório do sr. Mulligan — disse Yolanda. — Como posso ajudar?... Sou amiga dele... Sim, estou com ele agora... Ele *diz* que está bem, mas não é verdade... Na realidade, acho que seria melhor dois dias... Tudo bem, vou dizer a ele — disse ela, e fechou o celular.

— O que Lomax queria? — perguntei.

— Ele disse para tirar o dia de folga. Tentei conseguir dois, mas ele insistiu que não pode poupar você por tanto tempo.

— É claro que ele não pode. Sou indispensável.

— "Dirty Laundry" é seu ringtone para tudo ou só para seu editor?

— Só para ele.

— Escolha perfeita. Tem algum especial para mim também?

— Talvez tenha.

Ela pegou o BlackBerry na bolsa e apertou meu número.

— Parece "Dance with Me", com Tuck and Patti — disse ela.

— E é.

— Ela é negra e ele é branco — disse ela.

— Arrã.
— Eles não são casados?
— Um com o outro, sim.
Ela soltou um longo suspiro.
— Eu te disse...
— Sei, sei, você não namora brancos. Mas você *dança,* não dança?
Ela desviou os olhos e bebericou seu café.
Charlie se virou da chapa, tirou meu café frio do balcão e me deu um novo. Quando peguei a xícara, minha mão tremia. Ao levar a xícara à boca, algumas gotas caíram pela borda no meu moletom dos Bruins.
— Ainda tenho aquele charme capenga — eu disse.
Pensei que arrancaria um sorriso dela, mas não. Ela pegou guardanapos e me secou. Depois, ligou para seu escritório, disse à secretária para cancelar os compromissos da tarde e girou na banqueta para ficar de frente para mim.
— Tenho algumas coisas esta manhã que não posso adiar — disse ela —, mas, quando terminar, vou te pagar o almoço.
Charlie me viu olhando, enquanto ela saía do restaurante e andava pela calçada para a Textron Tower, onde tinha uma sala no décimo quarto andar. Fiquei olhando até ela sumir de vista.
— Dona de classe — disse ele.
— Concordo.
— E ela é negra.
— Muito.
— A bonequinha que vinha aqui com você no ano passado era asiática — disse ele.
— Era mesmo.
— Tem alguma coisa contra as brancas?
— Gosto de todas, Charlie. Branco, preto, amarelo e marrom são as minhas cores preferidas.

— Também gosto de todas — disse ele —, mas você parece ter uma queda pelo exótico. — Ele pôs as mãos no balcão e se curvou para mim, querendo uma resposta séria.

— Não se trata da cor da pele, Charlie. A maioria dos homens quer uma mulher que vote como eles, torça pelo mesmo time, goste do mesmo tipo de filme, beba a mesma marca de cerveja. Prefiro mulheres que *não* são como eu. São mais interessantes na cama e fora dela.

Charlie franziu a testa e pensou. Depois, assentiu para mostrar que entendia e voltou à chapa.

Fui até o Biltmore, comprei o *New York Times* e a *Sports Illustrated* na banca do saguão, carreguei para o restaurante e li tomando o café descafeinado de Charlie. Eu estava admirando a reportagem fotográfica na revista das dez maiores lutas de todos os tempos, quando Yolanda ligou e disse para me encontrar com ela no Capital Grille.

O lugar estava lotado de banqueiros, advogados, políticos e senhoras que almoçavam, então tivemos de esperar no bar por dez minutos antes de o maître nos levar a uma mesa. No início, Yolanda só jogou conversa fora, falando de música, cinema e o tempo, enquanto devorava o salmão grelhado ao funcho. Eu a acompanhei bebendo uma Coca e consegui dar umas mordidas no burger de lagosta e caranguejo. Depois de Claus, o garçom meia-garrafa, sorrir com malícia para meu moletom dos Bruins e nos servir dois Irish coffees, a conversa ficou séria.

— Você sempre quis ser repórter?

— Sempre quis jogar nos Celtics. O jornalismo era meu plano B.

— Por quê?

— Sou bom só nisso.

— Ah, sem essa! Você é um cara inteligente. Podia ter feito qualquer coisa.

— Não é verdade. Não sei cantar, sou péssimo em matemática, tenho pouca capacidade de concentração e odeio usar gravata. Minhas opções eram limitadas.

— É preciso muita coragem para fazer o que você faz.

— *Coragem?* Meu amigo Brad Clift tinha coragem. Ele foi torturado pelos sudaneses por fotografar o genocídio em Darfur para o *Hartford Courant*. Daniel Pearl tinha coragem. Investigou a al-Qaeda para o *Wall Street Journal* e os terroristas no Afeganistão o decapitaram. Nunca me atreveria a ir atrás de matérias como essas. Sou um covarde, Yolanda. Fiquei bem aqui, em Little Rhody, onde o pior que pode me acontecer é me cortar com papel.

Yolanda pegou minha mão e olhou em meus olhos.

— Amor — disse ela —, não precisa viajar a Darfur ou ao Afeganistão para combater o mal. Há muito dele aqui mesmo.

Esta era uma ideia digna de ponderação, mas eu só conseguia me concentrar no fato de ela ter me chamado de "amor".

— Vem — disse ela —, vamos dar uma caminhada.

Ela virou a gola do casaco para cima contra o frio e pegou minha mão ao andarmos junto ao rio. Por um tempo, não falamos nada. Era um silêncio agradável. Rocei o polegar na palma de sua mão, ansiando pelo contato.

— Preciso te perguntar uma coisa — eu disse.

— Tudo bem.

— Acha que seus clientes estão envolvidos nisso?

— Nos assassinatos?

— É.

— Se eu soubesse, não poderia dizer.

— E no filme snuff?

— Se eu achasse que eles eram capazes *disso*, não seriam meus clientes.

Continuamos a andar em silêncio. Tentei me desligar do *slide show* sangrento que lampejava por meu cérebro. No alto, um jato, minutos depois da decolagem no Aeroporto T. F. Green, subiu por um céu incrivelmente azul. Eu queria jogar as imagens sangrentas em seu compartimento de carga e mandar para a estratosfera. Sentindo minha agitação, Yolanda apertou mais a minha mão.

Perto de uma ponte para pedestres que se arqueava sobre o rio, ela comprou um pretzel quente em uma carrocinha, partiu em pedaços e jogou a dois patos que engordaram demais da comida que davam para voar ao sul no inverno.

— Parece que você precisa de uma bebida — disse ela, então pegamos o elevador para a cobertura do Renaissance Hotel e nos sentamos a uma mesa com vista para o domo do legislativo. Ela pediu um martini de maçã. Pedi um Bushmills puro. O primeiro gole desceu bem e, depois, rasgou o revestimento de meu estômago como uma adaga.

— Ei, Mulligan?
— Hmmm?
— Por que só usa o sobrenome?
— Fui batizado com o nome de meu avô materno, o sargento Liam Patrick O'Shaughnessy, da polícia de Providence. Trinta anos atrás, na frente de um negócio de caça-níqueis de Bruccola na Atwells Avenue, alguém bateu na cabeça dele com um cano, tirou sua pistola do coldre e usou para lhe dar um tiro na cabeça.

— Ai, meu Deus! Eu sinto muito.
— Está tudo bem. Já faz muito tempo.
— Não está tudo bem. Se estivesse, você usaria o nome dele.
— Sempre que eu o ouvia — eu disse —, imaginava o contorno de giz de seu corpo numa calçada rachada.

Ficamos sentados em silêncio por um tempo.

— Você assina L. S. A. Mulligan, então deve ter nomes no meio que podia usar.
— Seamus e Aloysius.
— Ah.

— Pois é. Mulligan combina mais comigo.
— Mulligan te dá sorte? — perguntou ela.
— Alguma, sim. Deus sabe que preciso do máximo que conseguir.
— Tudo bem, amor — disse ela. — Então é Mulligan.
— "Amor" também funciona comigo.
— Não me entenda mal. Chamo o carteiro de "amor" também.

Isso empacou a conversa, então ficamos sentados em silêncio por um tempo, tomando nossos drinques.

— Mulligan?
— Hmmm?
— Eles pegaram o cara?
— Não, nunca pegaram.

Ela pagou a conta do bar e andamos de novo pela Riverwalk enquanto se acendiam os globos dourados que margeavam a água. Paramos num banco e nos sentamos juntos ao anoitecer. A arma de meu avô cavava a base de minhas costas, fazendo me perguntar se eu devia comprar alguma coisa menor. Um patrulheiro se aproximou e nos olhou feio, pensando que uma negra com o braço no ombro de um branco não podia ser boa coisa. Depois, percebeu como a mulher estava vestida e se afastou. Um minuto depois, um traficante de drogas veio arrastando os pés e ofereceu-nos cocaína e maconha. Era hora de ir embora.

— Obrigado, Yolanda. Foi um ótimo dia.
— Ainda não acabou — disse ela.

Encontramos nossos carros e segui Yolanda para a casa dela, onde ela preparou uma mistura picante de frango com legumes. Desta vez, consegui limpar o prato. Mais tarde, nos sentamos juntos em seu sofá de couro preto e ela abriu uma garrafa de puro malte trinta anos. Eu era um homem de Bushmills, mas não deixei que isso ou os conselhos de meu médico me impedissem. Esta noite, eu precisava de uísque.

Yolanda colocou a mão no meu ombro.

— Como está se sentindo?
— Sentado aqui bebendo com você? Estou ótimo.
— Não está. Está tão tenso, que praticamente vibra. Precisa tirar da cabeça o que você viu ontem.
— E como faço isso?
— Pensando em coisas boas. — Ela parou. — Me diga do que mais tem orgulho.
— Orgulho?
— Arrã.
— Não me vem nada à mente.
— E seu Pulitzer? E o Polk que você ganhou?
— Como sabia disso?
— Procurei você no Google.
— Os prêmios são uma bobagem, Yolanda. Você os mete numa gaveta e passa à reportagem seguinte.
— Deve haver alguma coisa — disse ela.
— De que eu me orgulhe?
— É.
— Bom... Acho que tenho orgulho de ter sido reserva do time de basquete do Providence College.
— Essa é boa.
— Eu teria ficado mais orgulhoso se não tivesse passado quatro anos no banco.
— O que mais?
— Que a mulher de maior classe na Nova Inglaterra queira saber o que me deixa orgulhoso.

Eu estava exausto e meio bêbado. Devo ter cochilado, porque depois só percebi que Yolanda levantava minhas pernas no sofá. Ela desamarrou meus Reeboks, tirou-os e enfiou um travesseiro sob minha cabeça.

— Volte a dormir — disse ela.

* * *

De manhã, acordei cedo. O apartamento estava silencioso, então calcei os tênis e saí, certificando-me de que a porta se fechasse a minhas costas. Eu precisava de um banho e de roupas limpas, então fui até meu apartamento, estacionei ilegalmente na rua, subi a escada e encontrei oito caixas de papelão — cada uma com tamanho suficiente para conter a cabeça de uma criança — empilhadas na minha porta.

37

Destranquei a porta e arrastei as caixas para dentro. Depois, vasculhei a gaveta da cozinha, peguei uma faca de carne, ajoelhei-me no chão e abri com cuidado a primeira caixa. Pus a mão dentro dela e peguei a edição de junho de 1935 da *Black Mask* — aquela com um conto de Raymond Chandler, "Nevada Gas", listado na capa.

Tirei o resto da coleção de revistas pulp da caixa e, pelo que eu podia dizer, estavam todas ali. Abri as outras caixas e encontrei meu toca-discos, meus discos antigos de blues e minha montanha de romances em brochura dos anos 40 e 50.

Tomei um banho, vesti jeans limpo, tirei uma camiseta Tommy Castro Band relativamente sem odor do cesto de roupa suja e fui para o restaurante tomar um café da manhã de ovos mexidos com torrada e uma caneca do descafeinado de Charlie. Tomei um gole, peguei o celular no jeans e apertei um número.

— Sal Maniella.
— É o Mulligan.
— O que posso fazer por você?
— Encontrei umas caixas na minha porta hoje de manhã.
— É mesmo?
— É. Ao que parece, dois grandalhões forçaram a entrada na casa de minha quase ex e pegaram as caixas para mim. Mataram a mulher de medo.
— Deve ter sido horrível para ela.
— Acho que você não sabe nada sobre isso.

— Claro que não sei.
— Foi o que pensei.
— As caixas. Estava tudo ali?
— Sim.
— Que bom — disse ele. — Seria uma pena alguém ter de voltar e matar a pobre mulher de susto novamente.

Maniella tinha me feito um favor e sua brincadeira mostrava que ele queria que eu soubesse. Perguntei-me por que ele achava que isso valia seu tempo. Pode me chamar de cínico, mas eu não engolia a possibilidade de que ele só estivesse sendo legal.

— Soube dos assassinatos na Chad Brown? — perguntei.
— Soube.
— Pode lançar alguma luz nisso?
— Só o que sei foi o que li no seu jornal.

Desliguei, terminei meus ovos e fui a pé para o *Dispatch*. O editor assistente de negócios alegara doença, então passei a manhã e metade da tarde editando matérias que eu não entendia sobre bancos e tecnologia. Passava das duas horas quando consegui parar e dar uma olhada em minhas fontes de informações.

Abri um saco de petiscos, tirei um e joguei para Shortstop. Ele o pegou no ar, devorou e pôs a cabeça no meu colo. Eu cocei atrás de suas orelhas. Ele roncou satisfeito e babou no meu jeans.

— Coloca um dime no Miami — eu disse. Eu odiava apostar contra a Nova Inglaterra, mas o ataque furioso dos Dolphins, em geral, dava uma surra nos Patriots. Zerilli rabiscou minha aposta numa tira de papel de nitrocelulose e a jogou na tina.

— Foi gentileza sua ter trazido alguma coisa para o vira-lata — disse ele.

— Tudo bem.

— Ele gosta de você.

— Que bom que alguém gosta.

— É — disse ele, arrastando a palavra. — Nada põe mais tua cabeça no lugar do que passar algum tempo com um bom cachorro.

Peguei outro petisco no saco e dei ao cachorro. Ele engoliu inteiro, tirou o saco de minha mão e se retirou para um canto, servindo-se sozinho do resto.

— E o que anda ouvindo? — perguntei.

— Dos crimes do Chad Brown?

— É.

— Nadica.

Ele abriu o arquivo e me deu uma caixa nova de Cohibas.

— Obrigado, Whoosh — eu disse, e coloquei a caixa no chão ao lado de minha cadeira.

— Não vai acender um?

— Agora não. Meu médico diz que tenho de diminuir.

— Que saco.

— É mesmo.

— Acha que o lance de pornografia infantil era dos Maniella? — perguntou ele.

— Era o que eu ia perguntar *a você*.

— Não faço ideia.

— Arena e Grasso tentaram matar Sal? — perguntei.

— E se arriscar a uma guerra com o ex-SEAL? De jeito nenhum, porra.

— Se eles tivessem feito isso, me contaria?

— Ah... Talvez não.

— Tudo bem, Whoosh. Se souber de algum papo sobre as mortes do Chad Brown, me dê um toque.

Quinze minutos depois, parei o carro na vaga da Tongue and Groove bem a tempo de ver Joseph DeLucca empurrar da escada para a neve meia dúzia de manifestantes da Espada de Deus.

— Os babacas ficaram aporrinhando os clientes a tarde toda — disse-me ele. — Ficam gritando que eu vou direito para o inferno. Eu disse a esses escrotos que estou louco pra encontrá-los lá.

Saímos da luz para o escuro e pegamos banquetas vizinhas no bar. O Natal seria só dali a duas semanas e o lugar estava enfeitado com galhos de pinheiros, guirlandas e pisca-pisca colorido. O barman abriu duas Buds, bateu no balcão na nossa frente e saiu sem pedir o dinheiro.

— Como está a perna? — perguntei.

— Está melhorando bem.

— É bom saber disso — eu disse. — Aliás, quero agradecer a você pela dica dos corpos no Chad Brow. — Era um tiro no escuro. Quando seus olhinhos se arregalaram, pensei ter acertado o alvo, mas não podia ter certeza.

— Não sei do que está falando — disse ele.

Eu estava prestes a pressionar, quando uma garota magra de seios pequenos e salto alto, com uma calcinha fio dental e um gorro de Papai Noel, chegou rebolando e passou os braços por meu pescoço.

— Olá, amorr. Voltou para gastar uma grrana com a DEZ-tin-i?

— Hoje não, Marical.

Ela ficou na ponta dos pés, sorriu para mim e roçou os mamilos castanhos em meus lábios.

— Por favor, amorr. Vou fazer zeu mundo rodar feito doido.

O cartão cortesia de uma volta ao mundo estava na carteira no bolso de minha calça. Juro que o senti vibrar.

— Desculpe, querida — eu disse, e sua cara murchou. Fez beicinho, lançou-me um olhar que dizia que seu coração fora espatifado pelo homem de seus sonhos e assumiu a rotina com um gorducho de camisa xadrez do outro lado do bar.

— Meu Deus, ela é linda — eu disse.

— É — disse Joseph. — E ela sabe chupar um ovo cozido por uma porta de tela.

— Sabe disso por experiência própria?

— Ah, sim.

Tomei um golinho da Bud e tentei bloquear a imagem.

— E então, Joseph — eu disse —, acha que os Maniella têm feito vídeos de pornografia infantil?

— Como é que vou saber disso, porra?

O barman agora estava à espreita, interessado em nossa conversa, então giramos nas banquetas para ver uma única dançarina balançando-se em um poste.

— Algum problema com sua cerveja? — perguntou Joseph.

— Meu médico disse que tenho de largar a birita — eu disse e Joseph ofegou como se tivesse ouvido a pior notícia do mundo.

O Crown Vic de Parisi já estava no estacionamento do Johnston Town Hall, quando parei ao lado dele e abri a janela.

— Alguém copiou a lista de contatos e os e-mails dos computadores da casa da morte em Chad Brown — disse ele. — Carregou em algum disco rígido externo. Foi você?

— Eu sou um ludita, capitão. Nem sei fazer isso.

— É melhor que não esteja mentindo para mim, espertinho.

— Não me atreveria.

— Claro que sim.

— Tudo bem, eu mentiria. Mas não agora.

Uma demora de cinco segundos, depois:

— Se não foi você, devem ter sido os criminosos.

— Copiaram coisas dos laptops quebrados também?

— É.

— Como você sabe disso?

— *Eu* não sei. O nerd de computação do departamento descobriu, mexendo nos discos rígidos.

— Mexendo?

— É.

— Você conhece mesmo o jargão da tecnologia.

— Vai se foder — disse ele e me olhou de um jeito que podia fazer Dirty Harry chamar mamãe aos prantos. Em todos os anos em que eu o conhecia, Parisi sempre foi alerta como uma águia e arrumadinho como um cachorro de exposição. Hoje, seu cabelo estava desgrenhado, precisava se barbear e a luz tinha sumido de seus olhos. Parecia que não dormia há dias.

— Para que acha que eles queriam os e-mails?

— Não sei.

— Eles apagaram o disco rígido depois de copiar tudo?

— Não.

— E o que tem neles?

— Por que eu contaria a você?

— Porque estamos do mesmo lado.

— Estamos, é?

— Nenhum de nós gosta de filmes snuff e eu não gosto de pornógrafos infantis e assassinos mais do que você. Então, sim, desta vez, estamos.

Ele tirou os óculos, esfregou os olhos e seu olhar se abrandou um pouco.

— Em off?

— Claro — eu disse, depois contei cinco segundos.

— O que temos — disse ele —, são e-mails de 254 pervertidos no mercado para vídeos de adultos estuprando crianças, outros 514 que ficam de pau duro vendo crianças se bolinando e mais 76 que pedem especificamente vídeos de crianças sendo assassinadas depois de serem violentadas.

— São mais de oitocentas pessoas — eu disse.

— Pois é.

Nós nos olhamos e meneamos a cabeça.

— Essa merda de caso está me dando pesadelos — disse ele.

— Nem me fale.

— Se quer minha opinião — disse ele —, nos prestaram um serviço público.

— Mas ainda assim você vai pegar os caras.

— Vou, mas e depois? Prendo ou condecoro?

— Por que não as duas coisas?

Parisi fechou os olhos, assentiu e pareceu cochilar por um segundo.

— Os e-mails — eu disse. — Podem ser rastreados?

— A maioria, não. O cara da técnica disse que os remetentes usaram algum tipo de software de camuflagem para mascarar os endereços de IP, sei lá o que isso significa.

— *A maioria* não?

— Seis deles foram descuidados. Isso quer dizer que os provedores de internet deles devem nos dizer quem eles são.

— Eles estarão dispostos a fazer isso?

— Depois de receberem mandados judiciais, vão.

— Vai me contar os nomes quando os conseguir?

— Não.

— Já tem o relatório da balística? — perguntei e contei cinco segundos de novo.

— As três vítimas levaram um único tiro na cabeça de uma nove milímetros — disse Parisi. — Duas balas estavam danificadas demais para fazer uma comparação e a bala intacta não combinou com nada no arquivo. Sem encontrar cartuchos na cena, não há como saber se usaram mais de uma arma.

— O sósia de Maniella foi baleado com uma pistola calibre 25.

— É isso mesmo.

— Isso não nos diz nada.

— Não — disse ele. — Talvez sejam atiradores diferentes. Pode ser o mesmo atirador com armas diferentes.

— Já pode soltar os nomes dos três merdinhas mortos? — perguntei.

— Os irmãos Winkler, Martin e Joseph, e sua prima Molly Fitzgerald.

— Parte do clã Winkler de Pawtucket?

— É. Os dois têm ficha. Voyeurismo e abuso sexual quando menores. Estelionato e tráfico quando adultos. Molly estava limpa.

— O que mais você conseguiu? — perguntei e esperei que ele pensasse na resposta.

— Os vizinhos disseram ter visto cinco ou seis pessoas entrando e saindo do apartamento nas últimas semanas.

— Então, dois ou três cineastas de snuff ainda estão à solta?

— Parece que sim.

— Soube alguma coisa das três crianças encontradas no apartamento?

— Além do fato de que elas foram repetidamente estupradas?

— Ah, merda.

— A menina — disse Parisi — era uma garota de 10 anos que fugiu de casa em Woonsocket em setembro passado. Um dos meninos era o de 9 anos que desapareceu indo da escola para casa em Dighton há duas semanas. O outro menino é outra história totalmente diferente.

— Hein?

— A mãe é viciada em heroína. Alegou que o filho de 8 anos foi sequestrado do buraco deles em Central Falls no mês passado, mas ela nunca deu queixa do desaparecimento.

— Esquisito.

— Ah, é mesmo.

— O que ela disse quando você a apertou?

— Sustentou a história por algumas horas antes de amarelar e contar ter vendido a criança por quatro papelotes e trezentas pratas em dinheiro.

— Jesus!

— Pois é.

— Ela identificou o comprador?

— Só o que temos é uma descrição genérica... Homem branco, altura mediana, cabelo castanho, sem marcas visíveis. Mostrei a ela fotos dos Winkler, mas ela estava doidona demais para fazer uma identificação.

— Ela sabia para que o comprador queria a criança?

— Disse que não. Acho que não se importava muito.

— Você a acusou?

— Com tudo o que podemos pensar. Átila quer *enterrá-la* em uma prisão.

— Me arruma uma pá — eu disse — e darei uma mãozinha nisso.

38

A Espada de Deus chegou em picapes — da Ford, Chevy e duas da Toyota. A maioria já estava ali às nove da manhã, quando parei o Secretariat no estacionamento de cascalho na Herring Pond Road ao norte da cidadezinha de Harrisville. Parei ao lado de um Chevy Silverado vermelho com um adesivo no para-choque: "Controle de Armas Significa Usar as Duas Mãos."

Era uma manhã clara de domingo. A capa de neve absorvia a luz do fraco sol de inverno, ampliando-a, e a jogava de volta no ar. O efeito era ofuscante. Peguei meus óculos escuros no painel, coloquei-os e vi os membros da congregação saindo de seus carros e cumprimentando-se com sorrisos, abraços e apertos de mão.

A igreja era um posto de gasolina Sinclair convertido, as duas ilhas onde antes ficavam as bombas agora só calombos em paralelo na neve. O brontossauro verde que era marca registrada foi arrancado do telhado e deixado onde tinha caído. Em seu lugar, havia uma cruz de madeira simples. Na frente, uma daquelas placas portáteis com letras intercambiáveis fora instalada na caçamba de um enferrujado Dodge anos 1960 que provavelmente fora rebocado. A placa dizia:

Igreja Batista Espada de Deus
Sermão de Hoje:
A Bênção das Armas

Os homens e adolescentes que pisavam a neve para a porta da igreja portavam uma variedade de armas longas. Vi rifles de assalto militares, rifles de caça com miras e duas espingardas. Algumas mulheres também carregavam rifles. Para não ficarem de fora, as crianças, algumas de apenas 5 ou 6 anos, levavam o que pareciam ser espingardas de ar comprimido.

Peguei minha Nikon no estojo, baixei o vidro da janela e tirei umas fotos — só para o caso de decidir escrever sobre aquilo. Depois, peguei a arma de meu avô no porta-luvas, segurei por um momento e coloquei no lugar. Na improvável eventualidade de problemas, eu teria de enfrentar armas demais para que esta me servisse de alguma coisa; e a 45 não precisava de bênção. Já fora banhada no sangue de minha família.

Quando passei pela porta, a maioria dos paroquianos já estava sentada em cadeiras de metal dobráveis arrumadas em filas retas no piso de concreto sujo de óleo. Contei 42 pessoas no total. Uma delas eu conhecia, um jovem numa atitude exagerada, cruzando uma cartucheira no peito numa tentativa de se misturar. Ele me olhou nos olhos e virou a cara. Não vi um órgão nem um coro.

Sentei-me no fundo assim que o reverendo Crenson passou pela porta do que devia ser o escritório da oficina. Estava de preto e carregava em diagonal ao peito o que parecia um mosquete da Revolução Americana. Pousou o cano enferrujado no púlpito de carvalho, que parecia ter sido resgatado do auditório de uma escola.

— Bem-vindos, irmãos e irmãs, à casa de Deus — disse ele, pronunciando a palavra de modo que saía "DE-uus". Ergueu as mãos com as palmas para cima, ordenando a congregação a se levantar, e os liderou numa versão desafinada e vigorosa das cinco estrofes de "Onward, Christian Soldiers". Os porcos de Scalici deviam cantar isso melhor, mas a praia deles era de baladas dos anos 70. As cadeiras dobráveis fizeram barulho quando os integrantes da congregação voltaram a se sentar.

A ordem do serviço lembrava o que se pode ver em qualquer igreja batista: hino, invocação, oração pastoral, oblação, doxologia, hino, leitura das escrituras, hino, sermão, bênção, hino de encerramento. Mas o conteúdo era bem diferente.

— Irmãos e irmãs — começou o reverendo Crenson —, já souberam das notícias perturbadoras? O abominável pornógrafo ainda caminha entre nós. O anjo vingador enviado pelo Todo-Poderoso destruiu um dos discípulos do demônio, mas seu trabalho ainda não se completou. Baixem a cabeça e orem comigo pela morte de Salvatore Maniella.

Ele parou, olhou seu rebanho, baixou os cotovelos no púlpito e uniu as mãos em oração.

— Senhor, se for de Vossa vontade, asfixiai esta besta cruel e condenai-a ao fogo do inferno. E, aproveitando o ensejo, Senhor, se não for incômodo demais, eu vos rogo, eliminai também a vida de nosso presidente mestiço. Em nome de Jesus, nós rogamos. Amém.

Li sobre os pregadores de direita rezando pela morte de Barack Obama. Uma coisa é ler sobre isso. Ver pessoalmente era muito diferente. Meu rosto era uma máscara, escondendo a repulsa.

O reverendo Crenson abriu seu sermão com uma declaração de que a constituição dos Estados Unidos teve inspiração divina — "tão sagrada como documento quanto qualquer livro da *BÍ-bli*-aa". Isso fez com que eu me perguntasse por que um documento de inspiração divina precisou receber 37 emendas, mas o pregador logo me respondeu. As emendas também foram escritas "sob a mão orientadora de *DE*-uus". Parecia-me improvável que a Décima Oitava Emenda, que estabeleceu a Lei Seca, e a Vigésima Primeira, que a revogou, tivessem sido divinamente inspiradas, mas não era hora nem lugar para discutir este assunto.

O resto do sermão consistia em um alerta de que a Segunda Emenda, que parecia ser a preferida do reverendo, sofria ataque dos liberais, socialistas, comunistas, homossexuais e "um presidente socialista que quer tirar nossas armas para nos escravizar".

Depois, veio a parte que havia me levado ali:

— Senhor, temos fé de que não colocastes nossos filhos na terra para serem presas fáceis dos filhos de Satã. Obrigado por nos dar a coragem de nos defendermos e a nossas famílias e a lutarmos pelo que é direito. Com alegria, agradecemos ao Senhor por nos proporcionar as ferramentas para tanto. Abençoai nossas armas, oh, Senhor, e firmai nossas mãos para que nossa mira seja certeira. Em nome de Jesus, Amém.

Enquanto os membros da Espada de Deus pegavam suas armas e saíam, o reverendo Crenson ficou na porta e pegou cada um deles num abraço. Quando foi a minha vez, ele pegou minha mão direita nas duas mãos, curvou os lábios num sorriso, agradeceu pela minha presença e insistiu para que eu voltasse.

39

Dois dias depois, Fiona foi tomar o café da manhã comigo no Charlie.

— Conseguimos os nomes dos pedófilos pelos provedores da internet — disse ela —, e um deles se encaixa no perfil.

— O perfil?

— É. Ele é uma merda de padre.

— Ah, cara.

— O padre Rajane Valois de Fond du Lac, Wisconsin.

— Quem são os outros? — Peguei um bloco no bolso e tomei nota enquanto ela matraqueava os nomes, idades e cidades natais de cinco homens de meia-idade de Fort Worth, Texas; Naples, Flórida; Cape Girardeau, no Missouri; Andover, Massachusetts; e Edison, em Nova Jersey.

— Já foram presos?

— Todos são de fora do estado — disse ela —, então temos de entregar o caso ao FBI. Deve levar umas duas semanas até que façam alguma coisa.

— Os nomes ficarão em sigilo até que façam?

— Sim. Não quero dar a dica aos filhos da puta. Depois disso, me faça um favor e torne-os famosos.

— Farei isso. É uma grande matéria. A AP vai pegar e passar para a rede nacional. Os pervertidos vão ler sobre eles mesmos nas primeiras páginas dos jornais de suas cidades.

— Que bom — disse ela.

— Acha que há uma ligação entre os crimes de Chad Brown e a batida de pornografia infantil da polícia de Providence na Colfax Street há alguns meses?

— Deve haver. Quer dizer, quais são as chances de haver duas fábricas de pornografia infantil em nosso pequeno estado? Para mim, os Winkler administravam suas operações da Colfax Street, de algum modo se safaram quando foi feito o flagrante e transferiram tudo para o Chad Brown.

— É como eu penso também.

— É claro que não temos certeza — disse ela. — Os policiais de Providence estão irritados porque Parisi os atropelou, então não nos contam nada.

— Não me parece que o nome do dr. Charles Wayne tenha aparecido em nada disso.

Isso a sobressaltou.

— Algum motivo para aparecer?

Então, contei a ela o que soube, deixando de fora McCracken e Peggi.

— Seria legal se pudéssemos dar uma olhada no computador da casa dele — eu disse.

— Seria, mas não podemos. Não há causa provável para um mandado.

Ficamos totalmente calados enquanto Charlie vinha completar nossos cafés. O silêncio se prolongou quando ele se arrastou de volta à chapa. Provavelmente nós dois pensávamos a mesma coisa: não tínhamos uma pista de quem estava por trás dos crimes do Chad Brown. Os pedaços de corpos na criação de porcos ainda eram um beco sem saída. E não sabíamos por que o sósia de Sal fora assassinado. Só estávamos tropeçando no escuro.

Rompemos o silêncio ao mesmo tempo.

— Não poderíamos encontrar alguma ligação? — perguntei, enquanto Fiona dizia: "E se estiver tudo relacionado?"

— Parisi não vai especular — eu disse.

— Mas nós vamos — retrucou ela.

Então, começamos um *brainstorming*, soltando nossas ideias que ficaram quicando pelo crânio durante semanas.

— Uma guerra entre pornógrafos rivais? — sugeri.

— Talvez. Os desgraçados do Chad Brown tentaram matar Sal, então ele os matou.

— É claro que os desgraçados podiam trabalhar para Sal.

— Neste caso — disse Fiona —, talvez Arena e Grasso os tenham matado para acertar as contas da questão das boates.

— Mas e se isso tudo for obra da Espada de Deus? — perguntei e comecei a dar a ela um resumo do sermão de domingo.

— Eu soube disso tudo — ela me interrompeu. — Parisi plantou um agente disfarçado na congregação para ficar de olho neles.

— Jimmy Ludovich — eu disse.

— Como sabe disso?

— Eu o vi lá no domingo.

Bebi o café que esfriava, tal qual minha investigação.

— Tem alguma coisa sólida sobre as contribuições ilegais de campanha dos Maniella? — perguntou Fiona.

— Ainda não.

— É nisso que você deve se concentrar. Você é repórter, não policial. Não cabe a você investigar homicídios.

— Você deve ter razão.

Ela pegou a xícara de café, descobriu que estava fria, bateu na mesa e suspirou.

— Então ainda não chegamos a parte alguma com isso — disse ela.

— Só podemos ter certeza de uma coisa — eu disse —, de que os pedaços de corpos na fazenda de Scalici vieram da fábrica de filmes snuff do Chad Brown.

— Não, não podemos — disse ela. — Não podemos ter certeza de nada.

40

No Natal, eu não tinha nada melhor para fazer, então me ofereci para dobrar de turno na editoria local de novo. Editei o boletim anual de acidentes de trânsito do feriado de Natal — uma família de cinco eliminada numa colisão com um limpa-neve — e estava rolando pela rede nacional da AP, quando uma história de Fond du Lac, Wisconsin, chamou minha atenção.

O padre da paróquia de St. Agnes da Igreja Católica Romana celebrara a missa da meia-noite na véspera de Natal, mas não apareceu na missa da manhã de Natal. Alarmado, o clérigo foi procurar por ele, achou a porta dos fundos do presbitério arrombada e chamou a polícia. Dois patrulheiros chegaram prontamente e descobriram que o lugar fora saqueado. Encontraram o padre morto em sua cama. O padre Rajane Valois fora executado com um único tiro na cabeça, por trás.

Pensei em ligar para Parisi para ver se ele sabia da notícia, mas *era* Natal. Imaginei que podia esperar um dia. Vinte minutos depois, a voz de Jimmy Cagney gritou de meu celular: "Você nunca vai me pegar vivo, tira!"

— Feliz Natal, capitão.

— Não tão feliz em Fond du Lac, Wisconsin.

— É mesmo?

— Um padre morreu baleado em alguma hora no início desta manhã.

— O padre Rajane Valois — eu disse.

— Sabia disso?

— Li na rede da AP.

Uma demora de cinco segundos, depois:

— Acabo de receber um telefonema do chefe de polícia de Fond du Lac. Disse que descobriram cem vídeos de pornografia infantil no computador pessoal do padre.

— Isso não me surpreende — eu disse.

— Ah?

— Ele era um dos nomes que você conseguiu dos provedores de internet — eu disse.

— E como diabos sabia disso?

— Uma fonte.

— Meu Deus! A investigação vaza feito o *Titanic*.

— Agora sabemos por que os assassinos de Chad Brown baixaram todos aqueles e-mails — eu disse.

— Parece que sim.

— Como acha que conseguiram o nome do padre pelo provedor de internet?

— Provavelmente pagaram a alguém — disse Parisi. — Um suborno é tão bom quanto um mandado.

— Melhor. Não precisa esperar ser assinado por um juiz.

— Eles devem ter os outros cinco nomes também — disse Parisi.

— Uma lista de alvos — eu disse.

— Tirou daqui. Liguei para o FBI esta manhã, mas ninguém de serviço hoje sabe nada do nosso caso. Se o FBI não agir logo, talvez terminemos com mais cinco merecidas mortes.

— Justiceiros — eu disse.

— Ou bons samaritanos armados.

Depois de desligarmos, tentei me lembrar do que eu sabia sobre Fond du Lac. Só o que me veio à mente foi que tinha mais ou menos o tamanho de Providence e que Edward L. Doheny, magnata do petróleo de origem irlandesa, nasceu lá. Doheny foi a inspiração para o fictício Daniel Plainview, o gênio do mal interpretado por Daniel Day-Lewis em *Sangue negro*.

41

Três dias depois, o repórter policial alegou doença, então fiquei com os informes da polícia — uma dezena de parágrafos curtos e sem sentido sobre furtos de bolsas, invasões, acidentes de carro e abuso sexual. Alguns minutos depois de eu começar, Lomax estava junto a minha mesa com um impresso de computador na mão. Olhou-me feio e leu em voz alta:

> John Mura, 24, da Chalkstone Avenue, 75, foi acusado de assalto ontem depois que quatro adolescentes que passeavam com seu cão dinamarquês o viram trepando pela janela de um apartamento na Zone Street, 21. Mura disse à polícia que ele teria escapado se não fosse por aquelas crianças xeretas e seu cachorro.

— Exato — eu disse.

— Não pude deixar de notar que você não citou Mura diretamente — disse Lomax.

— Eu parafraseei.

— E por que isso?

— Porque, segundo a polícia de Providence, suas exatas palavras foram "aqueles viadinhos e a porra do vira-lata deles".

— E eu detecto, em sua paráfrase, uma alusão a *Scooby-Doo*?

— Não sei — eu disse. — Detecta?

Um canto de sua boca se curvou num arremedo ruim de sorriso.

— Até gosto um pouco desse, então vou rodar — disse ele —, mas vou ficar de olho em você.

Eu estava folheando minhas anotações sobre o crime do Chad Brown, tentando ver se tinha deixado passar alguma coisa, quando Johnny Rivers me interrompeu com sua versão de "Secret Agent Man", meu toque de celular para McCracken.

— E aí? — perguntei.

— Sabia que Vanessa Maniella comprou um antigo depósito na West Warwick seis semanas atrás? — perguntou o detetive particular.

— Não. Sua fonte é boa?

— Um corretor conhecido fechou o negócio.

— Onde fica exatamente?

— Na Washington Street. Antigamente era um depósito de móveis. Quando faliu, os irmãos Cunha fizeram um brechó por lá durante algum tempo.

— O que ela está fazendo com o lugar?

— Não sei. Outra boate de strip, talvez.

— É muito espaço para uma boate de strip. Já esteve lá?

— Não. Só pensei que podia ser material para você.

Naquela mesma tarde, fui a West Warwick para ver. O depósito era uma construção de três andares e tijolos aparentes espremida entre uma estamparia e uma casa de penhores. Uma placa de "Descontos de 50% nos Móveis", quase ilegível de tão desbotada, estendia-se na frente do prédio entre as janelas do primeiro e do segundo andar. Uma placa de "Brechó Fabuloso dos Cunha", mal escrita e pintada à mão em uma tábua de compensado do tamanho de uma porta de celeiro, estava pregada por três janelas do segundo andar. Todas as janelas estavam escuras, mas havia outros carros estacionados em frente ao prédio. Um deles era o Hummer preto de Sal Maniella. Os outros, Fords e Toyotas baratos, pareciam a alguns poucos quilômetros do ferro-velho.

Parei ao lado do Hummer, saí e vi por que as janelas do depósito estavam escuras. O vidro fora pintado de preto por dentro. Subi a escada de concreto esfarelado até a porta da frente e experimentei o ferrolho. Estava trancado e não havia campainha. Bati na tinta verde descascada com o punho até ouvir passos pesados. A porta foi aberta por um grandalhão usando um coldre de ombro por cima de uma camiseta verde e branca dos Celtics com o número cinco de Kevin Garnett.

— Mulligan? Mas o que está fazendo aqui? Este lugar é secreto.

— Não é mais — eu disse.

— O sr. Maniella não vai gostar disso.

— Ele vai superar. Mas então, o que *você* está fazendo aqui, Joseph? Cansou de expulsar bêbados na Tongue and Groove?

— Fui promovido.

— A quê?

— Guarda-costas.

— Os dois ex-SEALs não bastam?

— Esses caras são bons pra cacete, mas nem sempre estão por aqui.

— Eles saíram da cidade, é?

— É. Viajaram há alguns dias e só vão voltar no fim de semana.

— Queria ter uma palavrinha com Sal — eu disse.

— O que o faz pensar que ele está aqui?

— O carro dele está lá na frente, Joseph.

— Ah, é. Eu disse a ele que devia estacionar nos fundos. Espere aqui e vou ver se ele vai falar com você. — Ele bateu a porta na minha cara.

Eu estava vendo um número alarmante de gralhas se reunirem nos fios de telefone do outro lado da rua, quando a guitarra de abertura de "Bitch" começou a tocar. Eu não via Keith Richards na vizinhança imediata, então peguei o celular no bolso e abri.

— Seu!
Filho!

Da!

Puta!

— E uma boa tarde para você também, Dorcas.

— Hoje é meu aniversário, babaca.

— Quer que eu cante os parabéns?

— Ainda sou sua esposa, sabia? Podia ter me mandado uma merda de cartão.

— Já viu seu e-mail hoje?

— O quê? Não. Peraí um minutinho — disse ela, mas agora Joseph abria a porta.

— Feliz aniversário, Dorcas. Tenho de ir.

Joseph me conduziu a um vestíbulo com paredes verdes descascadas e um piso de madeira lascada. Uma lâmpada nua ardia em um soquete pendurado pelos fios no teto. Na nossa frente havia uma nova porta de aço com uma tranca eletrônica. Joseph martelou uma série de cinco números. Consegui pegar quatro. Ele girou a maçaneta e me levou para dentro.

Ali, uma jovem de terninho verde-musgo estava sentada atrás de uma mesa de vidro em formato de rim, decorada com uma foto da família em um porta-retrato e uma orquídea rosa num vaso de cerâmica. Fotos antigas da paisagem de Rhode Island, a maioria há muito desaparecida, estavam em molduras de bordo granulado no novo revestimento interno da parede. A tinta off-white era tão fresca que eu sentia seu cheiro.

— Sente-se, por favor — disse ela. — O sr. Maniella o receberá em breve.

Arriei num sofá de couro vermelho — provavelmente melhor do que qualquer coisa que esteve neste lugar quando era uma loja de móveis com desconto — e Joseph se sentou a meu lado numa espreguiçadeira que fazia conjunto.

— Onde conseguiu a arma? — perguntei.

— O sr. Maniella me deu.

— Uma Glock 17?
— Igual à dos outros guarda-costas.
— Pente de 17 cartuchos, né?
— É. Muito mais poder de fogo do que a porcaria de Remington Arms que tenho em casa.
— Tem porte?
— Já dei entrada.

O telefone da mesa bipou. A recepcionista atendeu, ouviu por um momento, desligou e disse:

— O sr. Maniella o verá agora. — Ela tocou alguma coisa na mesa e estalou uma tranca na porta de aço à direita. Joseph e eu nos levantamos e passamos por lá.

A nossa esquerda, suportes enferrujados de lâmpadas fluorescentes, todas apagadas, pendiam sobre um piso de madeira arranhado, ladeado de filas de vitrines de compensado improvisadas que ficaram dos tempos de brechó do prédio. A nossa direita, duas luzes de estúdio num tripé assomavam sobre uma cama desfeita em um set montado para parecer um quarto de hotel cinco estrelas. Joseph continuou andando e eu o segui, passando por outro set, este montado como uma sala de massagens. Numa mesa de massagem, frascos de óleo brilhavam numa prateleira que também tinha um sortimento impressionante de vibradores.

O terceiro e último set tinha paredes cor-de-rosa com cartazes do mais recente filme da série *Crepúsculo*. Havia um imenso urso de pelúcia ao pé da cama. Pilhas de lingerie feminina estavam espalhadas pelo chão. O quarto de uma adolescente. Uma loura bonita e jovem que não devia pesar mais de cinquenta quilos — talvez só 45, com os implantes — estava de quatro no lençol rosa e novo da cama. Vestia o uniforme de *cheerleader* da Hope High School, com a blusa puxada para cima, mostrando os mamilos e a saia virada expondo o traseiro. Um cara mais velho com uma câmera portátil se aproximava para pegar a saliva pingando de seus lábios enquanto ela chupava um pênis negro e grande de um sujeito sorridente de vinte e poucos anos. Um jovem com outra câmera portátil apontava para um enorme falo branco, enquanto seu dono o umedecia com lubrificante e metia, com certa dificuldade, no reto da garota. Os olhos dela se arregalaram e ela soltou "hmmmm", fingindo gostar. O falo branco me viu olhando e piscou. Acenei para ele. Dwayne Carter, um cara desajeitado e resmungão que cuidava do posto Shell da Broadway em Providence, me ajudara a colocar o Secretariat para rodar havia anos.

Passamos na ponta dos pés pelo set e fomos até uma porta de carvalho em uma parede off-white nova. Joseph bateu de leve e uma voz grave trovejou, "Entre". Joseph abriu a porta, deu um passo para o lado, gesticulou para eu entrar e a fechou suavemente às minhas costas. Na sala, as paredes eram decoradas com cartazes de cinema da década de 1970, quando os longas-metragens pornôs eram exibidos em salas por todo o país: *Debbie Does Dallas*, *Flesh Gordon*, *Garganta profunda*, *The Opening of Misty Beethoven*, *Babylon Pink*, *O diabo na carne de Miss Jones*. Maniella estava sentado atrás de uma enorme mesa de cerejeira. Podia ter estacionado o Hummer nela e ainda sobraria espaço para uma orgia lésbica de universitárias. Ele se levantou e atravessou o carpete ferrugem recém-instalado para me cumprimentar, pegando minha mão nas suas.

— Mulligan — disse ele. — É bom te ver. Sente-se, por favor, e fique à vontade.

Afundei numa poltrona de couro preto, com a nuca a centímetros das tranças louras de Marilyn Chambers, a estrela americana da fantasia de curra de Mitchell Brothers de 1972, *Atrás da porta verde*. Na frente do sofá, cinco prêmios AVN, o Oscar dos pornôs, numa mesa de centro com tampo de vidro imaculado.

— Quer beber alguma coisa? — perguntou Maniella ao abrir um frigobar e olhar o que havia ali dentro.

— O que você tiver.

Ele pegou uma garrafa de Evian, serviu seu conteúdo em dois copos de cristal, passou-me um e se sentou a meu lado.

— Está gostando das memórias de Grant? — perguntou ele.

— Quase terminei o primeiro volume, e me surpreendeu de verdade.

— Mas por quê?

— Não sabia que ele escrevia tão bem.

— Sim, sua prosa é extraordinária. Ele foi um grande general também. Pena que não tenha sido um presidente melhor.

— Então — eu disse ao olhar a sala —, gostei do que fez com o lugar.

— É uma obra em andamento.

— Transferindo suas operações para cá?

— Só parte delas. Pode me dizer como nos encontrou?

— Este estado é pequeno, Sal. É difícil guardar segredo de uma coisa dessas.

— É verdade, mas talvez por ora isto deva ficar só entre nós.

— Não sei, não — eu disse. — A abertura de um estúdio de cinema é matéria para a seção de negócios.

— Sei.

— Mas eu não escrevo na seção de negócios.

Sal sorriu e estava prestes a dizer alguma coisa, quando a porta se abriu e uma negra de cintura estreita e peitos imensos entrou de rompante. O homem mais velho que vi com a câmera no set de filmagem entrou atrás dela.

— Eu *disse* a esse filho da puta que *não* faço anal! — gritava a mulher. A não ser pelos saltos altos, ela estava inteiramente nua.

— Então não devia ter concordado em rodar uma cena intitulada *Ação anal* — gritou o cara.

— Muito bem, acalmem-se todos — disse Sal. — Evidentemente, houve um mal-entendido. Doreen, ninguém vai obrigá-la a fazer o que não a deixa à vontade.

— Pode *ter certeza* disso — disse ela.

— Estaria disposta a fazer a cena se pagássemos um adicional de cinco mil dólares? — perguntou ele.

— De jeito nenhum, Sal.

— Muito bem, então. — Sal esfregou o queixo e pensou por um momento. — Chet, por que não mudamos o título para refletir a característica mais atraente de Doreen? Talvez possamos chamar de *Peitos negros* ou coisa assim. Doreen, algum problema em Dwayne ejacular em seus mamilos?

— Posso fazer isso — concordou ela.

— Ótimo. Agora, voltem ao trabalho. E Chet, por favor, feche a porta quando sair.

— Atores — eu disse quando a porta estalou, fechando-se. — Sempre reclamando do tamanho do camarim, da marca da água mineral com gás, ou de alguém tentando meter alguma coisa no rabo deles.

— A história de minha vida — disse Sal.

— Então, me diga, como estão os negócios?

— Fracos.

— É mesmo? Pensei que a pornografia fosse à prova de recessão.

— Ela é — disse ele. — O problema não é este.

— O que é, então?

— Quer mesmo saber?

— Quero.

— Em off?

— Claro.

— Então, deixa eu te contar a história.

— Tudo bem.

— Vi você olhando meus cartazes antigos.

— É difícil não ver.

— São da década de 1970, quando Cecil Howard, os irmãos Mitchell, Howard Ziehm e Gerard Damiano faziam filmes pesados de longa-metragem. As pessoas iam ao cinema para ver. Eles atraíam a turma da capa de chuva, claro, mas alguns caras iam com as namoradas.

— Foi o que me contaram — eu disse. — Na época, eu usava fraldas.

— O vídeo mudou tudo isso — disse Sal. — Quando puderam alugar ou comprar videocassetes, as pessoas preferiam ver pornografia em casa. Mas a indústria ainda faz filmes de longa-metragem. Empregamos roteiristas. Nossos filmes têm tramas. E então a pornografia chegou à internet e as coisas mudaram de novo.

— E como?

— A capacidade de concentração ficou menor. Ninguém ligava mais para as tramas. Os filmes de noventa minutos praticamente desapareceram. Ainda rodamos alguns por ano, mas não dão mais dinheiro. Só os fazemos para manter nosso respeito próprio.

Meia dúzia de observações inteligentes passaram por minha cabeça, mas decidi guardar todas para mim.

— Os DVDs de trinta e sessenta minutos que os substituíram eram só compilações de cenas de sexo de dez minutos que podiam ser cortadas e coladas separadamente em sites pagos da internet — disse Sal. — Por acaso, eles eram longos demais. Os caras só viam a primeira penetração, avançavam para a ejaculação e pulavam para o vídeo seguinte.

— Mas era lucrativo — eu disse.

— Muito.

— E o que deu errado?

— O mercado ficou inundado. Câmeras de vídeo baratas e portáteis facilitaram para qualquer idiota rodar um pornô. O número de sites pagos explodiu. Estourou uma guerra de preços. Antigamente cobrávamos 45 dólares por mês por uma assinatura em um de nossos sites. Agora estamos pedindo 19,95 e mesmo assim é difícil manter as pessoas pagando.

— Por quê?

— Porque nossos vídeos são pirateados. As pessoas fazem download deles e os postam em centenas de sites de compartilhamento de pornografia, onde qualquer um pode ver de graça.

— Como acontece com a música.

— Exatamente. Mas ficou pior. Agora os caras estão rodando vídeos deles mesmos transando com as esposas gordas e as namoradas esquálidas e postando online. — Sal me olhou e meneou a cabeça. — Nunca imaginei que as pessoas mostrariam essas coisas aos outros.

— Parece que você está num negócio moribundo — comentei.

— Não penso assim. Ainda há gente por aí que quer ver mulheres bonitas fazendo sexo e quer que seus vídeos tenham foco e sejam bem iluminados. Ainda há um mercado para nosso produto, mas as margens são menores, então temos de manter o custo baixo.

— E por isso você abriu um estúdio aqui.

— É isso mesmo. O aluguel é mais barato e os atores que recrutamos aqui trabalham por menos. No sul da Califórnia, competíamos com a Vivid, a Digital Playground e uma dezena de outros estúdios pelo melhor talento, então tínhamos de pagar de três a cinco mil às garotas por cada cena de sexo. Aqui, elas recebem mil pratas e agradecem por isso.

— E os homens?

— No Valley, ganham de quinhentos a oitocentos por cena — disse ele. — Aqui pagamos duzentos e eles ficam tão felizes com a chance de trepar com garotas como Doreen, que provavelmente trabalhariam até de graça.

— Sabe o que isso tudo me lembra? — perguntei.

— O setor dos jornais?

— É. Os agregadores pirateiam nossas notícias, os leitores não querem pagar por algo que podem ter de graça e continuamos cortando custos para nos manter à tona.

— Mas com uma grande diferença.

— Qual?

— A pornografia vai sobreviver. — Sal esfregou a cara e me olhou por um momento. — Quanto tempo mais acha que o *Dispatch* vai aguentar?

— Não sei. Talvez uns dois ou três anos.

— E o que vai fazer então?

— Não faço ideia.

— Pensaria em trabalhar para mim?

— Fazendo o quê?

— Você é especialista em desencavar informações complicadas — disse Sal.

— Foi o que me disseram.

— Eu podia empregar alguém como você.

— Que tipo de informação procura?

— Isto é algo a ser discutido depois que aceitar o emprego.

Pensei em perguntar de novo a Sal sobre os crimes de Chad Brown, mas achei melhor não dizer nada. Ele já me dissera que só sabia do que lera no jornal. Se não estava envolvido, esta devia ser a verdade. Se *estivesse* envolvido, não iria me contar.

Disse a Sal que ia pensar na oferta dele. Apertei sua mão e estava saindo, quando encontrei Vanessa no corredor.

— Papai lhe ofereceu aquele emprego? — perguntou ela.

— Sim.

— Vai aceitar?

— Não sei.

— Pois devia. Você fica bem na frente de uma câmera.

— Ah, Deus, não!

Ela jogou a cabeça para trás e riu.

— Brincadeirinha — disse ela e se afastou. Virei-me e a vi entrar na sala do pai.

Continuei pelo corredor, passei pela porta para a sala externa e a achei vazia. A recepcionista tinha encerrado seu dia ou talvez tivesse saído para fumar. Passei pelo carpete bege e pela porta de aço até o vestíbulo verde descascado. Depois parei, pensei por um segundo e decidi empregar uma daquelas técnicas de reportagem investigativa que não se ensinam na Columbia. Voltei-me quando a tranca da porta de aço se fechava num estalo. Apertei os quatro primeiros números no teclado eletrônico, chutei o quinto e acertei na quarta tentativa. Na mesa da recepção, encontrei o botão que destrancava a porta interna, entrei e voltei de mansinho à sala de Sal. Do lado de fora da porta, eu só podia distinguir as vozes.

— Quando isso aconteceu? — perguntou Sal.
— Há umas duas horas — disse Vanessa.
— Onde?
— Pawtucket.
— Filho da puta — disse Sal. — Não acabou.

Depois, o telefone tocou. Sal atendeu e começou a discutir com alguém sobre o preço de uma nova câmera de vídeo. Andei pelo corredor na ponta dos pés e fui para o *Dispatch*.

Eu tinha acabado de entrar na redação, quando Lomax me pegou pelo braço e me entregou um impresso de uma matéria assinada por Mason:

Julia Arruda, de 9 anos, da Maynard Street, 22, em Pawtucket, foi raptada às 15:15 de hoje e continua desaparecida.

A polícia de Pawtucket informou que a menina era aluna de Potter Burns Elementary School e que brincava com amigos na frente da escola, quando foi atingida no rosto por uma bola de neve e decidiu ir para casa. Assim que pisou na calçada, um furgão parou e a porta traseira se abriu. Um homem de máscara de esqui preta saltou, agarrou e arrastou a menina para dentro. A melhor amiga de Julia, Karen Rose, também de 9 anos, correu atrás do furgão e anotou a placa na neve, segundo a polícia.

Vinte minutos depois, a polícia encontrou o furgão abandonado em uma transversal a 800 metros do local. Na véspera, tinha havido uma queixa de roubo de uma revendedora na Harris Street perto de South Attleboro.

42

Na terça-feira ao amanhecer, agentes do FBI deram batidas em casas em Fort Worth, no Texas; Naples, Flórida; Cape Girardeau, no Missouri; Andover, Massachusetts, e Edison, em Nova Jersey. Prenderam cinco homens de meia-idade e apreenderam seus computadores. Na quinta-feira, os cinco foram formalmente acusados de posse de pornografia infantil, soltos sob fiança enquanto aguardam julgamento e demitidos de seus empregos. Segundo Parisi, os cinco foram avisados de que as acusações poderiam ser o menor de seus problemas — que alguém nas ruas poderia querer matá-los.

Logo depois do meio-dia na sexta-feira, Charles H. Gleason, da Carmello Drive, 43, em Edison, esperava no sinal vermelho na esquina da Lincoln Highway com a Plainfield Avenue, quando alguém dirigindo um Buick Regal roubado parou ao lado dele, abriu o vidro do carona e disparou três tiros de uma Springfield XdM nove milímetros. De acordo com a Associated Press, os policiais encontraram o Buick abandonado a alguns quilômetros do campus da Universidade Rutgers. A arma, roubada de uma loja de armas em Providence um mês antes, estava debaixo do banco do motorista. A esposa de Gleason, referindo-se a seu finado marido como "o pervertidozinho ridículo", disse à AP que ele ia dar entrada nos benefícios do seguro-desemprego do estado.

Eu não me importava. Tinha um encontro.

43

Eu gostava de ir a Boston para ver os jogos. O Secretariat tinha decorado o percurso para o Fenway Park e o Garden e sabia me deixar em algumas biroscas pelo caminho. Os bares na Yawkey Way sempre serviam exatamente o que eu precisava — fritas com queijo, fanfarrões divertidos e o ocasional torcedor dos Yankees ou dos Knicks que entrava no lugar por engano. Eu não costumava me incomodar com o resto da cidade. Providence tinha todos os problemas que eu podia suportar e era pequena o bastante para caber no meu bolso.

Cambridge, ao norte de Boston, era um lugarzinho esquizofrênico: casas medíocres e pequenos comércios familiares intercalados com restaurantes pretensiosos e intelectuais. O centro da cidade era áspero o bastante para me lembrar de casa.

Enquanto Yolanda e eu íamos à Central Square para a leitura de poesia de Patricia Smith, eu apontava tudo de que não gostava.

— Outra Starbucks — eu disse pela quarta vez. — Outro grill com um "e" no fim. E outra shop com um "pe" a mais no fim. Ou o pessoal por aqui não conhece a própria língua, ou entramos num universo alternativo.

Ao volante de seu Acura, Yolanda meneava a cabeça e ria, e eu sentia minha respiração se prender em alguma coisa.

— MIT e Harvard significam dinheiro — disse ela. — O que você esperava?

O Cantab Lounge ficava no meio de uma quadra que me animou um pouco. Embora tivesse um daqueles horripilantes restaurantes cheios de samambaias, também havia uma pizzaria que vendia fatias gordurosas e um 7-Eleven com cachorros-quentes antigos girando em grelhas — *cuisine* para os *connoisseur* bêbados da madrugada.

Pegamos uma vaga atrás do bar e andei atrás de minha acompanhante, vendo em cheio a paisagem. Yolanda metera uma camisa masculina azul por dentro de um jeans desbotado. No bolso traseiro direito, havia um logo familiar — True Religion. Eu não me considerava um homem de rezar, mas...

— Mulligan, vamos, a apresentação vai começar logo. O que está fazendo aí atrás? — Levantei a cabeça e vi Yolanda sorrindo para mim sob a pala do boné dos Chicago Cubs. Ela estava tão linda, que eu já decidira perdoá-la pelo boné.

Ela finalmente concordou em ir comigo porque realmente queria ouvir a leitura de Patricia, não queria ir sozinha e não encontrou ninguém que gostasse de poesia. Sua regra de sempre estava em vigor: só estamos indo juntos, e não para *ficar* juntos.

Abrimos a porta do Cantab e fomos recebidos pelo cheiro de uísque barato e fritura velha, o som de corações partidos na *jukebox* e uma escuridão que agradava aos bêbados. Antes que meus olhos se adaptassem, eu mal conseguia distinguir os homens que deviam estar colados nas banquetas desde o café da manhã.

Seguimos um fluxo de pessoas por uma escada estreita até o porão, onde marcaram o início da leitura de poesia para 15 minutos depois. O clima ali sugeria um otimismo que não havia no primeiro andar. O ambiente era cortado por luzes coloridas. O palco era só uma pequena área que abriram na frente do salão. Um DJ tocava músicas que pareciam o murmúrio de tambores.

Encontramos banquetas no bar, as últimas que restavam. Yolanda pediu vinho branco. A garçonete, uma garota de voz grave chamada Judy, abriu a tampa de uma garrafa verde e serviu liberalmente num copo de plástico. Eu queria cerveja, mas pedi club soda.

— Sei por que este lugar se chama Cantab — eu disse.

— Por quê? — perguntou Yolanda.

— Na Inglaterra, um morador de Cambridge era chamado de cantabrigian. E também os alunos da Universidade de Cambridge. E aqui estamos em Cambridge, Massachusetts.

— E como sabe disso?

— Procurei no Google hoje de manhã, enquanto pensava num jeito de impressionar você.

O salão ficou tão apinhado, que as pessoas se sentavam no chão ao lado do palco e na escada que levava aos toaletes. Estávamos nos aproximando do risco de incêndio e Yolanda já me parecia meio suada. Eu sentia sua coxa contra a minha.

— E onde está minha poetisa preferida? — gritei. Era difícil ouvir.

— Quantos poetas você lê realmente?

— Depende.

— Do quê?

— Se o dr. Seuss conta.

Yolanda riu de novo e minha coxa tremeu um pouco.

— Olha a Patricia ali — disse ela.

Segui seus olhos a um canto perto da frente do salão, onde uma mulher cor de chocolate autografava um livro fino de poemas. Reconheci seu sorriso pela contracapa de seus livros, mas não estava preparado para o resto dela, que ficava bem de calça preta e uma blusa de seda azul com estampa afro. Ela levantou a cabeça bem a tempo de me ver olhando, veio diretamente a nós e deu um forte abraço em Yolanda. Ver as duas emaranhadas daquele jeito lançou minha mente a todo tipo de lugares extravagantes.

— Não sabia que vocês se conheciam — eu disse. — Imaginei que Yolanda só conhecia seu trabalho, e ela deixou que eu pensasse assim.

Patricia me olhou com curiosidade.

— Meu nome é Mulligan. Sou o brinquedo da srta. Mosley-Jones. Patricia olhou para Yolanda. Depois para mim. Depois para Yolanda de novo.

— Nos sonhos dele — disse Yolanda, e as duas riram.

Ninguém me disse que teríamos de sofrer com algo chamado "open mic", que consistia em uns caras lendo poemas sobre seus gatos, poemas sobre seus orgasmos, poemas sobre os orgasmos de seus gatos e poemas que diziam sem parar que o poeta tinha raiva, amor, tesão ou os três. E então chegou a hora do evento principal.

Ouvir Patricia era mais hipnótico do que ler. Os poemas, jazzísticos e cheios de jogos de linguagem, abalaram minhas emoções. Eu não ficava perto das lágrimas desde que fui obrigado a abrir mão de meu cachorro. O cachorro também não ficou muito emocionado com isso.

Quando a leitura acabou, eu só queria ir a um lugar com Yolanda e conversar sobre o que ouvimos. De preferência, a casa dela. De preferência, na horizontal. Mas, primeiro, comemos hambúrgueres na casa das samambaias. Penei com uma garçonete de nome Ariel, fritas que pareciam cadarço de sapato com salsa no prato. Yolanda e eu falamos da poesia de Patricia e ela sugeriu nomes de outros poetas que poderiam me agradar. Esqueci-me prontamente de todos.

A volta para Rhode Island demorou demais, embora nem tanto quanto eu gostaria. Ouvimos Buddy Guy, John Lee Hooker, Koko Taylor e Tommy Castro. Não falamos muito, mas era um silêncio agradável. Pelo menos, metade dele. Senti o suor escorrendo por minha camisa.

Enfim, chegamos à casa de Yolanda, onde o Secretariat esperava como uma sentinela junto ao meio-fio, do outro lado da rua. Eu torcia para que ele ficasse esperando mais um tempo ali. Talvez até de manhã.

Acompanhei-a até a porta. Ela segurou minha mão em parte do caminho, depois rompeu o contato.

— Foi ótimo, Mulligan. Eu me diverti muito. Você combina muito bem com a cultura. — Ela pegou as chaves de casa na bolsa e destrancou a porta.

— Yolanda?

Ela se virou e me olhou nos olhos.

— Eu quero te beijar.

— Eu sei.

Ela me olhou como se eu fosse um cachorrinho que ela decidira não adotar. Depois, entrou e fechou a porta como tanta suavidade, que não ouvi o ruído da tranca.

44

Na manhã seguinte, acordei pensando em Yolanda. Eu precisava parar com minha obsessão por ela e colocar a cabeça no trabalho. A polícia não chegava a lugar nenhum. Nem eu. Claramente estávamos deixando alguma coisa passar, mas eu não sabia o que era, nem onde encontrar.

Sem saber o que fazer, decidi dar outra olhada em Sal Maniella. Ele saiu do esconderijo porque, como ele próprio colocou, "algo precisava de minha atenção". Ele me ofereceu um emprego porque, de acordo com ele, eu era "especialista em cavar informações complicadas". E o que é que o ouvi dizer na tarde do rapto em Pawtucket? Ah, sim. Ele disse: "Filho da puta. Não acabou."

Sal sabia mais do que dizia, e eu tinha a sensação de que ele aprontava algo mais do que filmes obscenos.

Repassei as possibilidades mentalmente, enquanto descarregava a arma do meu avô. Eu duvidava de que Sal estivesse envolvido no negócio de pornografia infantil, mas parecia que ele estava de olho nisso. Se o interesse dele não era nos negócios, talvez fosse pessoal. Recoloquei a arma na caixa e devolvi ao seu lugar de honra na parede. O que quer que Sal estivesse aprontando, não havia motivo para pensar que mandaria o Camisa Preta e o Camisa Cinza atrás de mim de novo.

Na redação, passei a manhã usando cada motor de pesquisa que conhecia para investigá-lo online. Não achei muita coisa e tive poucas novidades. Depois do almoço no Charlie, atravessei o rio Providence a pé até o tribunal de tijolinhos e procurei por ele no catálogo que lista os números de sumário de cada caso criminal processado no estado nos últimos 15 anos. Nada. Depois, verifiquei o catálogo de casos cíveis e soube que ele foi processado algumas vezes (disputas de pagamento com três funcionários, um processo conjugal por traição e um escorregão e queda na escada de sua casa) e que ele processou algumas pessoas (um fabricante numa disputa por um equipamento de vídeo com defeito, um empreiteiro que fez um trabalho porco no telhado de sua casa e um vizinho que ele acusara de envenenar seu cão). Não tive ajuda nenhuma ali. Para fazer o serviço completo, chequei também Vanessa e acabei com nada.

E agora? Decidi tentar outro tiro no escuro.

Os registros policiais e do serviço social envolvendo crianças devem ser confidenciais, mas nada realmente é, se você conhecer as pessoas certas. Num estado tão pequeno, um bom repórter conhece quase todo mundo. Telefonei para Dave Reid, ex-editor assistente do *Dispatch*. Ele fugiu do setor em ruínas seis anos atrás e entrou para o departamento de polícia na cidadezinha de Smithfield, que inclui o vilarejo de Greenville, onde os Maniella moravam havia anos.

— Amanhã às sete da manhã está bom para você? — perguntou ele.

— Claro — respondi, embora fosse pavorosamente cedo. Assim, às sete em ponto, entrei na sala do subdelegado e coloquei um exemplar do *Dispatch*, dois cafés grandes e uma caixa contendo um sortimento de Dunkin' Donuts em sua mesa espetacularmente limpa.

— Donuts? Sério? — perguntou ele. — Pensei que você odiasse clichês.

— Se não comer, como eu — eu disse, então abri a caixa e peguei o donut melado de geleia que eu estivera cobiçando.

— Tem certeza de que Vanessa Maniella passou toda a infância em Smithfield? — perguntou ele.

— Tenho. A família era dona de uma casa perto da represa Stillwater antes de construírem sua Versalhes no Waterman Lake.

— Você entende que não posso lhe dizer nada oficialmente — disse ele.

— Claro que não pode.

— Então, nunca tivemos esta conversa, está bem?

— Que conversa?

— Nossos registros no computador não vão tão longe. Terei de ver os arquivos e já posso te adiantar que é uma bagunça... Tem muita coisa perdida ou fora de lugar.

— O que você puder fazer — eu disse.

Ele se levantou, pegou seu copo de café na mesa, pegou outro donut na caixa e disse:

— Espere aqui.

Bebi meu descafeinado horrível diluído em leite, cravei os dentes em um donut de limão e me acomodei com o jornal. O Departamento de Polícia de Pawtucket pedia ao público que desse pistas da garota desaparecida, um sinal claro de que eles não tinham para onde ir. Três homens de máscara de esqui invadiram a assembleia legislativa, dispararam tiros de alerta com suas metralhadoras Heckler & Kock 5,56 milímetros, quebraram uma vitrine na frente do gabinete do governador, enfiaram o conteúdo em bolsas de lona de lavanderia e saíram com o antigo jogo de chá de prata Gorham que um dia adornou a mesa do capitão do navio de guerra USS *Rhode Island*. E os Celtics, com Garnett ainda manco de um joelho operado, levavam uma sova em suas viagens pela Costa Oeste. Quando Reid voltou, eu me reduzira à leitura de obituários, alguns dos quais eu mesmo redigira. Ele me olhou e meneou a cabeça.

— Ah, merda.

— Desculpe — disse ele. — Não quer dizer que ela nunca tenha sofrido maus-tratos. O arquivo pode estar desparecido. Ou talvez nunca tenham dado queixa.

— Pode ser — eu disse. — Maniella é o tipo de cara inclinado a lidar sozinho com uma coisa dessas.

— Não diga — disse Reid. — Por que não fala com minha irmã mais velha, Meg? Ela foi enfermeira da escola por 35 anos; e não diga a ela que eu contei, mas ela é bem enxerida. Posso ligar e dizer a ela que você está a caminho.

Meia hora depois, Meg me conduziu a sua sala do tamanho de um armário, dirigiu-me a uma cadeira de metal dobrável desconfortável e me fez esperar vinte minutos enquanto atendia a um grupo que alegava doença e mascava chicletes, reclamando de dor de barriga. Quando terminou, sentou-se a sua mesinha de metal e bateu palmas por cima do risque-e-rabisque de papel.

— Se aconteceu algo assim, eu nunca ouvi falar — disse ela. — Antes de você chegar, liguei para minhas amigas Mary e Sylvia. Elas trabalharam uma eternidade no sistema. Mary era enfermeira do fundamental e Sylvia foi orientadora no ensino médio antes de se aposentarem no ano passado. Nenhuma das duas ouviu nem um sussurro sobre isso.

— Sei.

— Tem certeza de que é verdade? — perguntou ela, parecendo meio sem fôlego.

— Se tivesse, não estaria perguntando a você — eu disse. — Só estou jogando verde.

— Jogando verde?

— É. É o que eu faço. Sondo, faço muitas perguntas e, de vez em quando, fico sabendo de alguma coisa.

— Mas não estaria perguntando sobre isso se não tivesse certeza de que existe alguma coisa, não é?

— Não.

— Sei — disse ela. Com muita frieza, pensei. — Bom, lamento não poder ajudar.

Eu agradeci e saí.

Já fazia uma semana que eu não fumava um bom charuto — ou um ruim, aliás. Então coloquei Memphis Slim no CD player do Bronco e acendi um Cohiba. Ao voltar para o *Dispatch*, imaginei Meg sentada a sua mesa, equilibrando sua ética profissional com a alegria de espalhar um boato maldoso por toda a cidade.

Allegra Morelli não era nada parecida com a irmã mais velha. Rosie media um e oitenta; Allegra tinha um e sessenta e cinco. Rosie era expansiva; Allegra era retraída. Rosie era linda de morrer; Allegra era comum como um saco de compras. Rosie era ambiciosa; Allegra se acomodou aos malabarismos de um sem-número de casos de sofrimento na Unidade de Serviço de Proteção Infantil do estado. E a maior diferença: Allegra estava viva; Rosie estava morta.

— Me dê uma hora para checar os arquivos e te telefono depois — disse Allegra.

— Tenho uma ideia melhor. Por que não me encontra no restaurante da Kennedy Plaza e eu te pago o almoço?

Duas horas depois, entrei e a encontrei a uma mesa sozinha, estava sentada empoleirada como um passarinho nervoso na beira do banco de vinil vermelho. A bolsa preta estava na mesa a sua frente e ela a agarrava com as duas mãos, como se tivesse medo de que alguém tentasse arrebatá-la.

Allegra e eu havíamos adquirido o hábito de conversar por telefone de tempos em tempos para falar sobre Rosie, mas eu não a via desde o enterro e me sentia mal por isso. Sentei-me de frente para ela.

— É bom te ver. Obrigado por vir.

— Eu acho que não devia — disse ela. — Ser vista com um repórter pode me criar problemas.

— Eu sei.

— Mas Rosie ia querer isso.

— Meu Deus, sinto tanta falta dela — eu disse.

— Eu também.

— Já fez seu pedido?

— Não. Estava esperando por você — disse ela, então acenei para Charlie e ele se aproximou.

— O que posso lhe trazer, senhorita?

— Uma salada verde pequena, por favor, com molho italiano à parte.

— Alguma coisa para beber?

— Um copo de água.

— Um hambúrguer e uma xícara de descafeinado para mim, Charlie — eu disse. Ele assentiu e se afastou.

— E então, Allegra — eu disse —, o que descobriu sobre os Maniella?

— Nada — disse ela. — Se um deles sofreu maus-tratos quando criança, não há registro nenhum.

— Oh. Bom, obrigado por verificar.

— Claro.

— E as três crianças que foram resgatadas da fábrica de pornografia infantil no Chad Brown?

— Se vai colocar no jornal, não posso falar sobre isso.

— Não vou. Só estava me perguntando como estariam passando.

— Duas delas voltaram para a casa dos pais. Acho que recebem cuidados psiquiátricos, mas não estão no sistema, então não temos arquivos.

— E o menino de 8 anos que foi vendido pela mãe viciada em drogas?

— Ele está a cargo de minha amiga Tracy — disse Allegra —, então eu tenho a história toda. O nome da criança é Phillip. Phillip Bowen. Foi colocado num abrigo de menores em North Kingstown e vai ficar aos cuidados de pais adotivos até que a mãe saia da cadeia, o que não vai acontecer tão cedo, pelo que eu soube.

— Quando a cretina vir a luz do sol de novo — eu disse —, Phillip já será adulto.

Charlie baixou nossos pedidos na mesa com uma barulheira de pratos e talheres. Allegra comeu sua salada. Cheirei o hambúrguer.

— Tracy disse que as lesões físicas de Phillip estão se curando — disse Allegra —, mas sua saúde emocional é outra história. Ele vai a um psicólogo uma vez por semana, mas isso vai levar muito tempo.

— Imagino que sim.

— Mulligan?

— Hmmm?

— Esse trabalho que Tracy e eu fazemos deixa a gente endurecida, sabia?

— Eu sei.

— E Tracy sempre foi durona. Mas ela nem consegue falar de Phillip sem chorar.

Eu não tinha resposta para isso, então terminei meu café e peguei a conta.

— Pode ficar um pouco mais? — perguntou Allegra. — Achei que talvez a gente pudesse falar um pouco da Rosie.

45

Mason, relaxado e muito bronzeado, apareceu em meu cubículo na manhã de terça-feira e largou uma sacola de compras na mesa.

— Um presente — disse ele.

Estendi a mão e peguei uma camiseta preta. Tinha uma prancha de surfe azul na frente e as palavras "Surfin' Malibu U.S.A." nas costas.

— Ora, obrigado, Valeu-Papai — eu disse. Isto viria bem a calhar se eu decidisse lavar o Bronco. — E como foi?

— Ótimo — disse ele. — Aluguei uma casa perto da praia. Conheci umas garotas que adoram se divertir. E tive aulas de surfe com um ex-campeão mundial que me chamava de "brô".

— O que mais?

— Não conte a ninguém — disse ele —, mas fiz uma tatuagem. — Ele tirou o paletó, colocou na divisória do cubículo, arregaçou a manga esquerda da camisa e mostrou a pequena tatuagem azul de um veleiro em uma parte vermelha do braço. — Tenho de esconder de meu pai — disse ele. — Ele vai odiar.

— A julgar pelo sorriso na sua cara — eu disse —, não acho que você tenha me contado a melhor parte.

— É verdade.

— E então?

— Vou te contar no jantar. Fiz uma reserva no Camille's para as oito da noite. Vamos comemorar.

O Camille's era o melhor restaurante italiano em Federal Hill e já era assim havia quase dez anos. Também foi ali que Vinnie Giordanno caiu de cara no prato de vôngole à Giovanni no ano passado, quando dois atiradores meteram uma bala cada um em sua cabeça.

— Não se preocupe, é por minha conta — disse Mason. — E só uma sugestão: talvez queira pular o almoço.

— Vou.

— Ah, e não se esqueça de usar paletó.

Mason reservou uma pequena sala de jantar privativa para a ocasião. Depois de olharmos o cardápio e fazermos nossos pedidos, escolheu uma garrafa de vinho de cem dólares para cada um de nós: algo chamado Antinori, Cervaro della Sala, Chardonnay, Umbria, para mim; Poliziano, Asinone, Vino Nobile di Montepulciano, para ele. Não sou de beber vinho, então imaginei que era uma boa hora para obedecer à ordem de meu médico. Pedi ao garçom para segurar o vinho e me trazer uma garrafa de San Pellegrino.

E a comida chegava sem parar.

Aperitivos: strudel portobello e camarão Santiago. Sopas: pasta e fagioli e escarola com vagem e presunto defumado. Saladas: scungilli e travessa de antipasto frio. Massa: linguine carbonara e rigatoni con formaggio affumicato. E, por fim, o prato principal: steak de vitela Giovanni para ele e um peixe-espada al cartoccio para mim.

Depois que serviram, o chef John Granata apareceu para apertar nossa mão e perguntar se estava tudo satisfatório. Garantimos a ele que estava. Minha úlcera não tinha lá muita certeza. Joguei dois comprimidos de omeprazol na boca e engoli com San Pellegrino.

Eu tentava conduzir a conversa para a grande notícia de Mason, mas ele não caía.

— Depois de jantarmos — disse ele e preencheu o espaço entre nós com um papo furado de surfe, Malibu e o estado lamentável da indústria dos jornais.

Consegui comer metade do que colocaram na minha frente. Mason, que tinha o corpo de um palito de picolé, limpou o prato. Se ele não fosse tão educado, eu pensaria que o lamberia. Pulamos a sobremesa e fomos direto às bebidas pós-jantar, conhaque para ele e descafeinado para mim. Depois que serviram, Mason bateu sua taça na minha xícara e bebeu.

— E então, Valeu-Papai, não acha que está na hora de me dizer o que estamos comemorando?

Mason entrelaçou os dedos na nuca, recostou-se na cadeira e disse:

— Consegui.

— Pode ser mais específico?

— Consegui 17 atores pornôs que podem ser citados.

— Ótimo.

— Eu sabia que você ia gostar.

— Eu ia gostar mais se você me dissesse *em que* eles seriam citados.

— Vou contar desde o começo — disse ele.

— Tudo bem.

— No início, não pensei que fosse dar certo. Os primeiros seis atores pornôs que localizei não quiseram falar comigo e a maioria foi muito grosseira. Um até me deu um murro.

— Foi assim que arrumou esse corte na boca?

— Não. Eu me abaixei e ele errou. — Mason colocou um dedo no corte em forma de meia-lua. — Este arrumei quando tomei um caldo e a prancha bateu em mim.

— E o que aconteceu depois?

— Em meu segundo dia no Valley, bati na porta de um pequeno bangalô rosa em Santa Clarita e uma loura muito bonita, de short e camiseta sem manga, me recebeu com um sorriso. Quando eu disse o que queria, ela não bateu a porta como os outros. Convidou-me a entrar e me ofereceu chá gelado.
— Qual é o nome dela?
— Seu nome verdadeiro é Frieda Gottschalk, mas há seis anos se chama Shania Bauer, desde que se mudou de Duluth para Hollywood para tentar fazer cinema.
— E como se saiu?
— Não muito bem. Depois de dois anos, desistiu e começou a fazer pornôs com os nomes de Peachy Butt e Sugar Sweet.
— Ela tem bundinha de pêssego?
— Se isso quer dizer o que penso, devo dizer que sim.
— Ela é doce como açúcar?
— Resisti ao impulso de provar.
— E o que ela lhe disse?
— Primeiro, mostrei a Frieda os registros indicando que ela contribuiu com cinco mil dólares para a campanha de reeleição do governador por três anos seguidos.
— Preferia que se referisse a ela como Peachy Butt.
— Por quê?
— Não é óbvio?
— Tudo bem. Peachy Butt confirmou que os registros eram corretos. Ela também reconheceu a contribuição de 2 mil dólares para nosso legislativo e o comitê judiciário do Senado. Quando perguntei por que fez as contribuições, ela disse que Sal Maniella mandou.
— Ela lhe disse onde conseguiu o dinheiro?
— Disse que Sal deu a ela.
— Ela sabia que isso era ilegal?
— Não disse. Esqueci de perguntar.

— Por que acha que ela lhe contou tudo isso?

— Ela disse que Maniella podou a lista de atores alguns meses atrás, quando abriu um estúdio novo em Rhode Island. Ela estava entre os demitidos e não ficou nada satisfeita com isso.

— Ela levou você a outros?

— A cinco deles, sim. Até telefonou para eles e disse que deviam falar comigo. Os cinco me levaram a outros e, no fim da semana, eu tinha 17 entrevistas *on-the-record*. Posso conseguir mais, mas imaginei que já era o bastante.

— Todos contaram a mesma história?

— Em grande parte, sim.

— Acho que não gravou as entrevistas.

— Gravei em vídeo com a câmera Sony que levei para documentar minhas férias.

— Eles não se importaram?

— De modo algum. Estavam muito acostumados a ficar diante de uma câmera.

— Ótimo trabalho, Valeu-Papai. Você está mesmo pegando o jeito. Não se esqueça do que é uma reportagem de rua quando pegar o grande cargo no escritório de canto.

— Não vou me esquecer.

— Depois que redigir isso, me deixe dar uma olhada antes de entregar a Lomax, está bem?

— Pode fazer isso amanhã. Já escrevi; acabei no avião.

— Que bom.

— Assinada pelos dois, né?

— Ora essa, não — eu disse. — Por que dividir o crédito quando você fez todo o trabalho?

— Não haveria matéria, se você não tivesse me apontado a direção certa — disse ele. — Acho que seu nome deve aparecer nela.

— Não precisa fazer isso.

— Mas eu quero.

— Você é que sabe — eu disse. — Lomax vai querer segurar a matéria até domingo e colocar na primeira página. Vai criar um estardalhaço danado.

Mas primeiro eu deveria prevenir algumas pessoas.

46

A empregada atendeu à campainha e me levou para a biblioteca, onde Sal Maniella esperava por mim. Encontrei-o sentado no sofá, admirando o autógrafo na contracapa de *007 contra o foguete da morte,* de Ian Flemming. Exemplares de *007 — Casino Royale*, *Moscou contra 007* e *007 — A serviço secreto de Sua Majestade* estavam abertos em leque na mesa de centro.

— Do leilão das Swann Galleries? — perguntei.

— Sim.

Eu tinha procurado os resultados do leilão online. A primeira edição autografada de *007 contra o foguete da morte* foi vendida por mais de cinquenta mil dólares.

Sentei-me ao lado dele e coloquei os dois volumes da biografia de Grant na mesa.

— Obrigado por me emprestar — eu disse.

— Não há de quê. Diga se houver mais alguma coisa que queira ler. Afinal, de que servem os livros se não se pode partilhá-los?

— Nunca tive a oportunidade de ler *007 contra o foguete da morte*, mas, se um dia tiver tempo, vou comprar uma brochura usada. Tenho medo até de respirar no seu exemplar.

— Não tenha — disse ele e o colocou nas minhas mãos. — Pode ler aqui, se quiser; não deve levar mais de algumas horas. Mas sei que entende por que prefiro que ele não saia desta casa.

— Claro.

— A propósito — disse ele —, eu pretendia falar com você sobre sua coleção de revistas pulp de detetive.

— As revistas que estavam nas caixas das quais você não sabia de nada?

— Essas.

— O que tem?

— Cuide especialmente da edição de junho de 1935 da *Black Mask*. Contém a primeira impressão de um conto de Raymond Chandler e, a não ser pela mancha de café na lombada, está em condições excelentes.

— Acho que está.

— Se um dia decidir vender, me informe. A última vendida em leilão foi arrematada por cinco mil dólares.

— Você será o primeiro que vou procurar — eu disse. O dinheiro me serviria bem, mas eu odiava a ideia de me separar dela.

— E então — disse ele —, por que queria me ver?

Eu contei.

Ele pegou a garrafa de cristal, serviu-se de uma dose de scotch e me ofereceu uma. Meneei a cabeça.

— Bom — disse ele —, isto certamente causará algum problema para o governador.

— Para você também, imagino.

— Não, na verdade, não. Yolanda vai alegar que sou culpado de infringir a lei de financiamento de campanha do estado e terei de pagar uma multa de quatro dígitos. Mas é claro que o comitê de campanha do governador terá de devolver o dinheiro e vou usá-lo para pagar a multa e ficar bem à frente do jogo.

— Vão devolver o dinheiro aos atores pornôs, não a você — eu disse. — Duvido que veja a cor dele.

— Excelente argumento.

— Quando a matéria sair, haverá muita pressão sobre o governador e o legislativo para criminalizar a prostituição — eu disse.

— Imagino que sim.
— Se conseguirem, vão arruinar o negócio de bordéis de Vanessa.
— Duvido muito disso.
— É mesmo?
— É.
— Por quê?
— Prefiro não dizer.
— A matéria vai sair no domingo, primeira página — eu disse. — Precisamos de uma palavra sua ou de Vanessa.
— Basta colocar um "sem comentários".

Entrei no Hopes, na esperança de encontrar Fiona à sua mesa de sempre. Em vez disso, ela estava numa banqueta no final do bar.
— Você parece exausta — eu disse.
— Estou. Passei a noite tentando reconfortar Daniel e Carla Arruda.
— Os pais da menina raptada em Pawtucket?
— É.
— Como eles estão se aguentando?
— Carla não para de chorar e de pedir a Deus para mandar sua garotinha para casa. Daniel já dá a filha como morta e quer derramar sangue; mas não sabe quem matar e isso o está enlouquecendo.

Eu não tinha nada a dizer sobre isso, então olhei o balcão por um momento.
— Aposto que vai querer ouvir uma boa notícia — eu disse.
— Tem alguma?
— Tenho — eu disse, depois contei a ela.
— Isso é incrível — disse ela. — Como descobriu?
— Não descobri. Foi o Valeu-Papai. — Depois, contei como ele conseguira.
— Muito inteligente — disse ela.

— Também acho.
— É claro que eles todos vão escapar ilesos — disse ela. — Maniella será multado e consegue dinheiro suficiente para pagar procurando debaixo das almofadas de seu sofá. O governador e os dois membros do comitê ficarão *chocados, muito chocados* com a origem das contribuições de campanha e devolverão o dinheiro. Mas os cretinos não se atreveriam a aprovar a lei antiprostituição agora. Se fizerem, vai parecer que todos foram comprados.
— E foram mesmo. Você estava certa o tempo todo.
— Brinde comigo — disse Fiona.
— Meu médico me aconselhou do contrário.
— Um vinhozinho vai fazer mal? Vamos lá, Mulligan. Tenho duas coisas para comemorar.
— Duas? Qual é a outra?
— Roma finalmente ponderou sobre meu, hmmm, problema.
— E?
— E é a política ou a Igreja. Me deram uma semana para decidir.
— Ah, merda.
— Eu não teria colocado melhor. — Ela jogou a cabeça para trás e riu.
— E o que vai fazer?
Fiona esvaziou a lata de Bud e a colocou no balcão. Tirou a aliança dourada do dedo e a ergueu diante dos olhos por um momento. Depois, deixou-a cair na lata vazia. Pegou a lata e a sacudiu, a aliança fez barulho, e, de repente, o sorriso malicioso de que eu me lembrava de duas décadas atrás tinha voltado.
— E o que me diz, Mulligan? Quer trepar?
— Hmmm... Hein?
— Não fique tão assustado — disse ela. — Só estou brincando. Além do mais, você não faz o meu gênero.
— Não?

— Não.
— E por quê?
— Consegue transformar o governador numa estátua de sal?
— Acho que não.
— Faz chover enxofre ardente sobre a Assembleia Legislativa?
— Só metaforicamente.
— Bom, aí está. — Ela soltou uma longa gargalhada, o som alegre, mas com um toque de histeria pelas bordas.
— Vai dar uma coletiva? — perguntei.
— Não. Pensei em te dar uma exclusiva. Pegue seu bloco e vou responder a suas perguntas.

E assim fiz. Mas eu já tinha um lide: o tinido de uma aliança de ouro batendo no fundo de uma lata de cerveja vazia.

47

O toque "Who Are You" interrompeu meu café da manhã.
— Só vou dizer isso uma vez — disse o interlocutor —, então, escute. — A voz estava abafada, um homem tentando disfarçá-la. De novo, a aspereza nela me lembrou Joseph, mas eu ainda não podia ter certeza.
— Você de novo — eu disse.
— Cala a boca e anota esse endereço: Harwich Street, 8. É H-a-r-w-i-c-h. entendeu?
— Perto do Blackstone Boulevard?
— É.
— Então deve ser Harwich Road.
— Tá, tá. Harwich *Road*.
— Um bom bairro — eu disse.
— Requintado pacas.
Joseph diria "requintado"? Ele saberia o que significa?
— Andou redecorando por lá, foi? — perguntei.
— Vai descobrir quando chegar lá. Mais uma grande matéria para você; então, mexa-se.

E foi o que fiz. Eu tinha tirado o Secretariat do estacionamento da Máfia na frente do jornal, quando o celular começou a tocar "Who Let the Dogs Out?".
— Oi, Peggi.
— Tem alguma coisa errada na casa do dr. Wayne — disse ela.
— O que quer dizer?

— Ele não veio trabalhar hoje de manhã. Faltou a um compromisso às oito com um grande doador, o que não é característico dele. Tentei seu celular e caiu na caixa postal, então liguei para a casa e um policial atendeu.
— Um policial?
— Sim.
— O que ele disse?
— Que o dr. Wayne não podia atender agora. Depois, me perguntou quem eu era e por que estava ligando.
— Ele disse o nome dele?
— Parisi. Capitão Parisi, da Polícia Estadual de Rhode Island.
— Onde o dr. Wayne mora, Peggi?
— Harwich Road, número 8.

A casa do dr. Charles Bruce Wayne era colonial, tinha dois andares e tijolos aparentes com cerca viva grossa em volta e uma cerca de ferro batido na frente. Três Crown Vics paisanos, duas viaturas da polícia de Providence e o rabecão do legista estavam estacionados na frente. Uma ambulância esperava na entrada, estacionada de ré, mas sem pressa aparente. Três mamães donas de casa e seus filhos da pré-escola estavam boquiabertos do outro lado da rua. Estacionei o Secretariat atrás de uma das viaturas e, enquanto saía, o patrulheiro O'Banion, da polícia de Providence, veio na minha direção. Não parecia feliz em me ver.
— Um bom dia para você, policial.
— Volte para seu Bronco de merda e dê o fora daqui — disse ele —, ou vou prendê-lo e chamar o reboque. — Minha matéria sobre ele roubar baseados do armário de provas da polícia de Providence já tinha seis anos, mas nós, irlandeses, sabemos guardar rancor.

— Enquanto estiver fazendo isso — eu disse —, por favor, diga a meu amigo Steve Parisi que estou aqui com informações pertinentes a este caso.

— E que informações seriam?

— Depois que eu der a Parisi, pode perguntar a ele.

O'Banion cruzou os braços, descansou-os no alto de sua pança e me olhou feio. Eu dei de ombros, peguei o celular e apertei a discagem rápida.

— Parisi.

— Bom-dia, capitão.

— Desculpe, mas estou meio ocupado agora.

— Eu sei. Estou na frente da casa.

— Ah, diabos. Quem deu a dica desta vez?

— Um anônimo.

Isso o fez parar.

— Não é o mesmo que deu a dica sobre os crimes do Chad Brown — disse ele.

— Parecia ele mesmo.

— Bom, fique aí até que eu possa pegá-lo, está bem?

— Se eu ficar, o policial O'Banion vai me prender e rebocar meu carro.

— Deixe-me falar com ele.

O'Banion ergueu uma sobrancelha, quando lhe entreguei meu celular. Ele o encostou no ouvido.

— Sim, senhor — disse ele algumas vezes e desligou. Depois, olhou feio para mim, recuou o braço como quem se acha um arremessador de beisebol e jogou o telefone na rua. Andei, peguei-o e espanei a neve dele. Ainda funcionava.

Fui para o volante do Bronco, recostei-me, abri um pouco a janela e acendi um Cohiba. Eu tinha terminado o charuto, quando dois paramédicos empurraram uma maca com um saco preto e reluzente de cadáver de dentro da casa e o colocaram na ambulância. O motorista não teve pressa. Levou alguns minutos para saborear seu cigarro antes de jogá-lo de lado, subir ao volante e sair. Quinze minutos depois, um perito do escritório de Tedesco saiu da casa, viu a guimba de cigarro, pegou com uma pinça e depositou num saco de provas transparente.

Já passava do meio-dia, quando Parisi saiu da casa. Baixei a janela do carona quando ele veio para o meu lado.

— Com fome? — perguntou.

— Estou.

— Pago — disse ele. Abriu a porta do carro, tirou uns jornais e copos de café vazios do banco do carona e entrou. — Vá para o centro e encontre uma vaga perto da prefeitura.

A ideia de Parisi de sair para almoçar era, na verdade, cachorro-quente e Coca-Cola no Haven Brothers, um dos mais antigos trailers de lanche da América. Uma imigrante de nome Anne Philomenna Haven o fundou em 1893 com dinheiro do seguro do falecido marido policial. Originalmente era uma carroça, mas ela relutantemente se juntou à era da combustão interna há cerca de noventa anos. Por mais tempo do que qualquer um podia se lembrar, o Haven Brothers fazia parte da rua perto da entrada da prefeitura. Por um tempo, diziam, o trailer conseguiu eletricidade ilegalmente da linha de força do prédio da prefeitura. De vez em quando, as autoridades municipais denunciavam que o lugar era uma monstruosidade e ponto de venda de drogas e tentavam fechá-lo. Sempre que faziam isso, clientes fiéis, que incluíam drogados, estudantes da Brown, motoqueiros, policiais, prostitutas, repórteres e o ex-prefeito Vincent A. "Buddy" Cianci Jr., vinham em seu resgate. Buddy recomendava o feijão, uma das coisas de que sentiu falta na prisão federal quando cumpriu pena por extorsão.

O Haven Brothers não tinha assentos, mas oferecia opções de acomodação aos comensais. Pode-se respirar o ar engordurado enquanto se come de pé em um espaço interno apertado e sujo perto da chapa, ou se pode levar a comida para fora e se juntar aos pombos perto da estátua equestre do general da Guerra Civil Ambrose Burnside no pequeno parque que traz seu nome. A maioria das pessoas prefere o parque, até quando chove. Parisi e eu atravessamos o que restava da neve e nos sentamos na base de concreto da estátua.

— Me fale do telefonema — disse ele.

— Foi muito parecido com o primeiro... Uma voz abafada me dando o endereço e dizendo que tinha uma grande matéria nele se eu chegasse lá primeiro.

— Mas desta vez não chegou.

— Não.

— Coloque o telefone no viva-voz e ligue para ele.

Tocou oito vezes e caiu numa mensagem gravada dizendo que a caixa postal não foi programada. Como da última vez.

— Como chegou à cena antes de mim? — perguntei.

Parisi levou cinco segundos para compor sua resposta.

— A mulher do bom doutor viajou, foi visitar a família. Ligou para o telefone de casa e o celular do marido várias vezes, não teve resposta e ficou preocupada. Lá pelas seis da manhã, telefonou para a polícia de Providence e pediu que dessem uma olhada.

— E eles *deram*?

— Sim. É o tipo de chamada que normalmente eles desprezam, mas Wayne era um cara importante e a família tem sido grande doadora dos eventos de caridade da polícia; então mandaram uma patrulha com dois homens à casa. Os policiais encontraram a porta dos fundos arrombada, pediram reforços, entraram antes que chegassem e encontraram Wayne arriado em sua cadeira na saleta. Levou um tiro na cabeça, por trás.

— Havia um computador na saleta?

— Um desktop.
— Alguma coisa interessante nele?
— Além do sangue e dos miolos de Wayne, quer dizer?
— É, além disso.
— Nenhum bilhete para você, se é o que quer saber.
— Nada na tela?
— Estava escura. Eu não queria mexer nela antes que os peritos terminassem de recolher evidências, mas eles já devem ter acabado.
— Se importa se eu for com você?

O rabecão do legista, dois Crown Vics da polícia estadual e uma das viaturas municipais ainda estavam estacionados na frente da casa, mas não havia furgões de TV à vista. Nossos repórteres de TV local ainda não tinham ouvido nada da história.

Parisi me levou para a porta dos fundos da casa, por onde entramos, o batente lascado onde um pé de cabra tinha feito seu trabalho. Atravessamos um pequeno corredor e passamos por portas francesas abertas a uma saleta ensolarada que fedia como a casa da morte do Chad Brown. Eu tinha visto cenas de assassinato o bastante para saber que os cadáveres costumam feder dos fluidos corporais expelidos, mas o cheiro acre de urina era estranhamente forte.

À nossa esquerda, havia estantes do chão ao teto repletas de grossos livros de medicina, alguns com o nome de Wayne na lombada. Bem à frente, plantas pendentes, a maioria em flor, penduradas no teto na frente de uma série de janelas com persianas. À direita, um técnico de laboratório passava um cotonete pela tela borrifada do desktop de Wayne.

— Acabou aqui? — perguntou Parisi.
— Com a coleta de evidências, sim — disse o perito —, mas tenho de desconectar o computador e levá-lo ao laboratório para que os nerds vejam o que tem nele.

— Tudo bem se eu der uma olhada primeiro?
— Desde que use luvas.

Parisi pegou um par de luvas de látex e tocou a barra de espaços do teclado. A tela do computador se iluminou, exibindo um vídeo congelado que era parcialmente visível pela sujeira do sangue. Nós nos olhamos e dissemos a mesma coisa: "Ah, merda." Depois, ele moveu o cursor para o play e clicou com o botão esquerdo.

48

— Jack Daniel's com gelo — disse Parisi.
— É para já — disse a garçonete.
— E prepare um duplo.
— Uma Killian's para mim — eu disse. Eu também precisava de uísque e meu estômago parecia melhorar; mas ainda não ia me arriscar a pegar pesado.

Tínhamos nos reencontrado no Hopes depois de ele terminar com o trabalho na cena de crime e eu mandar minha matéria. Estávamos agora sentados juntos a uma mesa nos fundos. Eram quase nove horas e o jogo dos Celtics com os Knicks em que eu fizera uma pequena aposta era exibido na TV atrás do bar. Um bombeiro de folga cujo apelido, Hose Hogan, nada tinha a ver com sua ocupação, colocou umas moedas na jukebox, e Lucille de B. B. King gritou com os acordes de abertura de "There Must Be a Better World Somewhere".

Olhávamos para as nossas mãos e esperávamos em silêncio que a garçonete voltasse com nossos pedidos. Examinei as marcas fibrosas no indicador e no dedo médio de minha mão esquerda, marcas de uma fratura exposta, da época em que os únicos vilões de minha vida eram os garotos que jogavam basquete para Syracuse e Georgetown. Depois, desviei o olhar aos dedos grossos e marcados de faca de Parisi e vi que os nós eram vermelhos e inchados, como se ele tivesse recentemente socado alguma coisa. Nenhum de nós levantou a cabeça quando a garçonete colocou as bebidas na mesa, mas nós dois nos viramos para ver sua bunda rebolar quando ela saiu gingando. Alguns hábitos nunca morrem.

Éramos inimigos naturais, repórter e policial, mas estávamos nos dando muito bem nos últimos tempos. Agora tentávamos decidir o quanto devíamos contar. Pegamos nossos copos e bebemos com vontade. Depois, olhamos as bordas e nos fitamos nos olhos. Perguntei-me se eu parecia tão assombrado quanto ele.

— Reconheceu a menina? — perguntou ele.
— Era Julia Arruda.
— Você colocou o nome dela na matéria?
— Ora essa, não — eu disse. Tomei outro bom gole de cerveja.
— Vai contar sobre isso aos pais dela?
— Nem na outra encarnação.
— Pelo menos, não a mataram — eu disse.
— Talvez estejam guardando para depois.

Secamos os copos e eu gesticulei para a garçonete trazer mais dois.

— Capitão?
— Hmmm?
— Você está péssimo.
— Você também.

Algo zumbiu no bolso da camisa dele. Ele tirou dali um smartphone.

— Parisi — disse ele e ouviu com atenção. — Ah, droga. Bom, continue trabalhando nisso e ligue imediatamente se conseguir alguma coisa.

— Má notícia? — perguntei.
— Estamos fodidos. O computador de Wayne é protegido por senha. O perito da cena de crime o desplugou, levou ao laboratório e, quando ligou de novo, não conseguiu passar pelo protetor de tela.

— Ligue para ele e diga que a senha é Cavaleiro das Trevas.

— Como é que você sabe disso?
— Os repórteres sabem de todo tipo de coisas.
Ele me encarou feio, depois deu o telefonema.
— Conner? É Parisi. A senha é Cavaleiro das Trevas... Pouco importa como eu sei. Digite... Ótimo. Ligue-me assim que souber o que mais tem nele.

Ele desligou, secou o uísque, viu meu copo quase vazio e gesticulou para a garçonete trazer outra rodada.

— Vai ter de me dizer como soube disso — disse ele.
— Fonte confidencial — eu disse —, mas deixa ver se ela vai falar com você.

Peggi atendeu no terceiro toque.
— Oi. É o Mulligan.
— É verdade mesmo? O dr. Wayne morreu?
— De onde tirou isso?
— Passou alguma coisa no noticiário das seis na TV.
— É verdade.
— Alguém deu *um tiro nele*?
— Sim, alguém deu.
— E sabem quem foi?
— Não, ainda não.
— Isso tem alguma relação com as coisas ruins que você disse que ele podia estar fazendo?
— Acho que sim.
— Ai, meu Deus!
— Pois é.
— Eu nunca conheci ninguém que tivesse levado um *tiro*.
— Você está bem?
— Meio abalada, mas, sim. Estou bem.
— A polícia já conversou com você?
— Não.
— Vão falar com quem o conhecia e você estará no topo da lista.

— Tudo bem.
— Estou com o capitão Parisi, da polícia estadual, aqui mesmo.
— Aquele que atendeu ao telefone quando liguei para a casa?
— Esse mesmo. Ele quer saber como soubemos a senha do computador do dr. Wayne, mas não quero envolver você sem a sua permissão. Acha que pode contar a ele sobre isso?
— Vou ficar encrencada?
— Não, acho que não.
— Tudo bem, então — disse ela, então passei o celular a Parisi. Ele ouviu por uns instantes, fez algumas perguntas e desligou.
— Estamos quites agora? — perguntei.
— Nem tanto.
— Por quê?
— Ela contou que você disse a ela que Wayne podia estar envolvido em uma coisa ruim.
— Disse mesmo.
— E de onde tirou *isso*?
— Não posso contar.
— Outra fonte confidencial?
— É.

Sustentei seu olhar por dez segundos, depois peguei o telefone, liguei para o celular de McCracken e ouvi tocar cinco vezes antes de cair na caixa postal.

— Ele não está atendendo — eu disse. — Vou tentar de novo amanhã e ver se ele está disposto a falar com você.
— Acha que estará?
— Acho que sim.

Recostamo-nos em nossas cadeiras e terminamos as bebidas.

— Mais uma, capitão?
— É melhor não. Vou dirigir até a delegacia.

Ele largou uma nota de vinte na mesa e estava prestes a se levantar, quando seu celular zumbiu de novo.

— Parisi... É mesmo? Quantos?... Mais alguma coisa?... Bom, continue procurando — disse ele, e desligou.

— Novidades? — perguntei.

— Pode-se dizer que sim. Os técnicos encontraram mais de duzentos vídeos de pornografa infantil no computador de Wayne.

— Algum é de filme snuff?

— Ainda não sei. Os técnicos ainda estão procurando, os pobres coitados.

Ficamos em silêncio e olhamos os copos vazios.

— Capitão?

— O quê?

— Tem alguém com quem possa conversar sobre tudo isso?

— Estive conversando com você, não foi?

— Na verdade, não.

Seus ombros arriaram. De repente, ele parecia menor.

— Não sou muito de falar — disse ele.

— Nem eu.

— Acho que posso conversar com o psiquiatra do departamento, se realmente precisar.

— Não vai fazer mal — eu disse.

— E você, Mulligan? Tem alguém com quem possa conversar?

— Pra falar a verdade, tenho.

Larguei algumas notas por cima da dele e saímos do bar para uma noite amargamente fria. Ele entrou em seu Crown Vic e foi para a delegacia, seu trabalho apenas começava. Entrei no Secretariat e fui para o Cemitério Swan Point para conversar com Rosie.

49

Na manhã de sexta-feira, Lomax tirou do canto de minha mesa uma embalagem de sanduíche de café da manhã do McDonald's e um copo de café vazio, largou-os num cesto de lixo, sentou-se no lugar que acabara de limpar e leu o impresso do obituário que eu tinha acabado de remeter.

Raymond "Pisser" Massey, 46, da Plainfield Street, 102, um fanfarrão imprudente e fã entusiasta de "Jackass", morreu subitamente na noite de quarta-feira, depois de viver mais do que esperava e o dobro do que merecia. Suas últimas palavras foram: "Ei, Shirley! Olha só isso!"

— Muito bom, né? — perguntei.
— Não, não é — disse Lomax.
— Não?
— É inadequado.
— Acho que captei o homem com perfeição. Era assim que Pisser queria ser lembrado — eu disse, pronunciando seu nome à moda de Rhode Island: "Pissá".
— Mas é assim que a família quer se lembrar dele?
— Tenho de pensar que sim. Obtive a maior parte das informações com a mãe e as irmãs.
— É mesmo?
— É.

— Hmmm.

— Então, podemos deixar assim?

Lomax franziu o cenho, tirou os óculos, limpou as lentes na barra da camisa, recolocou-os e leu em silêncio o obituário do começo ao fim.

— Tudo bem — disse ele. — Vamos deixar assim. Tire a parte de ele viver o dobro do que merecia. É crítico demais.

— Tudo bem.

— E retire o apelido. De jeito nenhum vou publicar "Pisser". "Mijão" já é demais.

— Vou tirar.

— E tire as referências ao hábito de urinar em público.

— Tem certeza? Pisser tinha muito orgulho de sua capacidade de mijar seis metros no ar.

— Não me importa. Tire.

— Tudo bem. Você é o chefe.

Ele assentiu rapidamente e saiu, deixando-me satisfeito com minha campanha para tornar a seção de obituário mais interessante. Passava do meio-dia, quando terminei os obituários do dia e apontei Secretariat para a cidadezinha de Warren, na margem da baía.

— E quem atirou nele? — perguntou McCracken.

— Não foi você, foi? — perguntei.

— Não — disse o detetive particular —, mas não pretendo mandar flores para seu enterro.

— Então, tem de ser a mesma pessoa do tiroteio na fábrica de filmes snuff do Chad Brown.

— E seus clientes no Wisconsin e Nova Jersey? — perguntou ele.

— Acho que sim.

— A polícia estadual tem alguma ideia de quem são os atiradores?

— Nem uma pista.
— E você? — perguntou ele.
— Estou começando a ter um palpite.
— Quer contar?
— Ainda não.
— Como será que os atiradores sabiam que Wayne estava metido nisso? — perguntou McCracken.
— Era o que eu também me perguntava. Você falou de suas desconfianças com mais alguém?
— Não. E você?
— Ninguém — menti.

McCracken rodou a cadeira giratória e examinou as fotos emolduradas dos astros do basquete do Providence College na parede. Voltou-se para mim e mudou de assunto:

— Já pensou na minha proposta de vir trabalhar comigo?
— Estive pensando, sim.

Ele olhou o relógio.

— Vamos. Vou te pagar o almoço e vamos conversar. — Então fomos ao Jack's, na Child Street, e debatemos a ideia comendo mexilhões.

— Pelo andar da carruagem, você deve ganhar oitenta paus no primeiro ano — disse McCracken.
— Tudo isso?
— Arrã.
— Mais do que ganho agora — eu disse.
— É, soube que o jornal reduziu todo mundo a uma semana de quatro dias.
— Mais do que eu ganhava antes disso — respondi.
— É mesmo?
— Bem mais.
— Ai.
— E qual o seu plano de saúde? — perguntei.

— Não leve um tiro.
— Odontológico?
— Não leve um tiro na boca.
— Aposentadoria?
— Compre bilhetes de loteria.
— Bons planos. E política de licença-paternidade?
— Não tenha filhos.
— Acho que isso cobre tudo — eu disse.
— Que tal?
— Eu adoro ser repórter.
— Sei disso.
— Mas o jornal está falindo.
— É o que sempre ouço.
— Não consigo me ver trabalhando na TV.
— Claro que não. Você não é tão bonito.
— Nem tão burro — eu disse.
— Talvez possa criar um blog ou coisa assim.
— Conhece alguém que viva disso?
— Não.
— Nem eu.
— Me diga de novo do que gosta no jornalismo — disse ele.
— Gosto de meter meu nariz na vida dos outros — eu disse. — E gosto de contar a todos de Rhode Island o que descobri.
— Como investigador particular — disse ele —, ainda estará metendo o nariz na vida dos outros, mas terá de ficar de boca fechada depois.
— Metade do prazer pelo dobro do dinheiro — eu disse. — Não é uma troca ruim.
— Quer ficar um pouco mais no *Dispatch*?
— Acho que sim.
— Então vamos rever isto daqui a alguns meses — disse ele. — Não há pressa.

— Obrigado. — Antes de ir embora, lembrei-me de perguntar se ele conversaria com Parisi. Ele disse que sim.

Já passava das três, quando peguei a estrada para Providence. Eu estava na Wampanoag Trail e "Bitch" começou a tocar no celular. Deixei cair na caixa postal, mas ela ligou outras três vezes em dois minutos, então parei no acostamento e peguei o celular no bolso da calça.

— Mulligan.

— Oi. É a Dorcas.

— Sei quem é.

— Como você está?

— Bem.

— Tem certeza? Estive lendo suas matérias sobre todos os assassinatos. Deve ser horrível para você.

Dorcas sendo civilizada? Essa era nova.

— Ei — eu disse —, isso me mantém na primeira página.

— Acho que já é alguma coisa.

— É.

— Bom... Hmmm, tenho uma coisa para te dizer.

— Sim?

— Estou vendo alguém.

Vendo alguém? Deve significar que ela finalmente está indo a um psiquiatra. Para ser legal comigo, só pode estar tomando remédios pesados.

— Quem? — perguntei.

— O nome dele é Doug e ele é um amor. E me trata como uma rainha.

Oh.

— Que bom para você.

— Ele é mais velho, dono de sua própria construtora.

— Sei.

— Algum problema para você? Tenho medo de que leve isso a mal.

— Estou feliz por você, Dorcas.
— Está?
— Sim, estou.
— Mulligan?
— O quê?
— Ele me pediu em casamento.
— Meus parabéns.
— Doug está em uma boa situação, então não vou precisar da pensão afinal.
— É bom saber disso.
— Então, de certo modo, esperava que você estivesse disposto a assinar o divórcio.
— Claro que sim.
— Pode ficar com a casa, se quiser.
— Não quero — eu disse. — Eu não seria capaz de pagar as prestações.
— Pode vender.
— O mercado imobiliário entrou em colapso, Dorcas. Vender pode demorar muito e provavelmente vai sair por menos do que devemos nela.
— Quer que eu fique com ela, então?
— Sim, quero.
— Tudo bem. Vou dizer a meu advogado para preparar a papelada.
— Que bom.
— Acha que pode assinar já? Queremos nos casar no mês que vem.
— Posso fazer isso.
— Obrigada.
— De nada.
— Tem certeza de que está tudo bem para você?
— Sobreviverei.
— Bom, então, tchau.
— Tchau, Dorcas.

Ao desligar, tive a ideia fugaz de avisar ao pobre e iludido Doug; mas a reprimi. Voltei à estrada, coloquei a playlist de prostituição em volume alto e cantei junto. A certa altura, acho que talvez tenha gritado "Iiiipiiiie!". Mas, ao atravessar a ponte sobre o rio Providence, senti-me subitamente murcho.

A bruaca ia se casar de novo. Como é que eu não tinha ninguém?

50

Lomax pôs a matéria de Mason na primeira página da edição de domingo e ela causou sensação imediata. Pregadores denunciaram no púlpito o governador e o legislativo do estado. O governador, por sua vez, denunciou o jornal por espalhar a mentira de que ele recebera dinheiro de um pornógrafo — e prometeu devolver. A Espada de Deus, com rifles de assalto atravessados no peito, fez um piquete na McMansão do governador em Warwick, entoando "Little Rhody não está à venda" — um slogan que não podia ser mais inexato. Fiona anunciou uma investigação criminal e exigiu a aprovação imediata de sua lei criminalizando a prostituição. Todas as redes de TV nacionais alardearam a história. A CNN embelezou sua cobertura preparada às pressas, com um perfil completo da corrupção de Rhode Island ao longo dos anos, com vídeo de uma dezena de prefeitos, juízes e legisladores sendo levados algemados. A FOX News enfeitou sua reportagem com uma câmera oculta de prostitutas seminuas pinoteando dentro da Tongue and Groove. E todo mundo se divertiu muito.

Na terça-feira, os comitês do judiciário enviaram a lei de Fiona para votação na Assembleia Legislativa e no Senado. Na manhã de quarta-feira, a Assembleia aprovou a lei por uma votação de 72 contra dois, com uma abstenção e, na mesma tarde, o Senado aprovou-a por 38 a zero. Na quinta de manhã, o governador sancionou a lei. E, naquela noite, Fiona foi à televisão para alardear que "a era vergonhosa da prostituição legalizada em Rhode Island acabou" e para sugerir que ela pensava em concorrer ao governo do estado. Tive de forçar a vista para ter certeza, mas acho que ela estava maquiada.

Na manhã seguinte, os editores do *Dispatch* se reuniram para discutir se o jornal devia continuar a se referir a Fiona como "Átila, a Una". Lomax era a favor, lembrando o apelo imaginativo e do reconhecimento instantâneo. O chefe cricri do copidesque era contra, dizendo que agora era tecnicamente impreciso. À medida que o debate ficava acalorado, eu podia ouvir suas vozes elevadas pela porta fechada da sala de reuniões.

A nova lei tornou a prostituição uma contravenção passível de seis meses de prisão, multa de mil dólares, ou as duas coisas, e aplicava-se igualmente às prostitutas e a seus clientes. As boates de strip tiveram uma semana para se adaptar à lei e o prefeito Carroza jurou que o Departamento de Polícia de Providence ficaria atento a sua aplicação. Assim, na noite em que a lei entrou em vigor, decidi dar uma olhada.

Só havia uma dezena de carros no estacionamento da Tongue and Groove. Dentro dele, encontrei Joseph DeLucca bebendo uma cerveja no bar. Ele enxugou a espuma do lábio superior com a manga da camisa havaiana quando me sentei ao seu lado.

— O que está fazendo aqui? — perguntei. — Pensei que tivesse sido promovido.

— Só enquanto os ex-SEALs estavam viajando.

— Ah. Que pena.

— Não mesmo. Gosto mais deste trabalho.

— Por quê?

— Cerveja e boceta de graça.

Enquanto meus olhos se adaptavam à escuridão, vi vários buracos de bala dos tiros disparados no pistoleiro nervosinho de King Felix. Olhei em volta e só vi seis garotas e um punhado de clientes no lugar.

— Noite devagar? — perguntei.

— Graças a Deus — disse ele. — Preciso respirar.

— O que quer dizer?

— Ficou uma doideira do cacete aqui na semana passada. Apareceu um montão de gente em pânico com a nova lei. Todos os frequentadores, metade dos alunos da URI e do PC, ônibus lotados dos filhos da puta de Boston, Hartford e Worcester com tesão. Todos desesperados para trepar legalmente com uma puta pela última vez. E nem me pergunte sobre a noite passada. Foi *i-na-cre-di-tá-vel*!

— Conta mais.

— Às nove, contei quatrocentos caras aqui, cinquenta a mais do que o limite permitido, e havia mais lá fora tentando forçar a entrada. Coloquei outro segurança na porta, disse a ele para não deixar mais ninguém entrar até que alguém saísse. Isso me deixou sozinho aqui dentro e não foi nada bonito.

— Por quê?

— Quatrocentos caras com tesão e quarenta putas? Faz as contas.

— Briga de soco?

— Algumas, sim. E muito empurra-empurra.

— Foi assim que conseguiu o hematoma?

— Arrã.

— Vocês só têm dez salas privativas aqui, não é?

— É.

— Como foi que isso se arranjou?

— A gente ia ter uma merda de tumulto; então, deixamos as garotas montarem a cavalo nos caras nas mesas de coquetel. Devia estar aqui, Mulligan. Foi uma festa do caramba.

— Mas agora acabou — eu disse.

— Não mesmo.

— Como assim?

— Os negócios voltaram a crescer depois que a notícia se espalhou.

— Que notícia? — perguntei.

— Fique aqui um tempinho e veja por você mesmo. — Ele acenou para o barman se aproximar e pediu para trazer duas Buds.

— Como está a perna? — perguntei.

— Curada e nova em folha.

Estávamos vendo uma hispânica com uma marca de nascença de morango na bunda corcoveando num poste, quando uma morena alta com apenas um fio dental apareceu e esfregou a palma na frente de meu jeans.

— Meu nome é Caramel. Qual é o seu?

— Me chamam de Mulligan.

— Quer se divertir um pouco com Caramel hoje, Mulligan?

O que pensei era que Marical seria mais divertida, mas o que disse foi:

— Soube que a diversão terminou na noite passada.

— Soube errado.

— É?

— Por que não achamos um canto escuro onde eu possa chupar seu pau? Ou, se quiser, podemos ir a uma sala privativa e você pode trepar comigo.

O cartão de cortesia para uma volta ao mundo ainda estava em minha carteira. Perguntei-me se eu era o único que o ouvia cantar. Fazia o refrão de "Bad Girl" e seguia com a estrofe de abertura de "Honky Tonk Women".

I met a gin-soaked barroom queen in Memphis...

— Desculpe, Caramel. Acho que só vou ficar sentado aqui vendo o show.

— Tem certeza?

— Tenho.

— Se mudar de ideia, é só me chamar, tá bom?

— Claro — eu disse.

Ela girou nos saltos agulha e se foi.

— Mas o que foi isso? — perguntei a Joseph.

— O de sempre.

— Mas e a lei?

— O que tem ela?

Pensei nisso por meio segundo.

— Quando o governador e os deputados param de levar o dinheiro — eu disse —, vocês pagam à polícia.

— Mulligan — disse ele —, você não ouviu isso de mim.

51

Talvez fosse porque eu estava sem sexo havia muito tempo, mas hoje Vanessa Maniella estava especialmente encantadora, com um suéter de cashmere apertado que mostrava o volume dos seios e uma saia cinza e curta que exibia um par de lindas pernas.

— Obrigada por concordar em me receber — disse ela.
— De nada.
— Achei que era hora de nos conhecermos melhor.
— Claro que achou. É difícil resistir a meu charme juvenil.
— Eu não quis dizer neste sentido.
— Não?
— Não gosto de homens.
— Oh.
— Desculpe por decepcioná-lo.
— Don't tell my achy breaky heart.
— Billy Ray Cyrus?
— É, mas ele compôs sobre mim.

Estávamos a uma mesa para dois na Cheesecake Factory do Providence Place Mall. Pela vidraça, eu via o Camisa Preta — ou talvez o Cinza — de olho em nós, de um Hummer estacionado ilegalmente na rua.

Antes de eu poder perguntar a Vanessa o que ela realmente queria, o garçom chegou para pegar nossos pedidos de bebida, um mojito de abacaxi para ela e um club soda para mim.

— Não vai beber? Pensei que estaria comemorando.

— E por que eu faria isso?

— Sua matéria sobre nossas contribuições de campanha está chamando muita atenção — disse ela.

— Está, mas meu assistente, Mason, fez a maior parte do trabalho.

— Aposto que os dois são os heróis do *Dispatch* ultimamente.

— Ah, sim. Estão erguendo uma estátua para nós no saguão.

— Talvez ganhem um daqueles grandes prêmios de jornalismo também — disse ela.

— De jeito nenhum. Eles sempre premiam séries tediosas de cinco partes que ninguém lê... A não ser os coitados que têm de editá-las. Dave Barry, o colunista de humor, disse que os jornais deviam parar de publicá-las... Que só deviam escrevê-las e inscrevê-las nos prêmios. Ele acha que economizariam árvores o suficiente para um novo parque nacional.

— Talvez eles possam chamar de Pulitzer Forest — disse Vanessa.

— Foi exatamente o que Dave Barry falou.

— Bom, sua matéria certamente me impressionou — disse ela. — Pensei que tínhamos feito um bom trabalho cobrindo nossos rastros.

— E fizeram mesmo.

— Por isso, meu pai e eu queremos que você venha trabalhar para nós. Precisamos de alguém com suas habilidades.

— E como eu as usaria, exatamente?

— Descobrindo outras pessoas que sabem cobrir os próprios rastros.

— Que pessoas?

— Não podemos falar nada antes que aceite o emprego.

— Comprar no escuro — eu disse.

— Você cavaria a sujeira de umas pessoas más, Mulligan. E podemos pagar cem mil, para começar.

— Eu teria de usar gravata?

— Só se quisesse.

De jeito nenhum eu ia trabalhar para os Maniella, mas me permiti sonhar por um momento com o que cem mil por ano podiam comprar. Mais discos de blues antigos. Um sistema de som melhor para tocá-los. Um apartamento sem rachaduras no reboco. Um Ford Mustang para substituir o Secretariat. Eu talvez o chamasse de Citation. Melhor ainda, Seabiscuit.

— E o que me diz? — perguntou ela.

— Estou pensando nisso. — Perguntei-me se o novo Mustang poderia ser amarelo.

— Acho que você vai gostar dos benefícios marginais — disse ela.

— Plano odontológico?

— Não, mas as mulheres de minhas boates estariam disponíveis para você sempre que quisesse.

— Ah.

— Uma das garotas do Shakehouse é muito parecida com Yolanda — disse ela. Depois piscou.

— Hummm — eu disse.

— Usou o cartão de cortesia que lhe mandei?

— Não.

— Sério? — Seus olhos se arregalaram de surpresa.

— Sério.

— E por que não?

— Não sei. Talvez eu tenha alguns escrúpulos que não sabia que existiam.

— Precisa de mais tempo para pensar na oferta de emprego?

— Preciso — eu disse, torcendo para puxar mais coisas dela.

— Tudo bem, mas não demore muito. Nossa oferta não vai durar para sempre.

O garçom chegou para completar nossos drinques, anunciar os pratos especiais e anotar nossos pedidos. Ela pediu salada de frango chinesa. Pedi um club sandwich.

— E então, Mulligan — disse ela —, quanto tempo para o *Dispatch* sair do mercado?

— Não sei. Talvez alguns anos.

— Papai esteve lendo suas coisas online. Disse que você não escreve bem o bastante para arrumar algo numa revista chique, nem ganhar a vida escrevendo livros.

— Acho que ele tem razão.

— E o que fará se não aceitar nossa oferta?

— Não tenho ideia.

— Relações públicas?

— Meu Deus, espero que não. Prefiro cavar sepulturas a escrever comunicados de imprensa para a Textron ou rebater o governador.

Vanessa sacudiu as tranças louras e riu.

— É uma droga ter escrúpulos, não?

— É. Tentei me livrar deles, mas sempre voltam de fininho.

Chegaram os pratos e nós dois comemos.

— Você disse que queria que a gente se conhecesse — eu disse. — É uma via de mão dupla?

— Tem algumas perguntas sobre mim?

— Tenho.

— Então, faça.

— Por que você ainda mora com seus pais?

— Nem sempre morei. Nos meus 20 anos, fui casada por alguns anos, mas não deu certo. Por motivos óbvios. Voltei para casa e estou morando lá desde então.

— Isso não atrapalha seu estilo?

— Tenho entrada independente. Meu estilo de vida não é problema dos meus pais. E nosso escritório principal fica na casa, então só preciso de uma caminhada de dez segundos pela escada para chegar ou sair do trabalho.

— Como é ser uma mulher que administra um negócio que explora mulheres?

— Não explora.

— Como é?

— Sei que esteve em nossas boates, Mulligan. Viu as meninas interagirem com os clientes?

— Claro.

— Viu que elas seduzem os homens para que gastem mais dinheiro com elas?

— Vi as meninas ralando em colos e metendo os peitos nas caras dos sujeitos. Fizeram isso comigo uma ou duas vezes também, mas não me ocorreu chamar de "sedução".

— E quem acha que está sendo explorado nestas situações?

— Ah. Entendi o que quis dizer.

— Sempre vai haver prostituição, Mulligan. Desde que os homens tenham dinheiro e as mulheres, suas vaginas. Algumas meninas fazem isso porque é mais fácil do que ganhar a vida com outro trabalho. Algumas, porque é a única maneira de elas *ganharem* a vida. Damos a elas um local de trabalho limpo e seguro. Fazem exames médicos gratuitos uma vez por mês. E as protegemos dos cafetões das ruas que abusam delas, viciam-nas em heroína e tiram a maior parte de seu dinheiro.

— Do jeito como fala, parece um serviço público.

Vanessa suspirou e passou o dedo pela borda da taça vazia.

— Papai e eu conversamos sobre fechar as boates depois que aprovaram a lei de Átila, a Una. O dinheiro que elas trazem não vale o aborrecimento. Mas pensamos no que aconteceria com as meninas, se fechássemos.

— King Felix apareceria — eu disse.

— E mais uma dezena de outros, sim. Então, decidimos mantê-las abertas.

— Pagando à polícia — eu disse.

— Pode provar isso?

— Ainda não, mas aposto que, se eu tentar, consigo.

— Então, não tente — disse ela.

— E o negócio de pornografia? Não tem ninguém sendo explorado ali também?

— É muito parecido com as boates, exceto por um detalhe.

— Qual?

— Com os pornôs, os homens não são explorados também. Eles transam *e* são pagos.

— Um mundo perfeito — eu disse.

— Espertinho.

— Não posso evitar. É genético.

— Então, vou tentar dar um desconto.

— E como a pornografia infantil se encaixa neste mundo perfeito?

— Não se encaixa.

— Nunca mexeu com isso?

— Claro que não. É uma abominação.

— Nunca fatiaram crianças pequenas e deram para os porcos de Cosmo Scalici?

— A conversa estava boa até agora, Mulligan. Nem acredito que está me perguntando isso.

O garçom tirou nossos pratos e pegou os pedidos de sobremesa. Vanessa pediu bolo de chocolate trufado. Pedi outro club soda.

— Enquanto está remoendo sobre nossa oferta de emprego — disse Vanessa —, acha que pode parar de xeretar os negócios da família?

— É difícil dizer.

— Posso mandar os ex-SEALs fazerem outra visita a você.

— Não adiantaria nada — eu disse.

— É. Já imaginava isso.

52

— Os Maniella me ofereceram um emprego.
— Para fazer o quê? — perguntou Lomax.
— Eles foram meio vagos sobre isso.
— Já vi você no chuveiro da academia, então não pode ser trabalho para as câmeras.
— Vai se foder.
— Quanto pagam?
— Cem mil, para começar.
— Então, se não quiser, eu pego.
— Pode ser nossa chance de descobrir que diabos está acontecendo — eu disse.
— O que quer dizer?
— Aceito o emprego disfarçado, vejo o que posso saber de dentro.
— De jeito nenhum.
— Por que não?
— Porque não fazemos as coisas assim. Você sabe disso.
— Talvez devêssemos reconsiderar.
— Hum-hum. Essas coisas sempre acabam mal. A investigação infiltrada da ABC sobre a cadeia de mercearias Food Lion terminou custando uma fortuna a eles em processos judiciais. Não vamos contar mentiras para relatar a verdade, Mulligan.

53

Um mistério que começou com um único assassinato, há mais de cinco meses, agora tinha tentáculos que se estendiam da panorâmica Cliff Walk, em Newport, a um quarto ensanguentado no conjunto habitacional Chad Brown, de uma criação de porcos em Pascoag a uma boate de strip crivada de balas em Providence. Levou a vida de um ex-SEAL da marinha, três produtores de filmes snuff, um diretor da Universidade Brown, um aficionado de pornografia infantil de Nova Jersey e um padre pedófilo do Michigan. Eu não estava nem aí para nenhum deles, mas a coisa também levou a reboque um número indefinido de crianças.

Consegui algumas primeiras páginas graças a isto, mas ainda não sabia que diabos estava acontecendo. Decidi dar outro tiro no escuro.

Meia hora no Google mostrou que várias dezenas de instituições de caridade eram dedicadas a encontrar crianças desaparecidas e protegê-las de predadores sexuais: a Polly Klaas, Amber Watch, Bring Sean Home, Child Alert, Tommy and Molly Bish Foundations, National Child Safety Council e muitas outras. A maioria era organizada como instituições sem fins lucrativos. Isto significava que os nomes dos benfeitores eram de conhecimento público.

Por acaso, Sal Maniella tinha doado dinheiro a cinco delas — mais de três milhões de dólares nos últimos dez anos. A filha, Vanessa, contribuiu com outro quarto de milhão. Eu me perguntei o porquê. Deduzi que o jeito mais fácil de descobrir seria perguntar a eles, então liguei para a casa do lago e consegui falar com os dois no viva-voz.

— Seus números estão corretos — disse Sal —, mas é necessário colocar isso no jornal? Entendemos que é informação pública, mas preferimos ser discretos.

— É isso mesmo — disse Vanessa. — Não queremos que cada coração sangrando do planeta venha nos procurar atrás de uma doação.

— Entendo — disse eu —, mas não posso deixar de me perguntar por que vocês são tão generosos com esta causa especificamente.

— Porque ela merece — disse Sal.

— Bom, claro, mas também existe o Jimmy Fund e a Cruz Vermelha Americana. Existe alguma motivação pessoal por trás destas doações?

— Os motivos pessoais são, por definição, pessoais — disse Vanessa.

— Um de vocês foi raptado ou molestado quando criança?

— De maneira nenhuma — disse Sal.

— Algum familiar?

— Não.

— Então, devo acreditar que a maior madame do estado e um dos maiores traficantes de obscenidades do país por acaso têm um fraco pelas crianças?

— Não precisa nos insultar, Mulligan — disse Maniella. — Alguma vez deixei de tratar você com respeito?

— Não. Peço desculpas pelas palavras que escolhi. Eu defenderia sua exatidão, mas talvez fosse desnecessariamente indelicado.

— Aceito suas desculpas — disse Sal.

Mas Vanessa teve a última palavra:

— Vai se foder, Mulligan.

Na quarta-feira à tarde, apontei o Secretariat para o norte, ao campus da Universidade Bryant, na comunidade-dormitório de Smithfield.

Em 1966, quando a universidade deu a Sal Maniella seu diploma em administração, chamava-se Bryant College e operava em alguns prédios antiquados em Providence. Encontrei o anuário de 1966 na sala de referências da biblioteca e folheei as páginas finais de fotos de esportes e clubes, passando os olhos pelas legendas.

Sal aparecia em duas fotos do time de basquete durante os jogos. Na primeira, ele estava ao fundo, sentado no banco, enquanto o astro do ataque do time voava para fazer uma cesta. Na segunda, ele saltava no ar, comemorando a vitória da temporada invicta de seu time com o treinador Tom Duffy. Os Bryant Indians — mais tarde rebatizados de Bulldogs em deferência ao politicamente correto — ganharam o campeonato nacional da NAIA daquele ano, o torneio dos jogos estudantis. Eu não sabia que Sal era da equipe.

Virei à página com a foto formal do time e tive outra surpresa. Dante Puglisi, o caro falecido sósia de Sal, estava nela, com o braço no ombro de Sal. Eu não tinha notado que os dois se conheciam havia tanto tempo. Copiei os nomes dos 17 jogadores, devolvi o livro à estante e pedi à bibliotecária que me dissesse onde ficava a administração dos ex-alunos.

— Não entendo — disse Paloma McGregor, diretora de ex-alunos. — Por que está interessado no time de basquete masculino de 1966?

— Porque eles ganharam o campeonato nacional NAIA.

— O que é o NAIA?

— Uma espécie de liga universitária, mas para faculdades bem pequenas.

— Agora estamos nessa liga, segunda divisão — disse ela.

— Eu sei.

— Mil novecentos e sessenta e seis é muito tempo atrás — disse ela.

— Quarenta e quatro anos.

— Antes do meu tempo — disse ela, mas eu já sabia disso. Eu lhe dava trinta anos, com um corpo magro e numa cabeleira preta que ainda devia conter alguns homens perdidos. As pernas de dançarina apareciam abaixo da bainha da saia preta afunilada.

— Antes do meu tempo também — eu disse.

— Você é um repórter de *notícias*. Por que se importa com história antiga?

— O ano que vem marca o 45º aniversário do único campeonato nacional da história da Bryant. Pensei que seria uma boa ideia entrar em contato com os integrantes da equipe e escrever um tributo para o *Dispatch*.

— Ah, *esta* é uma boa ideia — disse ela. — E quer minha ajuda para informações de contato?

— Quero.

Ela se virou para o computador e digitou no teclado, faiscando as garras vermelhas.

— Ronald Amarillo e Dante Puglisi faleceram — disse ela. — Dos 15 restantes, tenho endereços de onze e telefones de seis, mas não sei o quanto disso está atualizado.

Ela clicou no mouse e uma impressora a laser zumbiu e cuspiu uma folha de papel branca. Ela dobrou-a em três, a colocou num envelope branco com o timbre da Bryant e passou por cima da mesa para mim.

— Se houver mais alguma coisa em que eu possa ajudar, não hesite em me procurar — disse ela, abrindo um sorriso que me fez querer conhecê-la melhor. Ela foi tão simpática e prestativa, que me senti culpado por enganá-la. Talvez eu tivesse mesmo de escrever a matéria sobre o time.

Naquela tarde e na manhã seguinte, trabalhei nos telefonemas. Soube que o astro atacante da equipe sofrera um derrame e morava em uma casa de saúde em Pawtucket. Mas o armador e o rebote ofensivo estavam bem e viviam em Rhode Island e ainda eram grandes amigos. Eles se lembravam de Maniella como um atacante de pés lentos que era um tigre nos rebotes; mas não, eles não saíam com ele e nunca o conheceram muito bem. Os telefones e endereços de alguns jogadores do banco de reservas por acaso não eram bons e não consegui encontrar seus nomes nos diretórios de telefones da internet. Era quase meio-dia, quando liguei para Brockton, Massachusetts, para Joseph Pavao, que era o pivô do time.

— É claro que me lembro de Sal — disse ele. — Ele, Dante Puglisi e eu dividíamos um quarto. Éramos quase inseparáveis nessa época... Malhando, bebendo, atrás de um rabo de saia. Até líamos um ou dois livros de vez em quando.

— Soube do que aconteceu com o Dante?
— Soube. Uma pena. A polícia pegou o cara que fez aquilo?
— Ainda não, mas estão procurando.

Ele concordou em se encontrar comigo na manhã seguinte na cafeteria de Brockton criativamente chamada de Tea House of the Almighty, a Casa de Chá do Todo-Poderoso. Ele já estava lá, colocando um monte de açúcar em sua xícara de café puro, quando entrei e me sentei de frente para ele.

— Lugar bonito — eu disse.
— Eu gosto.
— O Todo-Poderoso sempre aparece para checar o caixa?
— Ele nunca mostrou a cara, mas sinto a presença dele todo dia.

Calculei que ele tinha um e setenta e cinco, com braços finos, um peito afundado e uma barriga do tamanho de uma bola de boliche. Estava com uma camisa xadrez vermelha com uma cruz dourada aparecendo no pescoço e um boné verde de beisebol com as palavras "Melhor Avô do Mundo" acima da aba. Era difícil imaginá-lo como atleta.

— Me fale mais de Sal e de Dante — eu disse.
— Nós três éramos pecadores sem moral. Totalmente bêbados ou doidões de maconha na maior parte do tempo, a não ser em dias de

jogo, e copulando com cada garota que permitisse. Como éramos os grandes homens no campus, muitas topavam.

— Bons tempos — eu disse.

— Claro, quando se almeja o inferno. Depois da faculdade, encontrei Jesus e acabei com essa selvageria. Acho que Sal e Dante nunca o fizeram.

— Pelo que soube, Sal entrou no negócio de pornografia quando ainda estava na Bryant.

— Você soube direito — disse ele. — Sal tirava a maioria das fotos para a revista de mulher pelada dele em nosso quarto de alojamento. Ele fumava uma erva com uma garota e a fazia posar nua na cama dele. Às vezes, levava duas ou três ao mesmo tempo e as convencia a dar prazer uma à outra, se está me entendendo.

— Estou.

— Sal deixava que Dante e eu ajudássemos com as luzes, mas não precisava de ajuda nenhuma. Era só uma desculpa para a gente ver. Depois, nós três bebíamos e, às vezes, a garota dormia com um de nós. Algumas dormiam com nós três, Deus me perdoe.

— Alguma delas era menor?

— Não acredito nisso. Sal tinha muito cuidado com essas coisas, sempre vendo a identidade para saber se tinham pelo menos 18 anos. Ele era muito correto com isso depois do que aconteceu com a irmã mais nova de Dante.

— Me fale disso.

— Uma coisa medonha. A menina só tinha 8 anos quando aconteceu.

— Quando foi?

— Em nosso penúltimo ano. Dante ficou branco feito um lençol quando recebeu a notícia pelo telefone. Baixou o fone, enroscou-se na cama e chorou como um bebê. Sal se ajoelhou ao lado da cama e o abraçou até que Dante parou de balbuciar e contou qual era o problema.

— E qual era, exatamente?

— Um animal a agarrou no parquinho, perto da casa dela. A polícia a encontrou amarrada numa árvore no dia seguinte, estuprada e espancada, mas ainda respirando, graças ao Senhor.

— Onde foi isso?

— Em New Haven, cidade natal de Dante.

— A polícia pegou o sujeito?

— Descobriram quem foi, mas não tinham provas suficientes para acusá-lo. Deixou o DNA em toda a menina, imagino, mas na época não se sabia dessas coisas.

— Dante deve ter ficado furioso com isso.

— Nós três ficamos.

— Fizeram alguma coisa a respeito?

— Eu não devia falar nesse assunto.

— A irmã de Dante. Qual era o nome dela?

— Rachel — disse ele. — Rachel Elizabeth Puglisi.

— Sabe onde ela está agora?

— Morta.

— O que houve?

— Pelo que soube, ela parecia ter se recuperado do ataque; mas, um dia depois de fazer 13 anos, encontrou a árvore onde fora amarrada e se enforcou nela, que Deus a tenha.

54

O site do *New Haven Register* não incluía arquivos, então liguei para o jornal e soube que sua biblioteca de registros nunca fora digitalizada. Pior ainda, jogaram fora todos os recortes do jornal dos anos 60 e 70. Felizmente, a biblioteca pública da cidade tinha todos os antigos jornais em microfilmes.

Na sexta-feira, o subeditor de esportes alegou doença para poder dar uma entrevista na ESPN, e eu fiquei editando as matérias do jogo de basquete e fazendo o layout da seção de esportes o dia todo. Era sábado quando consegui abastecer o Secretariat e fazer o percurso de duas horas para New Haven. Quando o Secretariat era mais novo, poderia ter feito em uma hora e meia.

Uma atendente na sala de leitura da biblioteca pública me colocou num leitor de microfilmes.

— Não é com frequência que alguém pede para ver esses jornais antigos — disse ela —, mas você é o segundo nas últimas semanas.

— Quem foi o outro?

— Não peguei o nome dela.

— Como era ela?

Ela franziu a testa e meneou a cabeça.

— Desculpe, mas não posso ajudar. Respeitamos a privacidade das pessoas.

Comecei pela edição do *Register* de 1º de setembro de 1966, rolando a tela, e de imediato minha atenção foi capturada.

A Guarda Vermelha estava agitada na China.

A filha de 21 anos do senador Charles Percy foi encontrada esfaqueada e espancada na mansão da família no North Shore de Chicago.

Um novo programa de TV chamado *Star Trek*, estrelado pelo ex- ator shakespeariano William Shatner, estreou na NBC.

A Scotland Yard prendeu Buster Edwards e o acusou de ser o mentor do Grande Roubo do Trem.

O presidente Lyndon Johnson visitou as tropas americanas no Vietnã.

Os Baltimore Orioles bateram os Los Angeles Dodgers e venceram sua primeira série mundial.

Edward Brooke, de Massachusetts, tornou-se o primeiro senador americano negro desde a Reconstrução.

Um ator de filmes de segunda categoria, chamado Ronald Reagan, foi eleito governador da Califórnia.

O dr. Sam Sheppard, em julgamento pelo assassinato da esposa grávida, foi absolvido.

Os Beatles se recolheram para a gravação de um novo disco; segundo a fofoca da indústria de gravadoras, o título provisório era *Sergeant Pepper's Lonely Hearts Club Band*.

Pare com isso, eu disse mim mesmo. *Se continuar assim, vai ficar sentado aqui por um mês.*

Noventa minutos depois de eu ter começado, vi uma manchete de uma coluna ao pé da primeira página da edição de 30 de outubro:

Menina de 8 anos estuprada e amarrada a uma árvore

New Haven — Uma menina de 8 anos raptada de um parquinho perto de casa 12 horas antes foi encontrada amarrada a uma árvore a cerca de cem metros do Pardee Rose Garden, em East Rock Park, na manhã de ontem, segundo a polícia de New Haven.

De acordo com a polícia, ela foi levada às pressas ao hospital Yale-New Haven, onde sua condição era estável, com uma fratura no nariz, outra no braço esquerdo e múltiplas escoriações e contusões. Os exames do hospital determinaram que a menina fora estuprada, segundo fontes da polícia.

Os detetives ainda estavam no parque no final da tarde de ontem coletando evidências.

Em consideração à família, a matéria não dizia seu nome. Continuei rolando. Nos meses seguintes, apareciam suítes ocasionais nas páginas internas:

> **Polícia jura encontrar o agressor da menina**
> **Homem de Hamden interrogado por estupro de menor**
> **Polícia prende suspeito de estuprar criança**
> **Suspeito de estupro de menor libertado,**
> **polícia fala em falta de provas**
> **Caso de estupro de menor ainda aberto**

Depois, nada até 3 de abril, quando apareceu o que se segue:

Molestador de criança espancado

New Haven — Alfred V. Furtado, 44, da Evergreen Avenue, 62, em Hamden, um molestador de crianças condenado, foi encontrado nu e amarrado a uma árvore no East Rock Park na tarde de ontem. De acordo com a polícia, ele foi brutalmente espancado.

O homem foi levado ao hospital Yale-New Haven em estado grave, com fratura craniana. Segundo a polícia, sofreu duas fraturas nas rótulas e outra na cavidade ocular. Seu nariz, a clavícula esquerda e cinco dedos também foram quebrados, e os órgãos sexuais, mutilados com um objeto cortante, segundo a mesma fonte. Um boné e uma faca de caça recuperados ao lado da árvore podem ter sido usados no ataque.

Furtado foi encontrado amarrado à mesma árvore usada para prender uma menina de 8 anos de New Haven depois de ela ter sido espancada e violada em outubro último, de acordo com a polícia. Acrescentaram que estão explorando a possibilidade de que os dois crimes estejam relacionados.

Furtado inicialmente foi preso por ligação com o ataque à menina, mas subsequentemente solto por falta de provas. A polícia afirma que ele tem ficha criminal de comportamento público impróprio e abusivo e que cumpriu sete anos da sentença de 15 por estupro violento de uma menina de 10 anos em 1957.

Quando saí da biblioteca, já passava das sete da noite e chovia. Corri para o Secretariat e fui para casa no escuro. Estacionei ilegalmente na frente do meu prédio, subi a escada, tirei as roupas molhadas e entrei no banho. Fiquei sob a água quente por um bom tempo. Isso me livrou dos arrepios, mas não me ajudou a lavar o dia de mim. Talvez falar no assunto me fosse útil.

— Oi, Yolanda. É Mulligan.
— Oi, amor. Está tudo bem? Você parece exausto.
— É porque estou.
— Dia difícil?
— Ano difícil. Hmmm... Escute, sei que é meio tarde, mas você gostaria de tomar um drinque? Talvez pegar alguma coisa para comer em algum lugar.
— Desculpe, mas não posso.
— Não?
— Não.
— Então, tudo bem.
— Mulligan?
— Sim?
— Estou saindo com alguém.
— Oh.

— Ele é professor de química na Brown e é um cara ótimo.
— O que ele tem que eu não tenho?
— Você sabe.
— Ah, isso.
— Não pode argumentar que eu não te avisei.
— Não, não posso... Ele está aí agora, não é?
— Arrã.
— Bom, é melhor deixar você ir, então.
— Ainda amigos?
— Sempre — eu disse.
— Boa-noite, Mulligan.
— Boa-noite, Yolanda.

E daí? Já fui dispensado por mulheres antes. Baixinhas e altas. Roliças e magrelas. Louras, morenas e ruivas. Brancas, negras e amarelas. Professoras, garçonetes, jornalistas, secretárias e professoras universitárias. Na maioria das vezes, me livrava da rejeição com uma dose de Bushmills e uma boa noite de sono. Esta vez era uma exceção. Desta feita, senti a tristeza cair sobre mim como uma mortalha.

Vesti jeans e um moletom, fechei o zíper do agasalho, desci a escada e saí na chuva. Agora ficava mais forte, mas eu não me importava. Como um rebatedor que levou uma bolada nas costelas, eu precisava andar. Patinhei por duas quadras ao norte na America Street e entrei à direita. Os bares e restaurantes da Atwells Avenue me chamavam, mas eu não estava com humor para comida, luzes ou companhia que não fosse a de Yolanda. Fui para leste até a DePasquale, entrei à direita e passei por uma longa fila de casas de três andares, vagando até a Broadway. Ali, entrei à direita, andei até a esquina da America Street e voltei para casa.

Na frente de meu prédio, o Secretariat tremia na chuva. Entrei nele, tirei a água do cabelo e liguei o motor. O trajeto até o Cemitério Swan Point levava 15 minutos. Pensei em deixar a camisa de Manny Ramirez no carro, sem querer que ela se molhasse, mas, numa noite dessas, Rosie ia gostar do pouco calor que lhe proporcionaria. Coloquei-a na beira de sua lápide, sentei-me na lama e me recostei no granito frio.

— Boa-noite, Rosie. Como você está hoje?

A mesma. Rosie sempre estava a mesma.

— Eu? Já estive melhor... É, é aquela advogada com quem andei saindo. Lembra que eu te falei que, enquanto ela não dissesse "Vamos ser só amigos", eu ainda tinha uma chance?

Rosie sempre se lembrava de tudo.

— Bom, esta noite, ela finalmente disse.

55

— Estou confuso.
— Com o quê? — perguntou Fiona.
— Sexo e religião.
— Ah, isso.
— É.
— Bem-vindo ao clube.
— Você também? — perguntei.
— Com a religião, com certeza. Sexo? Nem tanto.

Estávamos sentados em extremidades opostas de um sofá de couro marrom em sua sala, ela com uma gata de três cores no colo e eu com um exemplar enrolado do *Dispatch* na mão esquerda. Uma foto autografada de Fiona dando uma bitoca no rosto de Barack Obama estava no console da lareira no lugar onde costumava ficar uma foto de Joseph Ratzinger em sua encarnação de mitra branca pós-Hitler. A acha de lenha que ela acendera quando chegamos com frio ardia lenta. O carvão vermelho sibilava e estalava.

— Vanessa Maniella me deu o sermão da "profissão mais antiga do mundo" — eu disse.

— Deixe-me adivinhar — disse Fiona. — Ela alega que a prostituição é mais antiga do que a Bíblia, as mulheres têm o direito de vender seu corpo e só o que ela está fazendo é lhes dar um lugar seguro e limpo para fazer isso.

— Muito semelhante — eu disse —, mas, de algum modo, ela fez com que parecesse um pouco mais convincente.

— Agora você pega conselhos morais com uma cafetina?

— Melhor do que com o reverendo Crenson. Além disso, meu antigo confessor, o padre Donovan, não está mais disponível. O bispo mandou a bunda pedófila dele para Woonsocket.

— Existem outros padres.

— Prefiro uma amiga de longa data a um estranho de colarinho-branco.

Ela respirou fundo e soltou um longo suspiro.

— Não há como negar que a prostituição é tão antiga quanto a humanidade — disse ela —, mas também o são o roubo, o aborto e o assassinato.

Eu não queria ser desviado para uma discussão sobre o aborto, então o que disse foi:

— Entendo seu argumento.

— Vi como você está perturbado com a pornografia infantil à qual foi exposto — disse ela.

— O que isso tem a ver com a prostituição? Os homens que procuram crianças não se interessam por mulheres adultas.

— Tudo corre do mesmo esgoto. A comercialização do sexo degrada e desumaniza a todos nós. Leva as pessoas a pensar nas outras como pedaços de carne e não como criaturas com uma alma imortal.

Devo ter demonstrado dúvida, porque ela acrescentou:

— E, se você não acredita nisso, sempre temos o "Não cometerás adultério".

— Quem disse?

— Não acredito que está dizendo isso.

— Pelo que sei — eu disse —, essas palavras foram escritas há três mil anos pelo ancião hebreu da tribo que tratava as mulheres como propriedade.

Ela meneou a cabeça com tristeza e se calou por um instante. Quando falou novamente, foi aos sussurros.

— Não nego que minha fé na Igreja tenha sido abalada — disse ela. — A doutrina da infalibilidade papal é uma bobagem tirânica. A visão medieval da Igreja sobre a AIDS e a contracepção resultou na morte de milhares de pessoas. Os bispos que protegeram padres pedófilos por décadas são uns criminosos de merda. Se eu tivesse colhões, indiciaria os filhos da puta. Mas nunca daria as costas à Palavra de Deus.

— Que bom para você, Fiona — eu disse. — Que bom para você.

56

— O editor pediu especificamente você, Mulligan — disse Lomax.
— Mas por quê?
— Ao que parece, ele gostou de sua matéria sobre o Baile do Derby em setembro passado. Além disso, esta *soirée* é bem na sua área.
— Como é possível?
— É uma arrecadação de fundos para a Milk Carton Crusade.
— Mas que diabos é isso?
— Mais um daqueles grupos dedicados a encontrar crianças desaparecidas.
— Qual é o interesse do editor nisso?
— Acho que ele contribui.
— Vou ter de usar roupa de pinguim de novo?
— Pode colocar na conta do jornal.
— E o hotel?
— Não. Precisamos reduzir as despesas ao mínimo. Pode ir de carro e voltar na mesma noite, ou, se quiser, fique na casa de Mason. Ele já ofereceu.

Assim, na noite de terça-feira, depois do trabalho, me vi disparando no Jaguar E-Type 1967 Series 1 restaurado de Mason pela baía de Narragansett na ponte Jamestown Verrazzano, fazendo de Providence um ponto congelado na paisagem ao olharmos sobre nossos ombros.

— Com fome? — perguntou ele.
— Bem que eu podia comer alguma coisa.

Então ele deslizou por algumas transversais e estacionou na frente da White Horse Tavern.

— É por minha conta — disse Mason, quando pegamos uma mesa; então pedi o maravilhoso bife de filé mignon de entrada e a lagosta da Nova Inglaterra na manteiga, os itens mais caros do cardápio. Para Mason, foi sopa de mexilhão White Horse e risoto de cogumelo chanterelle. Ele pediu vinho; eu queria cerveja, mas concluí que era mais seguro ficar na água.

— Ainda não tem novidades sobre a menina desaparecida? — perguntou ele.
— Julia Arruda?
— Arrã.
— Nem um tico.
— Acha que está morta?
— Não sei, Valeu-Papai.
— Você anda deprimido ultimamente, Mulligan. Está bem?
— Nunca estive melhor.
— A arrecadação de fundos só vai começar às oito da noite de amanhã, então pode dormir.
— É o que pretendo fazer.
— E o que me diz de irmos à cidade à noite?
— Não estou no clima para isso.
— Vamos lá, Mulligan. Podemos ir ao Landing ou ao Boom Boom Room, tomar uns drinques, talvez dar sorte com duas alunas do Salve Regina que saíram para se divertir.
— Sou velho demais para estudantes. Prefiro ir para a sua casa, ver *CSI: Miami* e dormir cedo.

Mason ainda morava na casa da família em Ocean Drive, onde tinha seu próprio apartamento com entrada independente. Depois de entrar, ele abriu algumas garrafas de Orval, uma cerveja belga de que nunca ouvira falar e se juntou a mim no sofá de couro preto na frente de uma imensa TV de tela plana.

Quando começou a tocar o tema de *CSI: Miami*, eu disse a minhas tripas para calarem a boca e tomei um gole.

— Por que você vê esse programa? — perguntou Mason. — É uma porcaria.

Apontei a tela.

— Por causa dessa parte ali.

David Caruso, vulgo o tenente Horatio Caine, encarava uma jovem nua e incrivelmente bronzeada que flutuava de cara para baixo em uma piscina incrivelmente azul. Ele ergueu lentamente as mãos, segurou os óculos escuros pelas hastes e, ainda mais lentamente, os deslizou de sua cara macilenta e marcada. Examinou a garota um pouco mais e fez uma careta que só David Caruso pode fazer. Depois, ergueu os óculos de sol ainda mais lentamente e, com o ritmo de um cirurgião fazendo uma operação laparoscópica no fígado, recolocou-os.

Nós dois rimos.

— Ele faz a mesma coisa toda semana — eu disse —, é a assinatura dele. Será que sabe o quanto é ridículo?

Ficamos ali para *The Daily Show with Jon Stewart*, mas, quando começou *The Colbert Report*, eu já estava pronto para dormir. Mason me ofereceu educadamente sua cama, mas fiquei no sofá. Logo depois de as luzes se apagarem, a garotinha sem braços fez seu aparecimento noturno. Hoje, não tinha nada a dizer. Só me olhava e meneava a cabeça com tristeza.

57

Mason dirigia lentamente pela Bellevue Avenue, passando por castelos de contos de fadas construídos pelos barões do roubo. Ao deslizarmos pela Clarendon Court, vi o patrulheiro Phelps estacionado na entrada, atento a quaisquer carros de preço razoável e, portanto, suspeitos. Fiquei grato por estar de carona num Jaguar.

Mason se juntou à procissão de carruagens europeias turbinadas que ia para o Belcourt Castle e, quando chegamos a seus portões dourados, ele parou e me deixou sair.

— Ligue quando quiser que eu te pegue — disse ele.

— Vou ligar, Valeu-Papai.

Dentro do jardim murado, o mesmo pinguim-imperador cuidava da porta de carvalho da mansão. Entreguei-lhe meu convite e ele o cotejou com a lista de convidados.

— As coisas devem estar melhorando — disse ele. — Seu cheiro está melhor e você até está usando seu nome verdadeiro.

O rango na antiga mesa de nogueira da vasta sala de jantar no térreo não era tão extravagante como na última vez, a organização caritativa era parcimoniosa com o dinheiro de seus doadores; mas os sanduíches de frango com pecã estavam bons.

Subi a escada sinuosa de carvalho até o salão de baile abobadado, onde uma orquestra de cordas tocava música de câmara em um volume baixo o bastante para estimular a conversa. Cerca de trezentas pessoas, os homens de black tie e as mulheres no que supus serem os originais de grife da temporada, agrupavam-se de pé e murmuravam.

Ao lado da imensa lareira, um grupo maior, talvez de uma dúzia de pessoas, tinha se reunido em torno de uma figura magra com uma juba leonina de cabelo cinza-prata. Um tapa-olho de pirata cobria seu olho direito. O rosto parecia outro que eu vira em mais de uma dezena de capas de livros, mas era mais cinzento e mais enrugado do que eu me lembrava, então não pude ter certeza.

Andrew Vachss era o autor de uma série de romances sobre um criminoso de carreira chamado Burke que se especializara em perseguir pedófilos, depená-los e enterrá-los. Vachss também era advogado famoso por processar molestadores de crianças em nome de suas vítimas com um vigor maior do que o costumeiro nos tribunais. Uma década antes, quando o réu em um de seus processos foi encontrado morto no fundo de uma pedreira em New Hampshire, as autoridades se perguntaram se Vachss o tinha colocado ali, mas rapidamente deixaram a ideia de lado. O texto completo de sua declaração à polícia: "Espero que os olhos dele tenham ficado abertos por toda a queda."

Ele seria um ótimo entrevistado para a matéria desta noite — se fosse realmente ele.

Aproximei-me, postei-me ao lado do homem, esperei por uma brecha na conversa e estendi a mão direita.

— Meu nome é Mulligan, um repórter do *Providence Dispatch*. Posso ter uma palavrinha com o senhor?

Seu olho bom correu de meu rosto a meus sapatos e voltou lentamente para cima. Depois, ele girou nos calcanhares de seus sapatos pretos e me deu as costas. Só então percebi que Sal Maniella estava no grupo em volta dele.

— Esse era o Andrew Vachss? — perguntei.

— Se ele quisesse que você soubesse o nome — disse Maniella —, teria dito ele mesmo.

Pressioná-lo não me levaria a lugar nenhum, então mudei de assunto.

— Por que está aqui? Veio fazer uma contribuição à causa?

— A Milk Carton Crusade foi formada por duas mulheres de Pittsburgh cujas filhas foram assassinadas pelo mesmo pedófilo há dois anos — disse ele. — A organização ainda não tem muita história, mas pensei em ouvir o que elas têm a dizer.

— Vai ficar por aqui e curtir a noite de Newport por alguns dias?

— Não, acho que não. Mas, antes de voltar amanhã, vou até Cliff Walk, fazer uma oração por Dante e jogar uma coroa de flores na água.

— Não chegue perto demais da beira — eu disse. — As pedras são muito escorregadias ali.

— Já pensou melhor se vai trabalhar para mim?

— Um pouco.

— Olha, por que não vem comigo amanhã e me mostra o local onde Dante foi morto? Depois vou lhe pagar o café da manhã na cafeteria da Washington Square e podemos conversar mais um pouco sobre minha oferta de emprego.

Então, às nove e meia da manhã seguinte eu esperava no final da longa entrada de paralelepípedos da casa de Mason quando um Hummer preto rodou e sua porta traseira se abriu. Subi, sentei-me ao lado de Sal e vi o Camisa Preta, ou talvez o Cinza, ao volante. Eu nunca havia andado numa monstruosidade daquelas. Me sentia ridículo apenas por me sentar no carro.

O ex-SEAL estacionou ilegalmente perto da entrada de Cliff Walk, tirou de trás do para-sol um passe de "Assuntos Oficiais" da Polícia Estadual de Rhode Island e o colocou no painel. Não perguntei como ele conseguira; provavelmente comprara do mesmo contraventor que me vendeu o meu.

Saímos e passamos pela entrada para Cliff Walk, com o ex-SEAL carregando uma coroa funerária de hortênsias, crisântemos e gladíolos. Um leve chuvisco caía do céu cinza como aço. Abaixo de nós, a neblina abraçava a superfície do mar, mas eu ouvia as ondas se quebrando furiosamente na face do penhasco. A trilha era traiçoeira, nossos pés escorregavam no xisto molhado. Virei para o norte e fui na frente. Tínhamos andado quatro metros, quando parei e examinei as pedras.

— Foi aqui que aconteceu — eu disse.

Sal ficou ali por um momento, olhando onde o mar devia estar, mas, naquele clima, não havia nada para ver. Depois baixou a cabeça e rezou.

— Deus, nosso Senhor, Seu poder nos traz a luz, Sua providência guia nossa vida e por Sua vontade voltamos ao...

Era o tipo de chuva que abafa o som. Eu mal ouvia a sirene de neblina de Castle Hill. Mesmo sem a chuva, eu duvidava de que pudesse distinguir entre o quebrar das ondas e o bater suave de tênis na pedra molhada. Só entendi que ele subira atrás de nós quando ouvi o primeiro estampido.

58

Girei para o som e vi a mão segurando um revólver pequeno e niquelado. Um dedo fino e moreno apertou o gatilho e a arma estalou de novo.

As balas disparadas de revólveres pequenos e baratos são de baixo calibre e têm uma velocidade baixa. Quando entravam na parte de trás de um crânio, não saíam pela frente. Só quicavam ali dentro.

Sal arriou.

O ex-SEAL largou a coroa de flores e colocou a mão na aba da capa de chuva.

Eu tentei segurar Sal e falhei.

Uma Glock 17 apareceu na mão do ex-SEAL.

Tentei segurar Sal de novo.

A Glock disparou, o cano faiscando pelo canto de meu olho.

Sal tombou pela beira e desapareceu na névoa.

Quis pegar a 45 enfiada na base de minhas costas, mas não estava ali. Estava a quilômetros de mim, pendurada na minha parede.

A Glock disparou de novo. O segundo tiro fez o assassino voar, a pequena pistola viajando de sua mão e batendo nas pedras. Ele caiu num monturo quebrado a meus pés, vertendo sangue de um buraco no peito. Um quarto do crânio tinha sumido, mas restava o bastante para que eu o identificasse.

A morte não o alterava muito. Marcus Washington, o atirador de 16 anos de King Felix, ainda tinha aqueles olhos letais fixos.

O ex-SEAL meteu a Glock dentro da capa de chuva.

— Burro de merda — disse ele. — Se tivesse atirado em mim primeiro, teria dado cabo dos três sem problema nenhum.

Com o bico da bota, ele chutou Marcus com selvageria. Depois, abriu a calça, passou as pernas pelo cadáver e urinou nele.

Abaixei-me, peguei a coroa de flores e a joguei no mar. Estava pegando o celular para chamar a emergência quando a verdade me atingiu com a força de um fardo de jornais atirado da traseira de um caminhão de entrega.

59

A polícia de Newport tinha algumas perguntas para mim. Depois, Parisi quis sua vez. Levou-me para a delegacia, meteu-me numa sala de interrogatório e me deixou esperando duas horas antes de vir me espremer. Desta vez, não confiscou meu celular; assim, enquanto eu esperava, liguei para Lomax e lhe dei os detalhes do assassinato. Quando Parisi enfim apareceu, respondi a todas as suas perguntas.

Mas não contei tudo a ele.

Quando ele terminou comigo, era quase meia-noite. Eu estava faminto e morto de cansaço. O capitão fez a gentileza de me levar para casa. Entrei em meu apartamento, abri a geladeira e encontrei metade de uma caixa de leite, duas garrafas de cerveja e um bloco de queijo cheddar. O leite estava azedo, então despejei na pia. Não me lembro de quando comprei o queijo, mas ainda era amarelo e não vi nada crescendo nele. Roí o queijo de pé, engoli com uma das cervejas e levei a segunda para meu quarto. Ali, tirei a roupa e a deixei onde caiu. Depois, levei meu laptop e a cerveja para a cama comigo.

Será que se pode fazer teste de DNA em urina? Eu não sabia. Liguei o laptop e procurei por uma resposta.

* * *

Quando acordei na manhã seguinte, o laptop ainda estava na minha barriga, a tela escura e a bateria arriada. Em algum lugar, Don Henley cantava "Dirty Laundry". Por um momento, pensei que vinha do apartamento do vizinho. Depois, esfreguei os olhos, saí da cama, peguei o jeans no chão e o celular em seu bolso.

— Mulligan.

— Mas onde você está? — perguntou Lomax. — São quase dez horas, pelo amor de Deus.

— Eu estou bem, obrigado. E você?

— Não tenho tempo para amabilidades, Mulligan. Bom trabalho ontem à noite, mas preciso que venha para cá escrever o obituário de Maniella.

— Posso fazer melhor do que isso — eu disse. — Reserve o início da primeira página com sequência de meia página no miolo.

Na manhã de segunda-feira, minha longa matéria atravessava o alto da primeira página:

> Salvatore Alonso Maniella, 65 anos, o recluso pornógrafo de Rhode Island assassinado em Newport na quinta-feira, era mais do que parecia.
>
> Embora não tivesse escrúpulos em explorar mulheres por dinheiro, alimentava uma profunda antipatia por qualquer um que abusasse sexualmente de crianças, resultado de um incidente traumático ocorrido em sua juventude. Por pelo menos uma década, contribuiu em segredo com milhões de dólares para organizações que lutavam por crianças desaparecidas e maltratadas e suas famílias.
>
> E há provas crescentes de que assassinos com treinamento militar em sua folha de pagamento caçavam e matavam rotineiramente pedófilos. Entre suas possíveis vítimas: os três pornógrafos infantis mortos a tiros no conjunto habitacional Chad Brown; um padre pedófilo de Fond du Lac; um colecionador de pornografia infantil em Edison, Nova Jersey; e o dr. Charles Bruce Wayne, diretor da Faculdade de Medicina da Universi-

dade Brown, que tinha um gosto similar para diversões. Todos esses assassinatos ocorreram nos últimos meses, mas podem existir outros.

Numa demonstração de desdém, os assassinos costumavam urinar em suas vítimas, aparentemente sem saber que a urina contém vestígios de DNA que podem ser usados para identificá-las...

Vinte minutos depois de o jornal chegar às ruas, a voz de Jimmy Cagney gritou de meu celular: "Nunca vai me pegar vivo, tira!"

60

— Mas que *merda* é essa?

— Bom-dia, capitão.

— Como foi que deduziu tudo isso?

— Lembra quando os ex-SEALs de Maniella invadiram a Tongue and Groove dez anos atrás?

— Sim, eu soube disso.

— Quando eles foram embora, mijaram nos postes de strip.

— De onde tirou isso?

— De uma fonte confidencial.

— Vai me dizer quem?

— Não.

— E o ex-SEAL que abateu o assassino de Maniella urinou no corpo — disse ele.

— Foi.

— Parece que você está saltando para uma conclusão grande demais.

— Tem mais.

— O quê?

— A cena de crime do Chad Brown fedia a urina — eu disse — e a do estúdio do dr. Wayne também.

— Imaginamos que as vítimas tenham evacuado quando foram baleadas.

— Talvez sim — eu disse —, mas elas não foram as únicas que urinaram em suas cenas de crime.

— Já pedi para testarem o DNA nas roupas das vítimas — disse ele. — Isso deve nos dizer se você tem razão.

— Eu tenho.

— Por que não me contou sobre isso quando o interroguei na quinta-feira à noite?

— Talvez eu tenha acabado de entender. Ou talvez tenha me esquecido.

— Por que não me deu um toque antes de a matéria ir para o jornal?

— Acho que também tive um lapso.

— Você me ferrou com essa.

— Que nada. Resolvi a droga do caso para você.

— É, mas os ex-SEALS sumiram no vento.

— Talvez esteja tudo bem para mim — eu disse.

— Bom, para mim, não está.

— E King Felix? — perguntei. — Pode incriminá-lo pelo homicídio de Maniella?

Uma demora de cinco segundos.

— Duvido. Ele alega que Marcus Washington agiu por conta própria e só quem pode dizer o contrário está numa mesa no necrotério.

— Acha que Felix também está por trás do assassinato de Dante Puglisi?

— Acho — disse ele —, mas também não tenho como provar.

61

Na segunda-feira, logo de manhã cedo, fui acordado novamente pelo tenor alto de Don Henley.

— Mulligan.
— Preciso que chegue cedo aqui — disse Lomax.
— Olhe o quadro de horários. É meu dia de folga.
— Você nunca tira um dia de folga.
— Bom, estou tirando hoje.
— É importante.
— Mas que merda — eu disse e desliguei.
Naturalmente, ele ligou de novo.
— Vou pagar hora extra.
— Não estou interessado.
— Pedaços de outra criança apareceram na fazenda de Scalici — disse ele.
— Mande outra pessoa.
— Não tenho mais ninguém.
— Não é problema meu.
— Mulligan?
— Hein?
— A polícia acha que é Julia Arruda.

A cena na fazenda me era muito familiar: um pequeno volume embaixo de uma lona azul, detetives vasculhando uma pilha de lixo, Parisi na sede falando com Scalici. Tomei notas, fiz o que devia, mas meu coração não estava ali.

Naquela noite, Parisi ligou para contar que seus detetives descobriram alguns pedaços de crânio humano no lixo. Parecia ter sido reduzido a fragmentos com um martelo. Lá se foi o mistério do que os assassinos das crianças faziam com as cabeças.

62

Naquela mesma noite, encontrei Fiona recurvada em sua mesa de sempre no Hopes, bebendo cerveja com Anne Kotch, assistente da promotoria. Peguei um club soda para mim no bar, aproximei-me e me juntei a elas.

— Pode me dar uns minutos a sós com Mulligan? — perguntou Fiona, então Anne se levantou e pegou uma banqueta no bar.

— Que bom que você apareceu — disse Fiona. — Eu preciso mesmo de um ombro amigo.

— Por quê?

— Eu mesma notifiquei os Arruda.

— Por que se meteu nisso? A polícia estadual podia ter feito.

— Eu devia isso aos pais.

— Deve ter sido horrível.

— Pior do que você imagina.

O lábio inferior de Fiona tremeu e notei que ela estava de batom. Seus ombros se sacudiram e ela começou a chorar. Levantei-me, fiquei atrás de sua cadeira e lhe dei um abraço, segurando-a até que o tremor parasse, depois me sentei de novo de frente para ela.

— A matéria da manhã de ontem foi muito boa — disse ela.

— Obrigado.

— Talvez você ganhe um grande prêmio de jornalismo para pendurar em sua parede.

— Não ligo muito para isso.

— Bom, deveria. Você fez por merecer. Fez um trabalho brilhante deduzindo tudo.

— Na verdade, não — eu disse. — Afinal, você deduziu tudo primeiro.

— Do que está falando?

— Sabe exatamente do que estou falando.

— Acha que sabe o resto disso, não é?

— Acho.

— Me diga o que acha que sabe.

— Você fez sua própria pesquisa sobre Sal semanas atrás e soube que ele era um grande doador a grupos de proteção infantil.

— Pode ser.

— E você foi à Biblioteca Pública de New Haven, fuçou o passado de Puglisi e soube o que aconteceu com a irmã dele.

— E se foi assim?

— Depois de fazer tudo isso, não deve ter exigido muito esforço adivinhar que Sal estava por trás da morte dos pornógrafos.

— Continue.

— Foi mais ou menos a essa altura que eu te falei de minha suspeita de Wayne.

— Eu me lembro.

— Só mais duas pessoas sabiam que Wayne podia ser sujo — eu disse. — Uma delas era a minha fonte, e eu tenho certeza absoluta de que ele não contou a mais ninguém. A outra era a secretária de Wayne, e ela é ingênua demais para ter feito alguma coisa com a informação.

— E daí?

— Daí que, depois que eu te falei de minhas suspeitas, você as transmitiu a Sal.

— Por que eu faria isso?

— Porque, legalmente, você não podia tocar em Wayne. Não tinha o suficiente para conseguir um mandado para os computadores dele.

Fiona levou a cerveja à boca e descobriu que a lata estava vazia. Eu me levantei, fui ao bar e peguei outra. Ela a tirou de minha mão e bebeu com vontade.

— Vanessa vai continuar a cruzada do pai dela? — perguntei.

— Digamos que eu tenha motivos para acreditar que sim.

— Ela vai caçar os pornógrafos infantis que ainda estão à solta?

— E talvez os pornógrafos infantis que descobrirmos nos computadores no Chad Brown — disse Fiona.

— Os quatro que ainda não foram baleados, quer dizer.

— Eles mesmos.

— Caramba — eu disse.

Fiona fechou os olhos por um momento e vi seus lábios se mexendo. Talvez estivesse rezando. Quando terminou, ela pousou os braços na mesa, curvou-se para frente e me olhou nos olhos.

— Vivemos no belo mundo de Deus — disse ela. — Mas o mal se espalha por ele. Monstros caçando nossas crianças. Parece que não sou muito competente para pegá-los, nem a polícia. Talvez seja bom que existam outros para caçar os caçadores.

— E fazer o trabalho homicida de Deus? — perguntei.

Ela não tinha como responder a isso.

— Não acredito nisso, caralho — eu disse.

— E mais ninguém, Mulligan. Além do mais, não pode provar nada.

— Se eu trabalhasse nisso, talvez pudesse.

— Poderia valer a pena — disse ela. — Daria a você algo a jogar contra a próxima governadora, se por acaso você precisar de um favor.

Com essa, eu me levantei para sair. Na porta, virei-me para olhar pela última vez. Seus olhos estavam pétreos.

63

Chovia de novo quando saí do bar e assoviei para o Secretariat. Ele não veio. Quando o localizei junto a um parquímetro vencido perto do Burnside Park, minha velha camisa dos Boston Bruins, aquela com o número oito do deus do hóquei Cam Neely, estava ensopada. Subi ao volante, tirei aquela merda e a enfiei no banco traseiro. Depois liguei o motor, deixei-o em ponto morto por uns minutos, liguei o aquecedor e senti uma lufada de ar frio. Esqueci que tinha parado de funcionar três dias antes.

Estava muito enjoado desse clima horroroso de Rhode Island. Olhei a chuva cair e xinguei John Ghiorse, o homem do tempo septuagenário do Canal 10. Depois, xinguei Deus. Parei de xingar quando me ocorreu que nenhum dos dois tinha nada a ver com isso.

Fiquei sentado ali e ouvi a chuva bater no teto, pensando que antigamente o jornalismo era divertido. Lembrei-me de que eu costumava me sentar na quadra nos jogos de basquete entre o Providence College e a Universidade Brown, encher a cara de cachorro-quente e preencher meu bloco com palavras que não falavam em braços decepados ou crianças desaparecidas. Lembrei-me de ir ao trabalho todo dia para uma redação cheia de profissionais dedicados e apaixonados por seu trabalho que nunca queriam estar em outro lugar. Lembrei-me de quando quase todo mundo no estado passava pelo menos meia hora por dia lendo o jornal.

Mas isso já fazia um quarto de vida, e aqueles dias jamais voltariam.

Estava enjoado de demissões, cortes de custo e aposentadorias forçadas. Estava enjoado das lágrimas de crocodilo de Fiona, do estampido de armas de pequeno calibre e do fedor açucarado de cadáveres. Estava enjoado de café descafeinado e club soda, do roer de minhas entranhas que nunca parava inteiramente, da criança sem braços que ainda assombrava meus sonhos. Estava enjoado de gente que achava um jeito de justificar o assassinato e do fato inegável de que uma dessas pessoas era eu.

Estava enjoado de me sentir sozinho. Precisava me enrolar com alguém. Peguei o celular e ia ligar para Yolanda, mas ela estava enrolada com outro.

Engrenei o Bronco e dirigi. Eu queria ir para casa. E fui. Mas, nesta noite, o Secretariat tinha vontade própria. Ao passar pela Catedral de Pedro e Paulo, seu edifício escuro e taciturno, pensei em entrar. Mas não entrei.

Uma passagem do Livro de Jó lampejou por minha mente: "Quando procurei a luz, vieram as trevas."

Quando me dei conta, a placa de néon vermelha e azul do telhado da Tongue and Groove piscava pelas gotas de meu para-brisa molhado de chuva. Estacionei numa vaga. Joseph tinha razão. As notícias se espalharam. O estacionamento estava quase lotado.

Tirei a carteira do bolso da calça e peguei o cartão de cortesia de uma volta ao mundo. Havia muito tempo eu não fazia nenhuma viagem. Virei-o na luz interna do carro e examinei a foto de Marical. Sua pele cor de tabaco era impecável. Os seios pequenos eram sedutores. E nenhum pelo escondia o paraíso entre suas pernas.

A chuva caía mais forte. Batia no teto, transformando o compartimento do carona do Bronco no interior de um tambor. Mas, de algum modo, eu ainda ouvia a voz musical de Marical.

Vai ze divertir comigo, amorr. Ze vier comigo, eu fazo zeu mundo rodar feito doido.

Fiquei sentado ali e a ouvi dizer isso repetidas vezes por muito, mas muito tempo.

AGRADECIMENTOS

Susanna Einstein é mais do que uma ótima agente; também é uma soberba médica de histórias cujas sugestões melhoraram consideravelmente este romance. Minha mulher, Patricia Smith, uma de nossas melhores poetisas, editou cada linha de cada página. E obrigada, garota, por me deixar incluir seu poema "Map Rappin'". Também tenho uma dívida de gratidão para com os caras que trabalham arduamente na Forge, inclusive Eric Raab, pela edição habilidosa dos originais.

Este livro foi impresso na Editora JPA Ltda.
Av. Brasil, 10.600 — Rio de Janeiro — RJ
para a Editora Rocco Ltda.